AF203555

Arnold Bennett
Lebendig begraben

Arnold Bennett
Lebendig begraben

Roman

Aus dem Englischen übersetzt von Peter Naujack

Verlag Klaus Wagenbach   Berlin

Die englische Originalausgabe erschien erstmals 1908 unter dem Titel *Buried Alive* bei Nelson & Sons in London, die deutsche Übersetzung von Peter Naujack 1983 im Manesse Verlag in Zürich.

Wagenbachs Taschenbuch 817

© 2019 Verlag Klaus Wagenbach, Emser Straße 40/41, 10719 Berlin
www.wagenbach.de
Umschlaggestaltung Julie August unter Verwendung einer Fotografie © gettyimages. Das Karnickel auf Seite 1 zeichnete Horst Rudolph. Gesetzt aus der DTL Elzevir und der DTL Albertina. Vorsatzpapier von peyer graphic, Leonberg. Gedruckt auf Schleipen bei Pustet, Regensburg. Printed in Germany. Alle Rechte vorbehalten

ISBN: 978 3 8031 2817 1

1

Der flohfarbene Morgenrock

Die eigentümliche Neigung der Erdachse zur Sonnenbahn – dieser Winkel, der hauptverantwortlich zeichnet für unsere geographische Beschaffenheit und damit für unsere geschichtliche Entwicklung – hatte jene Naturerscheinung hervorgerufen, die man in London Sommer nennt. Der herumwirbelnde Erdball hatte gerade seine zivilisierteste Seite von der Sonne abgekehrt und damit über Selwood Terrace, South Kensington, die Nacht hereinbrechen lassen. In Selwood Terrace Nr. 91 brannte Licht im Erdgeschoss und im ersten Stock und bewies lautlos, dass der Erfindungsgeist des Menschen die Natur überlisten kann. Nummer 91 war eines von ungefähr zehntausend gleich aussehenden Häusern zwischen South Kensington Station und Nord End Road. Mit seiner verrußten, stuckverzierten Fassade, seiner Kellerküche, seinen hundert Treppen und Stufen, seiner vollkommenen Unbequemlichkeit und seinem schlechten Gewissen wegen ungezählter Dienstmädchen, die sich hier zu Tode geschuftet hatten, reckte es seine Kaminhauben gen Himmel und erwartete düster brütend das Jüngste Gericht für die Häuser von London, hochmütig die Axial- und Orbitalgeschwindigkeit der Erde und sogar den verwegenen Flug des gesamten Sonnensystems durch das Weltall ignorierend. Man spürte, dass Nummer 91 unglücklich war und dass es nur mit einem Schild »Zu vermieten« im kleinen Vorgärtchen und einem Aushang »Keine Flaschen« in den Kellerfenstern glücklich gemacht werden konnte. Keine dieser Spezifikationen konnte es aufweisen. Wenn es auch in letzter Zeit so gut wie leer stand, war es doch nie ganz unbewohnt. Während seines gesamten vornehmen und ansehnlichen Daseins war es nicht einmal zu vermieten gewesen.

Treten Sie ein und atmen Sie die Atmosphäre eines gelangweilten Hauses, das so gut wie leer, aber nie ganz unbewohnt ist. Alle seine zwölf Zimmer dunkel und verlassen, bis auf zwei; seine Küche im Keller dunkel und verlassen; nur diese zwei Zimmer, eins über dem andern wie aufeinandergesetzte Schachteln, kämpften kläglich gegen die chronische Düsternis der übrigen zehn an! Stellen Sie sich in den dunklen Hausflur und lassen Sie diese Atmosphäre in Ihre Lungen dringen.

Das auffallendste, verblüffendste Stück in dem erleuchteten Zimmer im Erdgeschoss war ein Morgenrock in der Farbe zwischen Heliotrop und Purpur, der vorigen Generation noch als flohfarben bekannt; ein gestepptes Gewand, gefüllt mit Schwanendaunen, leicht wie Wasserstoff – fast – und warm wie das Lächeln eines herzensguten Menschen; alt vielleicht, an den exponierten Stellen möglicherweise etwas abgetragen, und durch die Poren des feinen Satins drang hier und da etwas fedrig weißer Flaum; aber es war ein Morgenrock, von dem man träumen konnte. Er dominierte das unordentliche, sehr spärlich möblierte Zimmer mit seinem großzügigen Faltenwurf, der im Schein der das Sonnenlicht ersetzenden Petroleumlampe schimmerte, die auf einer Zigarrenkiste auf dem schmutzigen Kiefernholztisch stand. Die Lampe hatte einen gläsernen Petroleumbehälter, einen angeschlagenen Zylinder und einen Schirm aus Kartonpapier und hatte wahrscheinlich weniger als zwei Shilling gekostet; der Tisch war nicht mehr als zehn Shilling wert; und die restliche Zimmerausstattung, einschließlich des Lehnsessels, in dem der Morgenrock ruhte, eines Hockers, einer Staffelei, drei Päckchen Zigaretten und eines Hosenspanners hätte man für weitere zwanzig Shilling kaufen können. Oben in den Ecken unter der Decke, verdunkelt vom Schatten des Kartonlampenschirms, zog sich ein kompliziertes

6

System von Spinnweben hin, das zu dem Staub auf dem nackten Fußboden passte.

In dem Morgenrock steckte ein Mann. Dieser Mann hatte das interessante Alter erreicht. Ich meine das Alter, in dem man alle Illusionen der Kindheit verloren zu haben glaubt, in dem man das Leben zu verstehen wähnt und in dem man häufig Vermutungen darüber anstellt, welch köstliche Überraschungen das Dasein noch für einen bereithalten mag; jenes Alter, in summa, das für einen Mann das romantischste – und zugleich anfälligste ist. Ich meine das Alter von fünfzig. Ein Alter, das aller Vernunft widersprechend von jenen missverstanden wird, die es noch nicht erreicht haben! Der äußere Schein trügt hier auf tragische Weise.

Der Mann im flohfarbenen Morgenrock hatte einen kurzen, langsam ergrauenden Kinn- und Schnurrbart; sein volles Haar befand sich im Stadium des Übergangs von Pfeffer zu Salz; viele winzige Fältchen zeigten sich in den Vertiefungen zwischen seinen Augen und dem frischen Rot seiner Wangen; und die Augen waren traurig – sehr traurig. Wenn er aufrecht gestanden und lotrecht nach unten geschaut hätte, würde er nicht seine Pantoffeln, sondern einen hervorstehenden Knopf seines Morgenrocks erblickt haben. Verstehen Sie bitte: Ich verheimliche nichts; ich bestätige lediglich die Maßangaben, die sein Schneider sich notiert hat. Er war fünfzig. Doch wie die meisten Männer von fünfzig Jahren war er noch sehr jung, und wie die meisten Junggesellen von fünfzig war er recht hilflos. Er war ziemlich sicher, nicht besonders glücklich gewesen zu sein. Wenn er seine Seele freigelegt hätte, würde er irgendwo tief darin ein schmachtendes, mitleidheischendes Sehnen nach Geborgenheit und Beschütztwerden vor der Unbill und Härte dieser Welt entdeckt haben. Aber er hätte diese Entdeckung nie zugegeben. Von einem Junggesellen um die fünfzig kann man nicht erwarten, dass er zugibt, in dieser Beziehung einem neunzehnjährigen Mädchen zu ähneln. Dennoch ist es eine eigenartige Tatsache, dass die Ähnlichkeit zwischen dem Herzen eines erfahrenen, abenteuerlustigen Junggesellen von fünfzig und dem harmlosen Herzen eines neunzehnjährigen Mädchens größer ist, als Mädchen in diesem Alter sich das vorstellen; besonders wenn der Junggeselle von fünfzig um zwei Uhr nachts einsam und ohne einen Freund in der trostlosen Atmosphäre eines Hauses sitzt, das seine Hoffnungen überlebt hat. Nur Junggesellen von fünfzig werden mich begreifen.

Es ist nie eindeutig geklärt worden, worüber junge Mädchen nachdenken, wenn sie nachdenken; die jungen Mädchen können es selbst nicht sagen. In der Regel sind die einsamen Hirngespinste von Junggesellen mittleren Alters kaum weniger einer Deutung zugänglich. Aber der Fall des Insassen dieses flohfarbenen Morgenrocks bildete eine Ausnahme von dieser Regel. Er wusste und hätte genau sagen können, was er gerade dachte. In jener tristen Stunde, an dem tristen Ort kreisten seine melancholischen Gedanken um den strahlenden, einzigartigen Erfolg im Leben eines begnadeten und berühmten Mannes, den Zeitungen und Völkern der Welt unter dem Namen Priam Farll bekannt.

Ruhm und Reichtum

Zu der Zeit, als die New Gallery noch neu war, hatte ein dort ausgestelltes und mit dem unbekannten Namen Priam Farll signiertes Bild ein so gewaltiges Aufsehen erregt, dass monatelang keine Konversation unter gebildeten Leuten ohne seine Erwähnung in irgendeiner Form als vollständig betrachtet wurde. Dass der Künstler tatsächlich ein sehr großer Maler war, gaben alle bereitwillig zu; die einzige Frage, die zu lösen gebildete Leute als ihre Pflicht ansahen, war die, ob er der größte Maler aller Zeiten oder nur der größte Maler seit Velazquez sei. Gebildete Leute würden vielleicht heute noch über diesen schwierigen Punkt diskutieren, wenn nicht durchgesickert wäre, dass die Royal Academy dieses

Bild abgelehnt hatte. Die Kulturwelt Londons vergaß darauf sofort ihren Streit und fiel mit vereinten Kräften über die Royal Academy als eine Institution her, die kein Daseinsrecht besäße. Die Sache kam sogar bis vor das Parlament und nahm drei Minuten der Legislative des Britischen Reiches in Anspruch. Die Royal Academy konnte sich nicht damit herausreden, dass sie das Ölgemälde übersehen hätte, maß das Bild doch ganze fünf mal sieben Fuß; es stellte einen Polizisten dar, einen einfachen Polizisten in Lebensgröße, und es war nicht nur das eindrucksvollste Porträt, das man sich vorstellen konnte, sondern auch die erste Darstellung des Polizisten in der großen Kunst; Kriminelle, hieß es, flohen instinktiv bei seinem Anblick. Nein! Die Royal Academy konnte tatsächlich nicht behaupten, dass sie das Werk übersehen hätte. Und die Royal Academy schützte auch keinesfalls zufällige Unachtsamkeit vor. Sie ließ sich auch nicht auf Diskussionen über ihr eigenes Daseinsrecht ein. Sie diskutierte überhaupt nicht. Sie existierte einfach weiter und kassierte auch weiterhin ungefähr hundertfünfzig Pfund pro Tag in Shillingstücken an ihren blankpolierten Eingangsdrehkreuzen. Und über Priam Farll, dessen Adresse Poste restante, St.Martin's-le-Grand lautete, waren keine Einzelheiten zu erfahren. Diverse Sammler, getragen von dem tiefen Vertrauen in die eigene Urteilsfähigkeit und dem aufrichtigen Wunsch, die britische Kunst zu fördern, waren eifrig bestrebt, dieses Bild für ein paar Pfund zu kaufen; doch diese Kunstbegeisterten mussten erstaunt die schmerzliche Feststellung machen, dass Priam Farll einen Preis von tausend Pfund dafür festgesetzt hatte – den Gegenwert einer höchst seltenen Briefmarke.

Folglich wurde das Bild nicht verkauft; und nachdem eine unternehmungslustige Zeitung erfolglos eine Belohnung für die Identifizierung des abgebildeten Polizisten ausgeschrieben hatte, schlief die ganze Angelegenheit sanft ein, während die Öffentlichkeit ihre Freizeit wie üblich damit verbrachte, über das große Reizthema der ehelichen Beziehungen zu diskutieren.

Natürlich erwartete jedermann, dass der geheimnisvolle Priam Farll in Übereinstimmung mit der allgemeingültigen Regel für eine erfolgreiche Karriere in der britischen Kunst im nächsten Jahr ein weiteres Bild eines Polizisten in der New Gallery ausstellen würde – und so weiter für etwa zwanzig Jahre, an deren Ende England gelernt haben würde, ihn als seinen beliebtesten Polizistenmaler anzuerkennen. Aber Priam Farll schickte der New Gallery nichts zum Ausstellen. Augenscheinlich hatte er die New Gallery vergessen: und dies hielt man für unfreundlich, wenn nicht gar undankbar von seiner Seite. Stattdessen schmückte er den Pariser Salon mit einem großen Seestück, das im Vordergrund Pinguine zeigte. Nun, diese Pinguine wurden auf dem Kontinent die Pinguine des Jahres; sie machten den Pinguin zum Modevogel in Paris und (zwölf Monate später) auch in London. Die französische Regierung erbot sich, das Bild für die Republik zu ihrem üblichen Preis von fünfhundert Franc zu kaufen, doch Priam Farll verkaufte es für fünftausend Dollar an den amerikanischen Kunstkenner Whitney C. Witt. Kurz darauf verkaufte er den Polizisten, den er zurückbehalten hatte, für zehntausend Dollar an denselben Kunstkenner. Whitney C. Witt war der Experte, der zweihunderttausend Dollar für eine Madonna mit dem heiligen Joseph von Raffael bezahlt hatte. Die zuvor erwähnte unternehmungslustige Zeitung rechnete aus, dass der wagemutige Kunstkenner für den Polizisten, veranschlagte man die tatsächlich von seinem Körper auf der Leinwand beanspruchte Fläche, zwei Guineen pro Quadratzoll ausgegeben hatte.

Zu diesem Zeitpunkt wachte das gewaltige zeitunglesende Publikum plötzlich auf und verlangte einstimmig zu wissen:

WER IST DIESER PRIAM FARLL?

Obwohl diese Anfrage unbeantwortet blieb, war Priam Farlls Ruf von nun an absolut gesichert, und dies trotz der Tatsache, dass er es unterließ, den von der englischen Gesellschaft aufgestellten Regeln für das Verhalten eines erfolgreichen Malers zu entsprechen. Als Erstes hätte er die elementare Vorkehrung getroffen haben müssen, in den Vereinigten Staaten geboren worden zu sein. Er hätte nach monatelanger Ablehnung aller Interviews schließlich der Zeitung mit der höchsten Auflage ein Exklusivinterview gewährt haben müssen. Er hätte nach England zurückgekehrt sein, sich eine Mähne und einen Pinselschwanz wachsen lassen und König der Tiere werden müssen; oder zumindest an einem Bankett eine Rede über die edle und läuternde Mission der Kunst gehalten haben sollen. Bestimmt aber hätte er, um zu beweisen, dass er kein Snob war, ein Bild von seinem Vater oder Großvater als Künstler malen müssen. Aber nein! Nicht zufrieden damit, jedes seiner Bilder völlig verschieden von allen vorherigen zu malen, missachtete er all die oben genannten Formalitäten – und brachte es dennoch fertig, einen Triumph auf den andern zu häufen. Es gibt ein paar Menschen, von denen man sagen kann, dass ihnen, wie einem Glücksspieler an einem guten Tag, einfach nichts fehlgehen kann. Priam Farll gehörte zu ihnen. In wenigen Jahren war er zur Legende geworden – ein unlösbares Rätsel. Niemand kannte ihn; niemand bekam ihn zu Gesicht; niemand heiratete ihn. Ständig im Ausland lebend, war er laufend Gegenstand einander widersprechender Gerüchte. Selbst Parfitts, seine Londoner Agenten, kannten von ihm nur seine Handschrift – auf der Rückseite von Schecks mit vierstelligen Zahlen. Sie verkauften pro Jahr durchschnittlich fünf große und fünf kleine Bilder für ihn. Diese Bilder kamen irgendwoher aus dem Nichts, und die Schecks gingen irgendwohin ins Nichts.

Junge Künstler, stumm vor Bewunderung für die Meisterwerke seines Pinsels, die alle Nationalgalerien Europas bereicherten (außer, natürlich, der am Trafalgar Square), träumten von ihm, beteten ihn an und stritten erbittert über ihn als das einzige wahre Symbol für Berühmtheit, Wohlleben und makellose Leistung, wobei sie ihn niemals als einen Mann ihresgleichen sahen, mit Schuhen zum Schnüren, einer Palette, die gereinigt werden musste, einem klopfenden Herzen und einer instinktiven Angst vor der Vereinsamung.

Schließlich erfuhr er die allerhöchste Ehrung, den letzten Beweis, dass er anerkannt war. Die Presse macht es sich zur Gewohnheit, seinen Namen ohne erklärenden Kommentar zu nennen. Genauso, wie sie nicht schreibt, »Mr. A. J. Balfour, der hervorragende Staatsmann« oder »Sarah Bernhardt, die berühmte Schauspielerin« oder »Charles Peace, der historische Mörder«, sondern schlicht »Mr. A. J. Balfour«, »Sarah Bernhardt« oder »Charles Peace«, genauso schrieb sie einfach »Mr. Priam Farll«. Und kein Reisender im Raucherabteil eines Morgenzuges nahm je die Pfeife aus dem Mund, um zu fragen: »Wer ist denn dieser Knabe?« Größere Ehre war keinem Manne in England widerfahren. Und Priam Farll war der erste englische Maler, der sich dieser höchsten gesellschaftlichen Anerkennung erfreuen durfte.

Und jetzt steckte er in dem flohfarbenen Morgenrock.

Das schreckliche Geheimnis

Eine Glocke schreckte das einsame Haus auf; ihr lautes, altmodisches Schrillen wurde als Echo von den Kellertreppen zurückgeworfen und traf das Ohr von Priam Farll, der sich halb erhob und (sich) wieder zurücksinken ließ. Er wusste, dass der Ruf an die Haustür dringend war und dass nur er sie öffnen gehen konnte; und dennoch zögerte er.

Wir verlassen jetzt Priam Farll, den großen und wohlhabenden Künstler, und wenden uns einer viel interessanteren Persönlichkeit zu: Priam Farll, dem Privatmann und Menschen. Und sogleich werden wir dem schrecklichen Geheimnis seines Wesens auf die Spur kommen, jenem Charakterzug, der seine merkwürdigen Lebensumstände erklärt. Der Zufall wollte es, dass er als privates menschliches Wesen schüchtern war.

Er war ein völlig anderer Mensch als Sie und ich. Wir entwickeln nie heimliche Angstgefühle bei der Aussicht, einen Fremden zu treffen oder Zimmer in einem Grandhotel zu beziehen oder zum ersten Mal ein großes Haus zu betreten; oder durch einen Raum voller sitzender Leute gehen zu müssen, oder einen Dienstboten zu entlassen, oder uns mit einer arroganten, herrischen Postbeamtin am Schalter auseinanderzusetzen, oder an einem Laden vorbeispazieren zu müssen, wo wir Geld schuldig geblieben sind. Bei einer so einfachen, alltäglichen Sache rot zu werden, sich zu verdrücken oder auch nur verlegen auszusehen – der Gedanke an ein so kindisches Benehmen würde uns erst gar nicht kommen. Wir verhalten uns unter allen Umständen natürlich – denn warum sollte ein vernünftiger Mensch sich anders verhalten? Priam Farll verhielt sich anders. Der Gedanke, die Augen der Weltöffentlichkeit direkt auf seine Existenz zu lenken, bereitete ihm Seelenqualen.

In einem Brief jedoch konnte er regelrecht unverschämt werden. Drücken Sie ihm einen Federhalter in die Hand, und er wird furchtlos.

Jetzt wusste er, dass er würde gehen und die Haustür öffnen müssen. Sowohl Menschlichkeit wie eigenes Interesse drängten ihn, es unverzüglich zu tun. Denn der Besucher war unzweifelhaft der Arzt, der endlich gekommen war, um nach dem kranken Mann im Zimmer eine Treppe höher zu sehen. Der kranke Mann war Henry Leek, und Henry Leek war Priam Farlls schlechte Gewohnheit. Zwar war Leek ein kleiner Gauner (wie sein Herr vermutete), aber nichtsdestoweniger ein perfekter Kammerdiener. Wie Sie und ich war er niemals schüchtern. Was natürlich war, tat er stets auf ganz natürliche Weise. Nach und nach war er für Priam Farll unentbehrlich geworden, das einzige lebende Kommunikationsmittel zwischen Priam Farll und der gesamten Menschenwelt. Die Schüchternheit des Herrn, der eines Rehes gleich, ließ die beiden fast immer außerhalb Englands weilen, und auf ihren dauernden Reisen stand der Diener unentwegt zwischen dieser empfindsamen Befangenheit und der Welt. Leek besuchte jeden, der besucht werden musste, und tat alles, was mit einer persönlichen

Kontaktnahme verbunden war. Und als schlechte Gewohnheit hatte er natürlich mehr und mehr Einfluss auf Priam Farll gewonnen, und so war seit einem Vierteljahrhundert Farlls Schüchternheit mit seinem Reichtum und seinem Ruhm Jahr für Jahr weitergewachsen. Glücklicherweise wurde Leek nie krank. Das heißt, er war nie krank gewesen bis zu diesem Tag ihrer plötzlichen, unerkannten Ankunft zu einem kurzen Aufenthalt in London. Er hätte sich kaum einen unangenehmeren, unpassenderen Zeitpunkt dafür ausgesucht haben können; denn London war von allen Orten derjenige, wo Priam Farll, auch in diesem geerbten, so selten benutzten Haus in Selwood Terrace, am wenigsten ohne Leeks Hilfe im täglichen Leben auskommen konnte. Diese Erkrankung Leeks war wirklich unangenehm und störend im höchsten Grade. Der Bursche hatte sich anscheinend bei der Überfahrt mit der Nachtfähre erkältet. Er hatte seit etlichen Stunden gegen die Anzeichen der heimtückischen Krankheit gekämpft und, während er weiter seine Einkäufe machte, im Vorbeigehen einen Arzt aufgesucht; und dann hatte er, ohne jede Vorwarnung und beim Herrichten von Priam Farlls Bett, den Kampf aufgegeben und sich, da sein eigenes Bett gerade nicht zur Stelle war, in das seines Herrn fallen lassen. Die natürlichen Dinge tat er eben immer auf natürliche Weise. Und Farll hatte sich gezwungen gesehen, ihm beim Auskleiden zu helfen!

Von diesem Augenblick an war Priam Farll, so reich und berühmt er auch sein mochte, in eine tragische Kraftlosigkeit versunken. Er konnte nichts für sich selbst tun; und er konnte auch für Leek nichts tun, denn Leek verweigerte die Annahme von Brandy und Sandwiches, und in der Speisekammer gab es nur Brandy und Sandwiches. Der Mann lag eine Treppe höher in komatösem Zustand, stumm, regungslos, und wartete auf den Arzt, der einen Abendbesuch versprochen hatte. Und der Sommertag war dem Dunkel eines Sommerabends gewichen.

Der Gedanke, in die Welt hinausgehen und persönlich Essen für sich selbst oder Hilfe für Leek holen zu müssen, hatte für Priam

Farll den Anschein des Unmöglichen: Er hatte noch nie so etwas getan. Für ihn war ein Laden eine uneinnehmbare Festung, verteidigt von menschenfressenden Ungeheuern. Außerdem wäre es notwendig gewesen, zu »fragen«, und »fragen« war für ihn die höchste aller Qualen. So war er eifrig besorgt und hilflos die Treppen hinauf und hinunter gelaufen, bis schließlich Leek, der aufhörte, ein Diener zu sein, und sich zu einem verfallenden menschlichen Organismus zurückentwickelte, mit schwacher, aber entschiedener Stimme gebeten hatte, in Ruhe gelassen zu werden, und im Übrigen sei alles in Ordnung. Worauf der beneidetste aller Maler, das Symbol künstlerischen Glanzes und Triumphs, in den bekannten flohfarbenen Morgenrock des Kammerdieners geschlüpft war und sich für eine unbequeme Nacht in dem harten Sessel niedergelassen hatte.

Die Glocke läutete erneut, und ein beeindruckendes, lautes Klopfen an der Tür hallte schauerlich und unheilverkündend durch das einsame Haus. Es hörte sich an, als klopfe der Tod an die Tür. Es erzeugte den schrecklichen Verdacht: »Wenn er nun tatsächlich ernsthaft erkrankt ist?« Priam Farll sprang angsterfüllt auf und wappnete sich, Klinglern und Klopfern entgegenzutreten.

Kur gegen Schüchternheit

Draußen vor der Tür, in Gehrock und Zylinderhut, stand unschlüssig ein großer, dürrer, müder Mann, der seit genau zwanzig Stunden in Erfüllung seiner täglichen Pflicht, eingebildete Unpässlichkeiten mit Medizin und Suggestion zu heilen und echte Leiden der Natur mit Hilfe gefärbten Wassers zu überlassen, auf den Beinen war. Der medizinischen Profession gegenüber hatte er eine etwas sardonische Einstellung, teils weil er überzeugt war, dass nur die Völlerei von South Kensington ihm seinen Lebensunterhalt gewährleisten könnte, mehr aber noch, weil seine Frau und seine zwei voll erblühten Töchter zu viel für ihre Garderobe ausgaben. Seit Jahren hatten sie vergessen, dass er eine unsterbliche Seele besaß, und ihn wie einen Frühstücksautomaten behandelt: Sie schoben ein Frühstück in den Schlitz, drückten einen Knopf an seiner Weste und holten ein paar Banknoten aus ihm heraus. Überdies hatte er weder einen Partner oder Assistenten noch einen Wagen oder einen Feiertag: Seine Frau und seine Töchter konnten sich diesen Luxus mit ihm nicht leisten. Er war fähig, gewissenhaft, chronisch müde, kahlköpfig und fünfzig. Er war außerdem, so seltsam das anmuten mag, schüchtern; er hatte sich jedoch schon daran gewöhnt, wie ein Mann sich an einen hohlen Zahn oder ein Aal sich ans Häuten gewöhnt. Doch keineswegs fanden sich Eigenschaften des Herzens des jungen Mädchens im Herzen von Dr. Cashmore! Ihm war wirklich nichts Menschliches fremd, und er träumte von nichts Paradiesischerem als von einer Sonntagseskapade im Pullmanwagen nach Brighton.

Priam Farll öffnete die Tür, die diese beiden zaudernden Männer trennte, und sie sahen einander im Licht der Gaslaterne, denn der Hausflur lag im Dunkeln.

»Ist dies Mr. Farlls Haus?«, fragte Dr. Cashmore mit der unabsichtlichen Schroffheit des Schüchternen.

Die Enthüllung seines Namens durch Leek war für Priam ein Schock, der ihm fast den Schweiß aus den Poren trieb. Die Hausnummer allein hätte es sicher auch getan.

»Ja«, gab er zu, halb schüchtern und halb verärgert. »Sind Sie der Arzt?«

»Ja.«

Dr. Cashmore trat in die Dunkelheit des Hausflurs. »Wie geht es dem Kranken?«

»Darüber kann ich Ihnen kaum etwas sagen«, antwortete Priam. »Er liegt im Bett, ist sehr ruhig.«

»Das ist gut so«, erklärte der Arzt. »Als er heute Morgen in meine Praxis kam, riet ich ihm, sich hinzulegen.«

Es folgte eine kurze, verlegene Pause, während der Priam Farll sich räusperte und der Arzt sich die Hände rieb und Teile einer Melodie summte.

»Bei Jupiter!«, zuckte es Farll durch den Kopf, »dieser Knabe scheint schüchtern zu sein!« Und der Arzt dachte gleichzeitig: »Noch so einer, das reinste Nervenbündel!«

Sogleich wurden beide, aus reiner, gutmütiger Leutseligkeit zueinander, völlig ungezwungen.

Die Spannung hatte sich gelöst. Priam schloss die Tür und schloss damit auch das Licht der Straßenlaterne aus.

»Ich fürchte, wir haben hier kein Licht«, sagte Dr. Cashmore.

»Ich werde gleich ein Streichholz anzünden«, meinte Priam.

Das Auflodern eines Wachshölzchens beleuchtete die Pracht des flohfarbenen Morgenrocks. Doch Dr. Cashmore zuckte nicht mit der Wimper. Er konnte sich rühmen, in Sachen Morgenröcke nichts lernen zu müssen.

»Übrigens, was fehlt ihm Ihrer Meinung nach eigentlich?«, fragte Priam Farll mit seiner jungenhaftesten Stimme.

»Ich weiß es nicht. Erkältung. Er hatte ein etwas lautes Herzgeräusch. Könnte alles sein. Deshalb hatte ich gesagt, ich würde auf jeden Fall heute Abend vorbeikommen. Konnte nicht eher. Bin heute schon seit sechs Uhr früh auf den Beinen. Sie kennen das sicher – der Tag eines praktischen Arztes.«

Er lächelte grimmig vor Müdigkeit.

»Es ist sehr freundlich von Ihnen, dass Sie gekommen sind«, sagte Priam Farll voll warmer, lebhafter Sympathie. Er besaß die erstaunliche Gabe, sich hervorragend in die Lage anderer Menschen hineindenken zu können.

»Ganz und gar nicht!«, murmelte der Arzt. Er war ziemlich gerührt. Um seine Rührung zu verbergen, riss nun er ein Zündholz an. »Wollen wir nach oben gehen?«

Im Schlafzimmer brannte eine Kerze auf einem leeren staubigen Toilettentisch. Dr. Cashmore schob ihn näher ans Bett, das wie eine dezent arrangierte Oase in der trostlosen Wüste des Zimmers wirkte; dann beugte er sich über den kranken Kammerdiener, um ihn zu untersuchen.

»Er zittert ja!«, entfuhr es dem Arzt leise.

Die Haut von Henry Leek war in der Tat leicht blau, obgleich außer Bettdecken noch ein beachtlicher Stapel grober, wollener Reisedecken auf dem Bett lag und die Nacht warm war. Sein alterndes Gesicht (denn er war der dritte Mann von fünfzig in diesem Zimmer) hatte einen angstvollen Ausdruck. Doch er rührte sich nicht und sagte kein Wort beim Anblick des Arztes, starrte nur stumm vor sich hin. Bloß sein eigenes mühsames Atmen schien ihn zu interessieren.

»Keine Frauen hier?«

Der Arzt drehte sich plötzlich und heftig zu Priam Farll um, der erschrocken zusammenzuckte.

»Außer uns ist niemand im Haus«, antwortete er.

Ein weniger erfahrener Mann als Dr. Cashmore, dem die geheimen Absonderlichkeiten der vornehmen Welt Londons nicht fremd waren, wäre bei dieser Information erstaunt gewesen. Aber Dr. Cashmore zuckte genauso wenig mit einer Wimper wie zuvor beim Anblick des flohfarbenen Morgenrocks.

»Dann beeilen Sie sich und machen Sie etwas heißes Wasser!«, sagte er in diktatorischem und aggressivem Ton. »Schnell, bitte! Und holen Sie Brandy! Und mehr Decken! Und stehen Sie nicht länger hier 'rum! Los! Ich begleite Sie in die Küche. Zeigen Sie mir den Weg!« Er ergriff die Kerze, und sein Gesichtsausdruck sagte: »Ich sehe schon, Sie taugen nichts in einer Krise!«

»Mit mir geht's wohl zu Ende, Doktor«, tönte ein schwaches Flüstern vom Bett her.

»So ist es, mein Junge!«, murmelte der Arzt leise, während er hinter Priam Farll die Treppe hinunterstolperte. »Wenn ich nicht bald etwas Heißes in dich hineingieße!«

Herr und Diener

»Wird es eine Leichenschau geben?«, fragte Priam Farll gegen sechs Uhr morgens.

Er hatte sich entnervt in den harten Sessel im Erdgeschoss fallen lassen. Der unentbehrliche Henry Leek war nun für immer für ihn verloren. Er konnte sich nicht vorstellen, was in Zukunft aus ihm werden sollte. Er konnte sich ein Leben ohne Leek nicht vorstellen. Und schlimmer noch, die unmittelbare Aussicht unbekannter Schrecken durch Publizität als Folge von Leeks Tod überwältigte ihn.

»Nein!«, erwiderte der Arzt heiter. »O nein! Ich war ja anwesend. Akute doppelseitige Lungenentzündung! Manchmal geht das so rasch! Ich kann einen Totenschein ausstellen. Aber natürlich werden Sie sich zum Standesamt begeben und den Tod registrieren lassen müssen.« Selbst ohne eine Leichenschau würde diese Angelegenheit, wie Priam voraussah, unvorstellbar quälend sein. Er hatte das Gefühl, dass es ihn umbringen würde, und schlug die Hand vors Gesicht.

»Wo findet man die Verwandten von Mr. Farll?«, fragte der Arzt.

»Die Verwandten von Mr. Farll?«, fragte Priam Farll verständnislos.

Doch dann verstand er. Dr. Cashmore hielt Henry Leek für Farll! Und all die angsterfüllte Empfindsamkeit in Priam Farlls Charakter griff gierig nach dieser verrückten Chance, jeder Art öffentlichen Auftretens als Priam Farll zu entgehen. Warum sollte er die Welt nicht im Glauben lassen, dass er und nicht Henry Leek plötzlich um fünf Uhr morgens in Selwood Terrace gestorben war? Er würde frei sein, vollkommen frei!

»Ja«, sagte der Arzt. »Sie müssen natürlich informiert werden.«

Priam ging in Gedanken rasch die Liste seiner Angehörigen durch. Ihm fiel kein näherer Verwandter als ein gewisser Duncan Farll ein, ein Vetter zweiten Grades.

»Ich glaube nicht, dass er irgendwelche hatte«, erwiderte er, und seine Stimme bebte dabei vor Erregung über die launische Übereiltheit seines Tuns. »Vielleicht gab es entfernte Vettern. Aber Mr. Farll hat nie von ihnen gesprochen.«

Was auch stimmte.

Er konnte kaum die Worte »Mr. Farll« aussprechen. Doch nachdem sie ihm einmal über die Lippen gekommen waren, spürte er, dass die Tat irgendwie endgültig geworden war.

Der Arzt musterte Priams Hände, die rauen, aufgesprungenen Hände eines Malers, die ständig in Farben und Staub herumwühlen.

»Entschuldigen Sie«, sagte der Arzt. »Ich nehme an, dass Sie sein Diener sind – oder … «

»Ja«, antwortete Priam Farll.

Damit war es besiegelt.

»Wie hieß Ihr Herr mit vollem Namen?«, verlangte der Arzt zu wissen.

Und Priam Farll lief ein Schauer über den Rücken.

»Priam Farll«, antwortete er mit schwacher Stimme.

»Doch nicht der –?«, entfuhr es laut dem Arzt, den die Launen des Lebens in London endlich einmal verblüfften.

Priam nickte.

»Also nein!«, machte der Arzt seinen Gefühlen Luft. In Wahrheit jedoch gefiel ihm diese besondere Laune des Londoner Lebens sehr, schmeichelte ihm, gab ihm ein bedeutendes Gefühl in dieser Welt und ließ ihn seine Müdigkeit und erlittenes Unrecht vergessen.

Er sah, dass in dem flohfarbenen Morgenrock ein Mann steckte, der am Ende seiner Kräfte und seines Lateins angelangt war, und mit seiner Gutmütigkeit, die keine Mühsal hatte zerstören können, erbot er sich, die notwendigen ersten Formalitäten zu erledigen. Dann ging er.

Ein Monatslohn

Priam Farll hatte nicht die Absicht einzuschlafen; er wollte über die Situation nachdenken, in die er sich so unüberlegt gebracht hatte; doch er schlief ein – und in dem harten Sessel! Er wurde von einem gewaltigen Gepolter geweckt, als würde das Haus bombardiert, und Ziegelsteine sausten um seine Ohren. Nachdem er ganz zu sich gekommen war, klärte sich dieses Bombardement als nichts Schlimmeres als ein lautes, stürmisches Dauerklopfen an der Haustür auf. Er erhob sich und erblickte eine schlampige, ungepflegte, flohfarbene Gestalt in dem schmutzigen Spiegel über dem Kamin. Mit steifen Gliedern dirigierte er seine müden Füße zur Haustür.

Dr. Cashmore stand vor der Tür, und mit ihm noch ein Mann von fünfzig, eine streng blickende, untersetzte Person mit blau schimmerndem Kinn in tiefer, perfekter Trauerkleidung, einschließlich der schwarzen Handschuhe.

Diese Person musterte Priam Farll mit kaltem Blick.

»Ah!«, rief der Trauergast aus.

Und er trat ein, Dr. Cashmore folgte ihm.

Beim Betreten der Fußmatte hinter der Tür erspähte der Mann in Trauerkleidung ein weißes Rechteck auf dem Fußboden. Er hob es auf, inspizierte es sorgfältig und überreichte es dann Priam Farll.

»Ich nehme an, dies ist für Sie«, sagte er.

Priam nahm den Briefumschlag und sah, dass er in weiblicher Handschrift an »Henry Leek, Esq., 91 Selwood Terrace, SW« adressiert war.

»Es ist doch für Sie, nicht wahr?«, beharrte der Trauernde mit harter Stimme.

»Ja«, erklärte Priam.

»Ich bin Mr. Duncan Farll, Rechtsanwalt, ein Vetter Ihres verstorbenen Arbeitgebers«, fuhr die metallische Stimme fort, die durch ein Gehege großer weißer Zähne drang. »Welche Dispositionen haben Sie während des Tages getroffen?«

Priam stotterte: »Keine. Ich habe geschlafen.«

»Sie besitzen keinerlei Respekt«, stellte Duncan Farll fest.

Das war also sein Vetter zweiten Grades, dem er nur einmal als Kind begegnet war! Er hätte Duncan niemals wiedererkannt. Augenscheinlich kam auch Duncan nicht in den Sinn, wer er sein könnte. Im Lauf von vierzig Jahren verändern die Menschen sich, so dass man sie oft nicht wiedererkennt.

Duncan Farll ging mit großen Schritten durch das Erdgeschoss des Hauses und rief auf jeder Zimmerschwelle: »Ah!« oder »Rah!« Dann stieg er mit dem Arzt die Treppe hoch. Priam blieb untätig und äußerst verwirrt im Hausflur zurück.

Schließlich kam Duncan Farll wieder herunter.

»Kommen Sie mit, Leek, hier herein«, forderte Duncan ihn auf.

Und Priam folgte ihm bescheiden in das Zimmer, in dem der harte Sessel stand. Duncan Farll ließ sich in ihm nieder.

»Wie hoch ist Ihr Lohn?«

Priam versuchte sich zu erinnern, wieviel er Henry Leek gezahlt hatte.

»Einhundert im Jahr«, sagte er.

»Ah! Ein guter Lohn. Wann wurden Sie zuletzt bezahlt?«

Priam erinnerte sich, dass er Leek vor zwei Tagen Geld gegeben hatte.

»Vorgestern«, sagte er.

»Ich muss wiederholen, Sie sind ziemlich respektlos«, erklärte Duncan Farll, während er seine Brieftasche hervorzog. »Dennoch, hier sind acht Pfund sieben Shilling, ein Monatslohn als Kündigungsentschädigung. Sammeln Sie Ihre Sachen zusammen und gehen Sie. Ich habe keine weitere Verwendung für Sie. Mehr zu dieser Sache habe ich nicht zu sagen. Aber seien Sie bitte so gut und ziehen Sie sich an – es ist drei Uhr nachmittags – und verlassen Sie dann auf der Stelle das Haus. Aber ehe Sie gehen, lassen Sie mich einen Blick in Ihren Koffer oder Ihre Koffer werfen.«

Als Priam Farll eine Stunde später bei bereits abnehmendem

Tageslicht vor seiner eigenen Haustür stand, flankiert von Henry Leeks schwerer Reisetasche auf der einen und Henry Leeks Blechkoffer auf der anderen Seite, ging es ihm auf, dass die Ereignisse in seinem Leben mit immenser Geschwindigkeit in Bewegung gerieten. Frei hatte er sein wollen, und frei war er nun. Völlig frei! Doch es erschien ihm außerordentlich bedeutsam, dass so viel in so kurzer Zeit als Resultat einer bloßen, einer impulsiven Eingebung folgenden Wahrheitsverdrehung geschehen konnte.

2

Ein Eimer

Aus der Tasche von Leeks leichtem Mantel schaute ein zusammengefaltetes Exemplar des *Daily Telegraph* hervor. Priam Farll war ein wenig ein Dandy, und wie alle normal denkenden Dandys und alle Schneider mochte er die fließende Linie eines Kleidungsstückes nicht durch freien Gebrauch der Taschen gestört sehen. Der Mantel selbst und der Anzug darunter waren noch recht gut; denn obwohl sie das Eigentum des verstorbenen Henry gewesen waren, passten sie Priam Farll ausgezeichnet und hatten vor noch nicht langer Zeit ihm gehört, da Leek es sich angewöhnt hatte, sich gänzlich aus der Garderobe seines Herrn zu kleiden. Geistesabwesend zog der Dandy den Telegraph aus der Tasche, und das Erste, was ihm in die Augen sprang, war dies: »Ein wunderschönes Privathotel der höchsten Klasse. Luxuriös möbliert. Bequemlichkeit der Gäste oberstes Gebot. Schönste Lage in London. Hervorragende Küche. Das Richtige für höhergestellte Persönlichkeiten. Badezimmer. Elektrisches Licht. Einzeltische. Keine ärgerlichen Sonderzuschläge. Einzelzimmer ab 2½, Doppelzimmer ab 4 Guineen pro Woche. 250 Queen's Gate.« Und darunter las er noch eine weitere Mitteilung: »Keine gewöhnliche Pension. Ein hochherrschaftliches Haus. Vierzig Gästezimmer. Prachtvolle Gesellschaftszimmer. Pariser Küchenchef. Einzeltische. Vier Badezimmer. Kartenspielzimmer, Billardzimmer, große Halle. Junge, fröhliche, musikliebende Gesellschaft. (Kleiner) Bridgezirkel. Hervorragende sanitäre Einrichtungen. Schönste Lage in London. Keine ärgerlichen Sonderzuschläge. Einzelzimmer ab 2½,

Doppelzimmer ab 4 Guineen pro Woche. Telefon 10,073 Western. Trefusis Mansion, W.«

In diesem Augenblick zockelte gemächlich ein Hansom an Selwood Terrace entlang.

Impulsiv rief Priam die zweirädrige Droschke an.

»Schon zur Stelle, Chef«, sagte der Droschkenkutscher, der mit geübtem Auge erkannte, dass Priam Farll nicht gewohnt war, mit Gepäck zu hantieren. »Geb'n Sie dem Dienstburschen da 'nen Penny, damit er Ihn' bei Ihr'm Gepäck hilft. Sie sind wohl nich' der Kräftigste.«

Ein kleiner, ausgemergelter Bursche mit den historischen Überresten einer Zigarette zwischen den Lippen sprang wie ein Affe die Stufen hoch und schnappte, ohne auf eine Aufforderung dazu zu warten, Priam den Koffer aus der Hand. Priam gab ihm für seine Kraftanstrengung eines von Leeks Sixpence-Stücken, und der Junge spuckte großzügig auf die Münze, ohne dabei die von geheimnisvollen Kräften an seiner Unterlippe festgehaltene Zigarettenkippe zu verlieren. Mit einer noblen Geste hob der Droschkenkutscher die Zügel, und Priam musste sich entschließen und in den Hansom steigen.

»250 Queen's Gate«, sagte er.

Während er, den Kopf auf die Seite gelegt, um den Zügeln auszuweichen, den aufmerksam gespitzten Ohren des Kutschers über das Dach der Droschke hinweg die Anweisung gab, spürte er plötzlich, dass er seine Nationalität wiedergewonnen hatte, dass er durch und durch Engländer in einer durch und durch englischen Atmosphäre war.

Er hatte 250 Queen's Gate gewählt, weil es ihm wie der Hort heiterer Gelassenheit und Diskretion vorkam. Er hatte das Gefühl, er könnte in 250 Queen's Gate wie in ein Federbett sinken. Die andere Adresse machte ihm Angst. Sie erinnerte ihn an die Schrecken eines Hotels auf dem Kontinent. Auf seinen Reisen hatte er viel unter der jungen, fröhlichen und musikliebenden Gesellschaft in glanzvollen Hotels gelitten, und Bridge (in kleiner Runde) übte auf ihn keinen Reiz aus.

Während die Droschke durch die vertrauten Cañons stuckverzierter Häuser rollte, schaute er weiter in den *Telegraph*. Er war recht erstaunt, mehr als eine Spalte mit Angeboten so verlockender Paläste zu finden, jeder in schönster Lage Londons; ganz London schien sich in einmaliger, prächtiger Lage zu befinden. Und es war so angenehm, so gern gesehen, so erwünscht, sich deiner Bequemlichkeit, deines Essens, deines Bades, deiner Hygiene so betont anzunehmen! Er erinnerte sich an die alten Pensionen der achtziger Jahre. Jetzt hatte sich alles zum Besseren gewandelt. Der *Telegraph* war voll von diesem Besseren, dicht gepackt in mehreren Spalten. Das Bessere stieg strahlend aus den Spaltenköpfen der ersten Seite und sogar noch über den Titel des Blattes hinaus. Zum Beispiel sah er links neben dem Titel ein neues, kultiviertes Teehaus am Piccadilly Circus erwähnt, im Besitz und unter Leitung von Damen von Stand und Bildung, wo man echten Tee und echte Butterbrote und echtes Teegebäck in einem echten Salon bekam.

Es war schon erstaunlich.

Die Droschke hielt an.

»Ist dies das Haus?«, fragte er den Kutscher.

»Nummer 250, Sir.«

Es stimmte. Doch das Haus hatte keine Ähnlichkeit mit einem Privathotel. Es glich aufs Haar einem Privathaus, hoch und schmal und zwischen seinen Geschwistern eingeklemmt: Priam Farll war verblüfft, bis ihm die Lösung dieses Rätsels einfiel. »Aber natürlich«, sagte er sich: »Dies ist die Ruhe, die Diskretion. Das wird mir sehr gefallen.« Er sprang aus dem Wagen.

»Warten Sie, ich behalte Sie«, rief er dem Droschkenkutscher in der überlieferten Formulierung zu – er war stolz, dass er sich aus seiner Jugend daran erinnerte –, als sei der Droschkenkutscher etwas, das er sozusagen auf Probe bestellt hatte.

Es gab zwei Türklingeln. Er zog an dem einen Knopf und wartete darauf, dass die Portale sich öffnen und einen diskreten Blick auf die luxuriöse Ausstattung freigeben würden. Keine Reaktion! Dann zog er an dem anderen Knopf. Auch keine Reaktion! Gerade als er im *Telegraph* nachsah, ob die Nummer auch stimmte, schwang die Tür lautlos zurück und ließ eine Frau mittleren Alters in schwarzer Seide erkennen, die ihn mit strengem Staunen musterte.

»Ist dies – ?«, begann er nervös und verlegen wegen ihrer unerbittlichen Musterung.

»Suchen Sie vielleicht Zimmer?«, fragte sie.

»Ja«, antwortete er. »Das stimmt. Wenn ich vielleicht einmal sehen –«

»Wollen Sie bitte eintreten?«, forderte sie ihn auf. Und ihr mürrisches Gesicht erhielt den zwingenden Befehl von ihrem Gehirn, ein Lächeln aufzusetzen, das als Imitation wirklich prächtig war. Man musste sich wundern, wie sie ihrem Gesicht das hatte beibringen können.

Priam Farll fand sich errötend auf einem Orientteppich stehen, und eine Art Kirchendämmerlicht umfing ihn. Er war verunsichert, doch der Orientteppich beruhigte ihn etwas. Während seine Augen sich an das schwache Licht gewöhnten, erkannte er, dass das Kirchenschiff sehr schmal und der Chor eine gleichfalls mit Orientteppich belegte Treppe war. Auf der untersten Stufe stand ein Gegenstand, dessen Wesen er nicht gleich erfassen konnte.

»Soll es für länger sein?«, murmelten die Lippen vor ihm vorsichtig fragend.

Seine Antwort – die Antwort eines impulsiven, schüchternen Menschen – bestand darin, dass er eilends aus dem Palast entfloh. Er hatte den Gegenstand auf der Treppenstufe identifiziert: es war ein Aufwischeimer mit einem darüber gelegten Scheuertuch.

Er fühlte sich zutiefst entmutigt und pessimistisch. Seine ganze Energie hatte ihn verlassen. London war hart, feindlich, grausam und unmöglich geworden. Ein starkes Verlangen nach Leek überwältigte ihn.

Tee

Eine Stunde später, nachdem er Leeks Gepäck auf den freundlichen Rat des Droschkenkutschers in der Obhut der Gepäckaufbewahrung im Bahnhof South Kensington zurückgelassen hatte, wanderte er zu Fuß aus dem alten London hinaus in den inneren Ring des neuen London, wo die Menschen nie etwas anderes tun, als die Luft in den Parks zu genießen, an Klubfenstern zu sitzen, in sonderbaren Vehikeln hin und her zu rollen, die sich ohne Pferde hinausgewagt haben und dennoch ganz gut funktionieren, Blumen und ägyptische Zigaretten zu kaufen, Bilder zu betrachten und zu essen und trinken. Nahezu alle Häuser waren höher als zuvor und die Straßen breiter; und in Abständen von hundert Metern oder so standen Baukräne, die die Wolken aufschlitzten und den Gesetzen der Schwerkraft spotteten, indem sie ununterbrochen Ziegel und Marmor in die höheren Lagen der Luft beförderten. An allen Ecken wurden Veilchen zum Kauf angeboten, und die Luft war geschwängert mit dem berauschenden Geruch nach Brennspiritus. Bald stand er vor einer gewaltigen gewölbten Fassade, auf der vor allem markant das Wort »Tee« stand, und er stellte sich dahinter Hunderte von Menschen beim schluckweisen Genießen ihres Tees vor; und daneben war noch eine gewölbte Fassade, auf der hauptsächlich das Wort »Tee« stand, und er stellte sich dahinter weitere Hunderte bei ihrem Tee vor; und dann kam noch eine solche Fassade, und plötzlich gelangte er an einen runden offenen Platz, der ihm irgendwie bekannt vorkam.

»Donnerwetter!«, entfuhr es ihm. »Das ist ja Piccadilly Circus!«

Und gerade in diesem Moment bemerkte er über einem schmalen Eingang die Abbildung eines grünen Baumes und die Worte:

»The Elm Tree«. Es war der Eingang zu den »Elm Tree Tea Rooms«, so wohlwollend im *Telegraph* erwähnt. In gewisser Hinsicht war er ein Mann mit fortschrittlichen und menschenfreundlichen Vorstellungen, und der Gedanke an wohlerzogene, bedürftige Damen von Stand und Bildung, die sich wacker mit der Welt herumschlugen, statt zu hungern, wie sie das in der Vergangenheit sicher hatten tun müssen, appellierte an seine Ritterlichkeit. Er beschloss, ihnen zu helfen, indem er seinen Tee in dem annoncierten Salon einnehmen würde. Seinen ganzen Mut zusammennehmend, drang er in einen von rosaroten Glühbirnen erleuchteten Korridor ein und stieg eine rosarote Treppe empor. Eine rosarote Tür hielt ihn schließlich auf. Sie mochte geheimnisvolle und fragwürdige Dinge zu verbergen haben, doch es stand lakonisch »Stoßen« darauf, und mutig stieß er sie auf ... Er befand sich in einer Art Boudoir, dicht mit Tischen und Stühlen vollgestellt. Der rasche Übergang von der lärmerfüllten Straße in einen Salon übte eine verblüffende Wirkung auf ihn aus: Er veranlasste ihn, seinen Hut vom Kopf zu reißen, als sei dieser Hut glühend heiß. Außer zwei großen, eleganten Geschöpfen, die am gegenüberliegenden Ende des Boudoirs beisammenstanden, hatten die Stühle und Tische den ganzen Raum für sich allein. Er wollte schon eine Entschuldigung stammeln und die Flucht ergreifen, als eine der vornehmen Damen einen Blick zu ihm herüberwarf, und deshalb setzte er sich. Die Damen nahmen ihre Unterhaltung wieder auf. Er sah sich verstohlen um. Ulmen, fest verwurzelt in einer Einfassung aus Kokosläufern, wuchsen in exotischer Fülle rundherum an allen Wänden, und ihre obersten Äste kitzelten die Decke. Ein Schild an einem Stamm mit der kurzen Mitteilung »Hunde nicht gestattet« schien ihn zu entmutigen.

Nach einer kleinen Pause glitt eine der Damen hochmütig auf ihn zu und blickte auf irgendeinen Punkt zwischen seinen Augen. Sie sagte kein Wort, aber ihr fester, strenger Blick sprach: »Nun, heraus damit, und versuchen Sie sich zu benehmen!«

Er hatte ein ritterliches Lächeln bereitgehalten, doch unter diesem Blick starb es einen plötzlichen Tod.

»Etwas Tee, bitte«, hauchte er, und sein furchtsamer Ton bedeutete: »Falls es Ihnen nicht zu viel Mühe macht.«

»Was wünschen Sie dazu?«, fragte die Dame abrupt und, da er offenbar verlegen war, fügte hinzu: »Crumpets oder Teekuchen?«

»Teekuchen«, antwortete er, obwohl er Teekuchen hasste. Aber er hatte Angst.

»Diesmal sind Sie noch davongekommen«, wisperte der Faltenwurf ihres Musselinkleides, als sie seiner Sicht entschwebte. »Aber keine Dummheiten in meiner Abwesenheit!«

Als sie ihm streng und stumm die Stärkung unsanft vor die Nase setzte, sah er, dass alles auf dem Tisch, außer dem Teekuchen und dem Teelöffel, mit Ulmen bewachsen war.

Nach einer Tasse Tee und einer Scheibe Kuchen, als der Tee zu lange gezogen hatte und bitter geworden war und der Teekuchen die Konsistenz von Leder zur Herstellung von Jagdstiefeln angenommen hatte, gewann er, zumindest teilweise, seine Geistesgegenwart zurück und erinnerte sich daran, dass er absolut nichts Kriminelles mit dem Betreten dieses Boudoirs oder Salons und der Bestellung von Essen und Trinken gegen Bezahlung getan hatte. Außerdem benahmen sich die Damen jetzt so, als existierte er überhaupt nicht, und auch kein weiterer tollkühner Mensch war, von Hunger getrieben, in diesen Ulmenurwald eingedrungen. Er begann zu grübeln, und sein Grübeln schlug eine – für ihn – ungewöhnliche Richtung ein und veranlasste ihn, Henry Leeks Brieftasche zu untersuchen, die er bis anhin nur vom Sehen her kannte. Seit vielen Jahren hatte er sich nicht mehr um Geld gekümmert, aber die Entdeckung eines einsamen Sovereign in Leeks Hosentasche, als er für die Aufbewahrung seines Gepäcks im Bahnhof bezahlte, hatte ihn auf den Gedanken gebracht, dass es ratsam sein würde, bald einmal die finanziellen Aspekte seiner Existenz zu überprüfen.

In Leeks Brieftasche befanden sich zwei Banknoten zu je zehn Pfund; außerdem fünf französische Banknoten zu je tausend Franc und eine Anzahl kleinerer italienischer Banknoten: Alles zusammen machte den Gegenwert von rund zweihundertdreißig Pfund aus, nicht gerechnet einen Zollstock, ein paar Briefmarken und das Foto einer freundlich aussehenden Frau von vielleicht vierzig Jahren. Diese Summe war für Priam Farll weder sehr groß noch unbedeutend. Sie stellte für ihn lediglich ein greifbares Guthaben dar, das es ihm ermöglichen würde, die finanzielle Frage für unbestimmte Zeit aus seinem Gedächtnis zu verbannen. Er zerbrach sich auch gar nicht erst den Kopf darüber, was Leek mit mehr als zwei Jahreslöhnen in seiner Brieftasche vorgehabt haben mochte! Er wusste, oder vermutete zumindest mit einiger Sicherheit, dass Leek ein ziemlicher Gauner gewesen war. Dennoch hatte er eine gewisse grimmige, zynische Zuneigung für Leek. Und die Vorstellung, dass Leek ihn nie wieder rasieren, ihm nie wieder in einem Ton, der keinen Aufschub duldete, sagen würde, dass seine Haare geschnitten werden müssten, nie wieder sein Reisegepäck aufgeben und seinen Platz im Fern-D-Zug reservieren würde, erfüllte ihn mit echter Niedergeschlagenheit. Leek tat ihm nicht etwa leid, und er dachte auch nicht: »Armer Leek!« Niemand, der in den Genuss der Bekanntschaft mit Leek gekommen war, hätte »Armer Leek!« gesagt. Denn Leeks größte Spezialität war es immer gewesen, für Leek zu sorgen, und wo auch immer Leek zurzeit sein mochte, Leeks Interessen würden mit Sicherheit nicht zu kurz kommen. Deshalb war Priam Farlls Jammer in erster Linie Selbstmitleid.

Und obgleich seine Würde während der letzten Augenblicke in Selwood Terrace erheblich Schaden gelitten hatte, gab es doch einen Grund zur Gratulation. Der Arzt hatte ihm zum Beispiel beim Abschied die Hand geschüttelt; hatte ihm offen und im Beisein von Duncan Farll die Hand geschüttelt; ein schmeichelhafter Tribut an seine Persönlichkeit. Doch Priam Farlls größte Genugtuung in dieser desolaten Stunde war die Tatsache, dass er sich selbst bezwungen hatte, dass er für die Welt nicht mehr existierte. Ich gestehe offen, dass diese Genugtuung seinen Kummer fast übertraf. Er seufzte – und es war ein Seufzer gewaltiger Erleichterung. Denn wie durch ein Wunder würde er jetzt frei sein von der Bedrohung durch Lady Sophia Entwistle. Wenn er in Ruhe auf die erst kurz zurückliegende Entwistle-Episode in Paris zurückblickte – den eigentlichen Beweggrund für seine überstürzte Flucht nach London –, verblüffte ihn seine latente Fähigkeit zu ausgesprochener impulsiver Dummheit. Wie alle schüchternen Menschen hatte auch er Anfälle erstaunlicher Kühnheit – und seine Kühnheit nahm gewöhnlich die Form besonderer Liebenswürdigkeit gegenüber Frauen an, denen er auf Reisen begegnete – gegenüber Frauen war er viel weniger schüchtern als gegenüber Männern. Aber einer so ausdauernden Hotel-Hyäne wie Lady Sophia Entwistle einen Heiratsantrag zu machen, ihr seine Identität zu enthüllen und zu gestatten, dass sie seinen Antrag annahm – das war ein wirklich unvorstellbar unvernünftiges Unterfangen gewesen!

Und jetzt war er frei, denn er war tot.

Er merkte, dass es ihm bei dem Gedanken an das schreckliche Schicksal, dem er mit knapper Not entgangen war, kalt über den Rücken lief. Er, ein Mann von fünfzig, ein Mann mit festen Gepflogenheiten, gewöhnt an die Freiheit des wilden Hirsches, hatte seinen stolzen Nacken unter das feste Schuhwerk von Lady Sophia Entwistle beugen sollen!

Ja, es gab entschieden einen Silberstreifen am düsteren Horizont von Leeks Versetzung in eine andere Wirkungssphäre.

Indem er die Brieftasche zurücksteckte, streifte seine Hand den Brief in der Jacketttasche, der am Morgen für Leek gekommen war. Während er noch mit sich redete, ob er ihn öffnen sollte, machte er ihn auf. Er lautete:

»Sehr geehrter Mr. Leek, ich freue mich sehr über Ihren Brief, und ich finde, dass die Photographie sehr vornehm wirkt. Aber ich wünschte doch, Sie würden nicht mit der Schreibmaschine schreiben. Sie wissen sicher nicht, wie das auf eine Frau wirkt, denn sonst würden Sie es nicht tun. Gleichwohl freue ich mich sehr, Sie kennenzulernen, wie Sie das vorschlagen. Wir sollten uns morgen Nachmittag (Sonnabend) bei Maskelyne and Cook's treffen. Die Adresse lautet nicht mehr Egyptian Hall, müssen Sie wissen. Ich glaube, es ist in St. George's Hall. Aber Sie werden das im *Telegraph* finden; ebenfalls die Zeit. Ich werde dort sein, wenn man die Tore öffnet. Sie werden mich nach meiner Photographie erkennen; aber ich werde rote Rosen an meinem Hut tragen. Für jetzt also au revoir. Ihre ergebene Alice Challice. – P. S. Bei Maskelyne and Cook's gibt es immer etliche dunkle Ecken. Ich muss Sie bitten, sich wie ein Gentleman zu benehmen. Entschuldigen Sie bitte, aber ich wollte das nur für alle Fälle erwähnen. – A. C.«

Infamer Leek! Hier war jedenfalls eine Erklärung für die geheimnisvolle kleine Schreibmaschine, die der Kammerdiener ständig mit sich herumgeschleppt, die Priam jedoch in Selwood Terrace zurückgelassen hatte.

Priam warf einen Blick auf die Photographie in der Brieftasche – und, merkwürdigerweise, auch in den *Telegraph*.

Eine Dame mit drei Kindern platzte in den Salon und nahm augenblicklich von dem ganzen Raum Besitz; die Kinder schrien: »Mammah!« »Mammah!« »Mammah!« in schrillen Tönen abgestuften Entzückens.

Als eine der vornehmen Damen des Hauses an ihm vorbeikam, fragte er bescheiden: »Was habe ich zu bezahlen, bitte?«

Sie ließ im Vorbeigehen einen Zettel auf seinen Tisch fallen, ohne auch nur einen Moment dabei zu verharren, und sagte mahnend: »Zahlen Sie am Buffet!«

Als er an das Buffet trat, das hinter einer Ulmenwand verborgen war, sah er sich einer wahren Aristokratin gegenüber – die auch keineswegs in Musselin gekleidet war. Wenn die anderen Grafentöchter waren, so war dies eine echte Gräfin in einem Nachmittagskleid.

Er legte Leeks Sovereign vor sie hin.

»Haben Sie's nicht kleiner?«, schnappte die Gräfin.

»Leider nicht«, antwortete er.

Verachtungsvoll nahm sie den Sovereign in die Hand und drehte ihn um.

»Wirklich sehr unangenehm«, murmelte sie. Dann schloss sie zwei Schubladen auf und gab ihm unwillig achtzehn Shilling und Sixpence in Silber und Kupfer heraus, ohne ein Wort und ohne ihn dabei anzusehen.

»Danke sehr«, sagte er und steckte nervös die Münzen in die Tasche.

Und zwischen den andauernd wiederholten Schreien: »Mammah!« »Mammah!« »Mammah!« eilte er davon, unbeachtet, unbedauert, vornehm übersehen von diesen eleganten, zarten Geschöpfen, die in einer großen Stadt um ihren Lebensunterhalt kämpften.

Alice Challice

»Ich glaube, Sie sind Mr. Leek, nicht wahr?«, sprach eine Frau ihn an, als er unbewusst zögernd vor St. George's Hall stand und das herausströmende Nachmittagspublikum beobachtete. Er zuckte zurück, als hielte diese Frau mit der Spur eines Cockney-Akzents einen Revolver auf seinen Kopf gerichtet. Er war recht erschrocken. Man mag logischerweise fragen, was er hier vor St. George's Hall zu tun hatte. Die Antwort auf diese ganz selbstverständliche Frage rührt an die tiefsten Quellen menschlichen Verhaltens. Zwei Menschen steckten in Priam Farll. Der eine war der Schüchterne, der sich schon vor langer Zeit überredet hatte, dass er es vorzöge, nicht mit anderen Menschen zu verkehren, und der seine Feigheit tatsächlich als Tugend betrachtete. Der andere war ein draufgängerischer, ein Was-zum-Teufel-schert-mich-die-Welt-Typ, der flotte Abenteuer liebte und eine regelrechte Leidenschaft für ungehemmten Verkehr mit der gesamten Menschheit hegte. Nr. 2 brachte Nr. 1 oft ganz unvermutet in eine heikle Situation, aus der Nr. 1 sich trotz Ärger und Verlegenheit nicht einfach herauswinden konnte.

So war es Nr. 2, der mit gleichgültiger Miene die Regent Street hinaufgeschlendert war, angezogen von der geringen Chance, eine Frau mit roten Rosen an ihrem Hut zu treffen; und es war Nr. 1, der dafür büßen musste. Niemand hätte erstaunter sein können als Nr. 2 über die Erfüllung des heimlichen Sehnens von Nr. 2 nach etwas Ungewöhnlichem. Doch das unschuldig aufrichtige Staunen von Nr. 2 war keine Hilfe für Nr. 1.

Farll lüftete seinen Hut und bemerkte im selben Moment die roten Rosen. Er hätte den Namen Leek verleugnen und fliehen können, tat es aber nicht. Obwohl sein linkes Bein bereit zum Davonlaufen war, rührte sein rechtes sich nicht.

Und schon schüttelte er ihr die Hand. Aber wie hatte sie ihn erkannt?

»Eigentlich hatte ich Sie gar nicht erwartet«, sagte die Dame mit dem ganz leichten Cockney-Akzent. »Aber ich dachte, wie dumm es doch von mir wäre, die Zaubervorstellung zu versäumen, bloß weil Sie vielleicht nicht kommen könnten. Deshalb bin ich einfach alleine hineingegangen.«

»Warum haben Sie mich nicht erwartet?«, fragte er zaghaft.

»Nun ja«, erwiderte sie, »da Mr. Farll doch tot ist, wusste ich, dass Sie eine Menge zu tun haben würden, abgesehen davon, dass es Sie aus der Fassung gebracht hat.«

»O ja«, sagte er rasch in dem Gefühl, dass er vorsichtiger sein musste; denn er hatte völlig vergessen, dass Mr. Farll ja tot war. »Woher wussten Sie das?«

»Woher ich das weiß!«, rief sie. »Na, daher! Schauen Sie sich doch um! Über ganz London steht's geschrieben, schon seit vollen sechs Stunden.« Sie deutete auf einen zerlumpten Mann, der ein orangefarbenes Plakat wie eine Schürze trug. Auf dem Plakat stand in großen schwarzen Druckbuchstaben: UNERWARTETER TOD VON PRIAM FARLL IN LONDON. SONDERBERICHT. Andere zerlumpte Männer, die ebenfalls Schürzen, aber in verschiedenen Farben trugen, verkündeten mit ähnlichen Botschaften das Ableben von Priam Farll. Und die Leute, die aus der St. George's Hall strömten, kauften ununterbrochen Zeitungen von diesen Nachrichtenvermittlern.

Er errötete. Es war einmalig, dass er seit einer halben Stunde durch das Zentrum von London spazierte, ohne zu bemerken, dass sein eigener Name in allen Straßen im Sommerwind flatterte. Aber so war es eben. Er war so ein Mensch. Jetzt verstand er, weshalb Duncan Farll sich so auf Selwood Terrace gestürzt hatte.

»Sie wollen doch nicht sagen, dass Sie diese Plakate nicht *gesehen* haben?«, fragte sie herausfordernd.

»Hab' ich nicht«, antwortete er einfach.

»Das zeigt, wie sehr Sie in Gedanken verloren gewesen sein müssen!«, erklärte sie. »War er ein guter Herr?«

»Ja, ein sehr guter«, sagte Priam Farll mit Überzeugung.

»Ich sehe, dass Sie nicht Trauer tragen.«

»Nein, das heißt –«

»Ich halte auch nichts von Trauerkleidung«, fiel sie ein. »Man sagt, das soll Achtung bezeugen. Aber ich glaube, wenn man seine Achtung nicht auch ohne ein Paar schwarze Handschuhe zeigen kann, blättert der Anstrich doch bei jeder Gelegenheit ab ... Ich weiß nicht, was Sie davon halten, aber ich finde Trauern überhaupt nicht gut. Außerdem hieße das, über die Vorsehung murren! Womit ich nicht sagen will, dass nicht viel zu viel über Vorsehung geredet wird. Ich weiß nicht, was Sie darüber denken, aber –«

»Ich stimme Ihnen absolut zu«, sagte er mit einem warmen, großherzigen Lächeln, das manchmal ganz plötzlich aufstrahlte und sein Gesicht veränderte, ehe er sich dessen bewusst wurde.

Sie lächelte zurück und warf ihm dabei einen halb vertraulichen Blick zu. Sie war klein und vollschlank – in der Tat beleibt; hatte rote Pausbacken; eine zu auffallende weiße Baumwollbluse; einen karminroten schiefsitzenden Rock; graue Baumwollhandschuhe; einen grünen Sonnenschirm; und zu alledem noch diesen schwarzen Hut mit roten Rosen. Die Photographie in Leeks Brieftasche musste vor etlicher Zeit aufgenommen worden sein. Sie sah in Wirklichkeit wie eine gute Fünfundvierzigerin aus, während die Photographie neununddreißig oder ganz wenig darüber vermuten ließ. Beschützerisch und mit gutmütiger, verständnisvoller Leutseligkeit blickte er auf sie hinunter.

»Ich nehme an, Sie werden bald wieder gehen müssen, um alles Mögliche zu erledigen«, sagte sie. Immer war sie es, die die Unterhaltung in Gang hielt.

»Nein«, entgegnete er. »Ich habe dort nichts mehr zu tun. Sie haben mich entlassen.«

»Wer hat?«

»Die Verwandten.«

»Warum?«

Er schüttelte den Kopf.

»Ich hoffe, Sie haben sich von ihnen das zusätzliche Monatsgehalt auszahlen lassen«, sagte sie mit fester Stimme.

Er war froh, eine zufriedenstellende Antwort geben zu können.

Nach einem Moment nahm sie den Gesprächsfaden wacker wieder auf: »Mr. Farll war also einer von diesen Künstlern? Den Zeitungen nach scheint das wenigstens so zu sein.«

Er nickte.

»Das ist schon eine eigenartige Sache«, meinte sie. »Aber einige von denen verdienen sicher ganz schön damit. Sie sollten das ja eigentlich wissen, so lange, wie Sie dabei gewesen sind.«

Noch nie in seinem Leben hatte er sich in einer derartigen Ausdrucksweise mit einer Person wie Mrs. Alice Challice unterhalten. Sie war in jeder Hinsicht etwas völlig Neues für ihn – in Kleidung, Manieren, Akzent, Verhalten, ihrer Einstellung zur Welt und zu Farben. Er hatte von solchen Geschöpfen wie Mrs. Alice Challice gehört und gelesen, und jetzt stand er in direktem Kontakt mit einem solchen. Die ganze Angelegenheit kam ihm außerordentlich merkwürdig vor, wie eine verrückte Eskapade von ihm. Sein Verstand sagte ihm, dass es lächerlich sei, diese Begegnung sich hinziehen zu lassen, aber in seiner törichten Schüchternheit konnte er sich nicht losreißen. Außerdem verfügte sie über den Reiz des Neuen; und sie besaß das gewisse Etwas, das den Mann in ihm herausforderte.

»Nun«, meinte sie, »ich finde, wir können hier nicht ewig stehenbleiben!«

Die Menschenmenge hatte sich zerstreut, und ein Wärter war dabei, die Tore von St. George's Hall zu schließen und zu verriegeln. Priam räusperte sich.

»Schade, dass es Sonnabend ist und alle Geschäfte geschlossen sind. Aber wenn auch, wir könnten vielleicht trotzdem die Oxford Street hinunterlaufen? Wollen wir?« Sie war es wieder, die die Initiative ergriff.

»Aber sehr gern.«

»Noch etwas möchte ich sagen«, murmelte sie mit einem beruhigenden Lächeln, während beide sich in Bewegung setzten. »Sie haben keinen Anlass, mir gegenüber schüchtern zu sein. Es gibt keinen Grund dafür. Ich bin einfach so, wie ich vor Ihnen stehe.«

»Schüchtern!«, rief er aus, echt überrascht.

»Komme ich Ihnen denn schüchtern vor?« Er hatte sich für außergewöhnlich draufgängerisch gehalten.

»Nun gut«, sagte sie. »Wenn Sie's nicht sind, ist das ja in Ordnung. Ich würd' es nur als armseliges Kompliment empfinden, wenn Sie mir gegenüber schüchtern wären. Was meinen Sie wohl, wo wir uns in Ruhe unterhalten könnten? Ich habe mir den Abend freigehalten.«

Ihre Augen musterten ihn fragend.

Keine Zuwendungen

Zu einer späteren Stunde betraten sie Seite an Seite ein glitzerndes Etablissement, dessen Innenwände hauptsächlich aus facettiertem Glas zu bestehen schienen, so dass der neugierige Besucher sich überall ganz und in verzerrten Teilstücken zu sehen bekam. Die Glasfläche wurde häufig von kunstvoll gearbeiteten Emailleschildern unterbrochen, auf denen immer wieder stand: »Keine Zuwendungen«. Anscheinend wollten die Leiter dieses Etablissements den Gästen absolut klarmachen, dass sie, was sie auch sonst hier alles finden mochten, auf keinen Fall irgendwelche Zuwendungen zu erwarten hatten.

»Ich hatte schon immer einmal hier hingehen wollen«, sagte Mrs. Challice lebhaft und schaute dabei zu Priam Farlls bescheidenem, nicht mehr jungem Gesicht auf.

Nachdem sie erfolgreich eine zweiteilige Vortür aus facettiertem Glas überwunden hatten, sahen sie sich einem großen Mann gegenüber, angezogen wie ein Polizist, der nun wie ein Polizist die Hand hob und sie stoppte.

»Anstehen, bitte«, sagte er.

»Ich dachte, dies sei ein Restaurant und kein Theater«, flüsterte Priam Mrs. Challice zu.

»Es ist auch ein Restaurant«, erwiderte seine Gefährtin. »Aber ich habe gehört, dass sie das tun müssen, weil hier immer so ein Andrang herrscht. Ist doch ganz hübsch hier, nicht?«

Er pflichtete ihr bei. Er hatte das Gefühl, dass London ihm ein gutes Stück voraus war und dass er sich sehr sputen müsste, wenn er diesen Vorsprung aufholen wollte.

Schließlich öffnete ein weiterer nachgemachter Polizist weitere Türen, und zusammen mit anderen Sündern wurden sie aus dem Fegefeuer in ein klapperndes, plapperndes Paradies entlassen, das wieder alles außer Zuwendungen offerierte. Man geleitete sie an einen kleinen Tisch, voll von schmutzigem Geschirr und geleerten

Gläsern, in einer Ecke des sehr großen, hohen Saales. Ein Mann im Abendanzug, dessen Blick sagte: »Und denken Sie daran, keine beleidigenden Zuwendungen!«, rauschte an den Tisch heran, fegte mit einer einzigen, erstaunlich geschickten Bewegung alles herunter, was darauf stand, und war im nächsten Augenblick damit verschwunden. Es war ein verblüffendes Kunststück, und kaum hatte Priam sich von seinem Staunen erholt, musste er schon wieder staunen, als er entdeckte, dass dieser befrackte Mann ihm dabei mit Hilfe magischer Kräfte eine goldgeprägte Speisekarte in die Hände gezaubert hatte. Diese Speisekarte war außergewöhnlich lang – sie enthielt alles außer Zuwendungen –, und da er offenbar aus Erfahrung wusste, dass man ein solches Dokument nicht in fünf Minuten sorgfältig und erschöpfend studieren konnte, achtete der Mann im Gesellschaftsanzug darauf, Priam Farll und Alice Challice während einer vollen Viertelstunde beim Studium nicht zu unterbrechen. Dann erschien er wieder wie ein Blitz, nahm ihnen das Speisekartenexamen ab und flog davon, und als er verschwunden war, stellten sie fest, dass der Tisch mit einem sauberen Tuch, sauberem Geschirr, Besteck und frischen Gläsern gedeckt war. Darauf legte eine Kapelle mit fröhlichen Melodien los, lautstark wie eine Kapelle in einer Music Hall nach einem Zwischenfall an der Bar. Und sie spielte lauter und lauter. Und der Lärm der Becken mischte sich mit dem Klappern der Teller und der Tonlage der Messer und Gabeln, und über alledem verschafften sich die schrillen Laute der Plauderer entschlossen Gehör. Und Männer in Gesellschaftsanzügen – einer Kleidung, die den Gästen an den Tischen nicht gestattet zu sein schien – flitzten mit unvorstellbarer Geschwindigkeit hin und her, unnahbare, in ihre Tätigkeit verstrickte Zauberer. Und von jeder Marmorwand, jedem facettierten Spiegelglas, jeder dorischen Säule sprach leise, aber beschwörend der immer wiederkehrende Text: »Keine Zuwendungen«.

So begann Priam Farll seine erste öffentliche Mahlzeit im neuzeitlichen London. Von einem halben Dutzend Länder kannte er die Hotels, kannte er die Restaurants, aber noch nirgendwo hatte er sich so überwältigt gefühlt wie hier. In seiner Erinnerung war London eine Stadt mit langweiligen, billigen Restaurants, und die vielen Gedanken, die ihm durch den Kopf brausten, ließen ihn kaum zum Essen kommen.

»Ist es nicht amüsant?«, meinte Mrs. Challice wohlwollend über einem Glas Bier. »Ich bin so froh, dass Sie mich hierher mitgenommen haben. Ich wollte schon immer mal hin.«

Und dann, ein paar Minuten später, sagte sie zu ihm, gegen den unglaublichen Lärm ankämpfend: »Wissen Sie, ich trage mich schon seit Jahren mit dem Gedanken, wieder zu heiraten. Und wenn man wirklich entschlossen ist, wieder zu heiraten, was tut man dann? Man kann im Sessel sitzen und warten, bis die Eier Sixpence das Dutzend kosten, und ist seinem Ziel kein Stückchen nähergekommen. Man muss etwas unternehmen. Und was ist besser dafür geeignet als eine Ehevermittlung? Na und – was gibt es denn gegen eine Ehevermittlung einzuwenden? Wenn man heiraten möchte, möchte man eben heiraten, und es hat keinen Sinn, das Gegenteil vorzutäuschen. Ich hasse dieses So-tun-als-ob, ich hasse es! Es ist doch keine Schande, wenn man heiraten möchte, oder? Ich halte eine Ehevermittlung für eine sehr gute, nützliche Sache. Die Leute sagen, man würde betrogen. Nun, wem es so ergeht, hat's auch verdient. Man kann auch ohne eine Ehevermittlung betrogen werden, glaube ich. Nicht, dass es mir je so ergangen wäre! Leute mit einfachem, gesundem Menschenverstand kann man nicht betrügen. Nein, wenn Sie mich fragen, Ehevermittlungen sind das Vernünftigste – nach Schweißblättern –, das je erfunden worden ist. Und ich bin sicher, wenn etwas dabei herauskommt, werde ich das Honorar mit dem größten Vergnügen bezahlen. Sind Sie da nicht auch meiner Meinung?«

Das ganze Geheimnis war gelöst.

»Absolut!«, sagte er.

Und spürte, wie sich in seinem Kreuz eine Gänsehaut bildete.

3

Die Photographie

Von dem Augenblick der wohlwollenden Bemerkungen von Mrs. Challice über Ehevermittlungen an wurde Priam Farll sein Dasein zur Qual. Sie war das, was er in Gedanken immer als »eine sehr anständige Frau« bezeichnet hätte; »aber wirklich ...!« Der Satz bleibt unbeendet, weil Priam Farll ihn auch in Gedanken nie beendete. Wohl fünfzigmal kam er damit bis zu dem Wörtchen »wirklich«, und danach verschwamm alles in einer unbehaglichen, beunruhigenden Wolke.

»Ich glaube, wir sollten jetzt gehen«, sagte sie, als sie ihr Eis gegessen hatte und seines geschmolzen war.

»Ja«, stimmte er zu und fragte sich im Stillen, »aber wohin?«

Auf jeden Fall würde es eine Erleichterung sein, das Restaurant zu verlassen, und er bat um die Rechnung. Während er auf die Rechnung wartete, wurde die Situation zunehmend unbehaglicher. Priam verspürte den Wunsch, Sovereigns auf den Tisch zu werfen und fluchtartig das Lokal zu verlassen. Sogar Mrs. Challice, die das unbestimmt fühlte, hatte Schwierigkeiten mit der Konversation.

»Sie sehen aus wie Ihre Photographie!«, bemerkte sie mit einem Blick in sein Gesicht, das – wie gesagt werden muss – sich in einer halben Stunde sehr verändert hatte. Sein Gesicht konnte hundert verschiedene Ausdrücke am Tag aufweisen. Im Augenblick zeigte es einen seiner ängstlichen Ausdrücke mittleren Grades. Man konnte es mit dem Gesicht eines Mannes vergleichen, der in einer Stahlkammer eingeschlossen ist und voller Unbehagen feststellen muss, dass die Wände in den Ecken rot zu glühen beginnen.

»Wie meine Photographie?«, rief er aus, erstaunt darüber, dass er Leek auf dessen Photographie ähnlich sehen sollte.

»Aber ja!«, beteuerte sie. »Ich habe Sie sofort erkannt. Besonders an der Nase.«

»Haben Sie das Bild hier?«, fragte er voller Interesse, welches Porträt von Leek eine Nase gleich der seinen aufzuweisen hatte.

Und sie zog aus ihrer Handtasche eine Photographie, aber nicht von Leek, sondern – von Priam Farll. Er war ein nicht aufgezogener Abzug von einem Negativ, das er zusammen mit Leek zur Abklärung einer Pose in einem Bild aufgenommen hatte, und er sah wirklich würdevoll darauf aus. Aber warum sollte Leek Fotos seines Herrn an fremde, durch Heiratsagenturen vermittelte Damen verschicken? Priam Farll konnte es sich nicht vorstellen – es sei denn aus reiner, skrupelloser, sorgloser Prahlerei.

Sie betrachtete das Porträt mit offensichtlicher Freude.

»Also, ehrlich, halten Sie es nicht auch für sehr, sehr gut?«, wollte sie wissen.

»Wahrscheinlich ist es das«, stimmte er zu. Er hätte gut und gern zweihundert Pfund für den Mut gegeben, ihr in ein paar wohlgesetzten Worten erklären zu können, dass hier ein riesiges Missverständnis, eine ungeheure, impulsive Indiskretion vorläge. Doch selbst zweihunderttausend Pfund hätten diesen Mut nicht kaufen können.

»Ich liebe es!«, rief sie inbrünstig aus – voller Leidenschaft und doch nett und ordentlich! Und sie steckte die Photographie in ihre kleine Handtasche zurück.

Sie senkte die Stimme: »Sie haben mir noch nicht gesagt, ob Sie schon einmal verheiratet waren. Ich habe darauf gewartet.«

Er errötete. Sie war beunruhigend persönlich.

»Nein«, sagte er.

»Und Sie haben immer so gelebt, allein, meine ich; kein Zuhause; immer auf Reisen; und niemand, der sich ordentlich um Sie kümmerte?« Schmerzliches Mitgefühl lag in ihrer Stimme.

Er nickte. »Man gewöhnt sich daran.«

»O ja«, meinte sie. »Ich verstehe das sehr gut.«

»Keinerlei Verantwortung«, fügte er hinzu.

»Ja. All das kann ich verstehen.« Sie zögerte. »Aber Sie tun mir so sehr leid … diese vielen Jahre!«

Und ihre Augen waren feucht, und ihr Ton war so ehrlich, dass Priam Farll sich davon regelrecht angerührt fühlte. Natürlich sprach sie von Henry Leek, dem demütigen Diener, und nicht von Leeks berühmtem Herrn. Doch Priam sah keinen Unterschied zwischen seinem Geschick und dem von Leek. Er spürte, dass es da keinen wesentlichen Unterschied gab und dass Leek sich, trotz seiner vielen vollkommenen Fähigkeiten als Kammerdiener, nie um ihn gekümmerte hatte – ordentlich gekümmert.

Der Klang ihrer Stimme bewirkte, dass er sich selbst genauso leidtat, wie er ihr leidtat; er spürte, dass sie ein gutes Herz hatte und dass ein gutes Herz das Einzige auf dieser Welt war, was wirklich zählte. Ah! Wenn Lady Sophia Entwistle in solchen Tönen zu ihm gesprochen hätte …!

Die Rechnung kam. Sie war so niedrig, dass er sich schämte, sie zu bezahlen. Das Weglassen von Bedienungsgeldern – Zuwendungen – gestattete den Verzehr eines kompletten Dinners für denselben Preis wie ein Fingerhut voll Tee und zwanzig Gramm Kuchen ein paar Schritte weiter. Glücklicherweise hatte der Beherrscher dieses Reiches seine Scham vorausgesehen und für eine eigenartige Methode der Bezahlung durch eine kleine Öffnung gesorgt, bei welcher der Empfänger nichts als seine errötenden Hände sehen konnte. Die Zauberer im Frack beschmutzten sich offenbar nie selbst die Hände durch den Kontakt mit Bargeld.

Draußen auf der Straße wusste er nicht, wie er sich verhalten sollte. Sie müssen wissen, dass er von Mrs. Challices Code der Etikette keine Ahnung hatte.

»Würden Sie gern ins Alhambra oder sonst wohin mit mir gehen?«, schlug er vor, da er die unbestimmte Vermutung hatte, dass dies genau die richtige Art des Redens mit einer Dame sein müsse, deren Gegenwart die unmittelbare Folge ihres Wunsches zur Heirat war.

»Das ist sehr lieb von Ihnen«, sagte sie.

»Aber ich bin sicher, dass Sie das nur aus Freundlichkeit vorschlagen – weil Sie ein Gentleman sind. Es wäre sicher nicht schön für Sie, heute Abend in eine Music Hall gehen zu müssen. Ich weiß, ich sagte, ich hätte mir den Abend freigehalten, aber ich habe dabei nicht nachgedacht. Es war keine Anspielung – wirklich nicht! Ich glaube, ich sollte jetzt nach Hause gehen – und vielleicht auf ein ander … «

»Ich werde Sie nach Hause begleiten«, unterbrach er sie. Impulsiv, wieder einmal!

»Würden Sie das wirklich tun wollen? Könnten Sie?«

In dem bläulichweißen elektrischen Licht, das die Straße heller als am Tag machte, errötete sie. Ja, sie errötete wie ein Mädchen.

Sie führte ihn in eine Seitenstraße, wo es eine Art Eisenbahnstation gab, wie sie Priam Farll noch nicht kannte, gekachelt wie ein Fleischerladen und sauber wie Holland. Nach ihrer Anweisung löste er Fahrscheine für eine Station, deren Namen er nie gehört hatte, und dann gingen sie durch Stahlschranken, die sich mit dem Geräusch einer Tresortür hinter ihnen schlossen, nach der es nur einen Weg in einen langen, schwach erleuchteten Tunnel gab. Aufgemalte Hände, die auf das mysteriöse Wort »Lifts« deuteten, winkten einen vorwärts, tiefer in den Tunnel. »Beeilen Sie sich bitte!«, ertönte eine Stimme aus diesem geisterhaften Dämmerlicht. Mrs. Challice begann darauf zu laufen. Dem Voranstreben der Menschen entgegen blies ein stetiger Passatwind mit gewaltiger Kraft den Tunnel hinauf. Im selben Augenblick, als Priam zu laufen begann, fegte ihm der Passat den Hut vom Kopf. Der Hut segelte auf den Ausgang zu, und Priam rannte wie ein zwanzigjähriger Jüngling hinterher und fing ihn wieder ein. Doch als er damit das andere Ende des Tunnels erreicht hatte, sahen seine staunenden Augen nur noch einen großen Käfig mit dicht gedrängten Menschen hinter Gitterstäben, der mit einem Klack! in die Erde zu sinken begann und seinen Blicken entschwand.

Er spürte, dass es da noch mehr gab, als er sich in der Stadt der Wunder erträumt hatte. In zwei Minuten stieg ein anderer Käfig an einer anderen Stelle in den Tunnel hoch, spie seine Gefangenen aus, glitt rasch mit Priam und vielen anderen wieder hinunter und warf sie hinaus in eine weiße Bergwerkslandschaft mit zahllosen Stollen. Er lief durch diese endlosen Gänge unter der Stadt London, folgte eine lange Zeit den Weisungen aufgemalter Hände, und ab und zu brausten magische Züge ohne Lokomotiven an seinen Augen vorbei. Doch er konnte nicht einmal mehr den Geist von Mrs. Challice in dieser Unterwelt wiederfinden.

Das Nest

Auf Briefpapier mit dem Kopf »Grand Babylon Hotel, London« schrieb er mit verstellter, schräger Handschrift die folgende Botschaft:

»Duncan Farll, Esq. – Sir, falls irgendwelche Briefe oder Telegramme für mich nach Selwood Terrace kommen sollten, seien Sie bitte so freundlich, sie mir unverzüglich an die obige Adresse nachsenden zu lassen. – Ihr sehr ergebener H. Leek.«

Es kostete ihn einige Überwindung, mit dem Namen des Toten zu unterzeichnen; doch er vermutete instinktiv, dass Duncan Farlls juristisch geschulter Verstand ganz automatisch alle Umstände heraussieben und schon beim geringsten Anlass Verdacht schöpfen könnte. Um daher sicherzugehen, einen eventuellen Brief oder ein Telegramm von Mrs. Challice zu erhalten, musste er sich offen als Henry Leek bezeichnen. Er hatte Mrs. Challice verloren; ihr Brief war ohne Adresse; er wusste nur, dass sie in oder nahe bei Putney wohnte, und die einzige Hoffnung, sie wiederzufinden, lag in der Tatsache, dass sie seine Adresse von Selwood Terrace hatte. Er wollte sie wiedersehen; er wünschte es sehnlichst, und sei es auch nur, um ihr zu erklären, dass ihre Trennung auf das Konto einer plötzlichen Laune eines Hutes ging und dass er sie ängstlich und verzweifelt überall in der Mine gesucht hatte. Sie würde doch sicher nicht glauben, dass er sich absichtlich aus dem Staube gemacht hätte? Nein! Und doch, wenn sie einer solchen Ungeheuerlichkeit unfähig war, weshalb hatte sie dann nicht auf einem der Bahnsteige auf ihn gewartet? Er konnte nur das Beste hoffen. Das Beste wäre ein Telegramm; das Zweitbeste ein Brief. Sofort nach Erhalt würde er zu ihr eilen, um ihr zu erklären ... Und außerdem wollte er sie gern wiedersehen – ganz einfach. Ihre Antwort auf seinen Vorschlag mit der Music Hall und ihr Ton hatten ihn beeindruckt. Und ihre Bemerkung: »Sie tun mir so sehr leid – diese vielen Jahre«, hatte – nun ja – seine ganze Einstellung zum Leben irgendwie verändert. Ja, er wollte sie wiedersehen, auch um sich zu vergewissern, dass er weiter ihre Achtung genoss. Eine gesellschaftlich unmögliche Frau, eine Frau mit eigenartigen Gewohnheiten und Manieren – zweifellos gab es Millionen dieser Art; aber eine Frau, deren Achtung man nicht ohne Kampf aufgeben würde!

Er war in eine Notlage geraten und hatte rasch handeln müssen, als er sie verloren hatte. Und er hatte das getan, was einem lebenslangen Reisenden als das Natürlichste in den Sinn kommt. Er war zum besten Hotel in der Stadt gefahren. (Blitzartig war ihm aufgegangen, dass die Idee, in irgendeiner Privatpension zu wohnen, töricht war.) Und jetzt befand er sich in einem großen Hotelzimmer mit Blick über die Themse – einem Zimmer mit Schreibtisch, einem Sofa, fünf elektrischen Lampen, zwei bequemen Sesseln, einem Telefon, elektrischer Klingelanlage und einer massiven Eichentür mit Schloss und einem Schlüssel darin; kurz gesagt: in seiner Burg! Ein wagemutiges Unternehmen, diese Burg zu stürmen, aber er hatte sie gestürmt. Er hatte sich unter dem Namen Leek eingetragen, der zu häufig war, als dass er Aufsehen erregen konnte, und der Etagendiener hatte sich als ein prächtiger junger Mann entpuppt. Er vertraute dem Etagendiener und dem Telefon, um jeden rauen Kontakt mit der Außenwelt zu vermeiden. Er fühlte sich jetzt verhältnismäßig sicher; das ganze, riesige Hotel bildete ein Nest für seine Schüchternheit, ein Bündnis und eine Verschwörung, um ihn weiter in Watte gepackt zu halten. Er war hier Autokrat, absoluter Herrscher über Zimmer 331, der das Recht besaß, die nahezu grenzenlosen Möglichkeiten des Grand Babylon für seine eigenen, privaten Zwecke zu nutzen.

Während er den Briefumschlag versiegelte, drückte er auf einen Klingelknopf.

Der Etagendiener trat ein.

»Haben Sie die Abendzeitungen besorgt?«, fragte Priam Farll.

»Jawohl, Sir.« Der Diener legte einen Stapel Zeitungen respektvoll vor ihn auf den Schreibtisch.

»Alle?«

»Jawohl, Sir.«

»Danke. Es ist doch wohl noch nicht zu spät für einen Boten, oder?«

»O nein, Sir.« (»›Zu spät‹ im Grand Babylon, welch absurde Vermutung!«, besagte der schockierte Ton des Dieners.)

»Gut, dann lassen Sie bitte diesen Brief sofort durch einen Boten befördern.«

»Mit einer Droschke, Sir?«

»Jawohl, mit einer Droschke. Ich weiß nicht, ob eine Antwort vorliegen wird. Er wird es sehen. Danach soll er zur Gepäckaufbewahrung im Bahnhof South Kensington fahren und meine Koffer holen. Hier ist der Gepäckschein.«

»Danke, Sir.«

»Ich kann mich auf Sie verlassen, dass Sie den Boten auf der Stelle losschicken?«

»Selbstverständlich, Sir«, sagte der Diener im Brustton der Überzeugung.

»Vielen Dank. Das wäre alles, glaube ich.« Der Mann zog sich zurück, und die Zimmertüre wurde von einem Experten im Türenschließen geschlossen, von einem, der sein Leben der Perfektionierung jeder Einzelheit in der Kunst des Dienens gewidmet hatte.

Ruhm

Er lag auf dem Sofa am Fußende des Bettes und hatte alle Beleuchtung gelöscht bis auf eine Lampe mit karmesinrotem Schirm direkt über seinem Kopf. Die Abendzeitungen – weiß, grün, rosa, elfenbein und gelb – teilten mit ihm die Liegestatt. Er wollte einen Blick in die Nachrufe werfen; sie nur so überfliegen, bloß um zu sehen, in welcher Art die Journalisten über ihn geschrieben hatten. Er kannte den Wert von Nachrufen; er hatte schon oft darüber gelächelt. Er kannte auch die außerordentliche Geistlosigkeit der Kunstkritik, die ihn einmal zum Lächeln brachte, da sie ihn einfach langweilte. Außerdem erinnerte er sich, dass er nicht der erste Mensch war, der seinen eigenen Nachruf zu lesen bekam; dieses Erlebnis hatten schon andere gehabt; und er erinnerte sich auch, wie er einmal gehört hatte, dass der große Soundso diesem Irrtum zum Opfer gefallen war, und wie er als Philosoph sofort entschieden hatte, in welchem Gemütszustand der große Soundso das Studium seiner Biographie vorzunehmen hätte. Sorgfältig versetzte er sich jetzt selbst in diesen Gemütszustand. Er dachte an Mark Aurel, über die Vergänglichkeit des Ruhms; er erinnerte sich an seine lebenslange Einstellung milder, müder Verachtung für die Presse; er reflektierte mit weiser Bescheidenheit, dass in der Kunst nichts zählt als das Werk selbst und dass keine noch so große Menge albernen Geschreibsels seinen Wert für die Welt, wie auch immer diese ihn einschätzte, zum Besseren oder Schlechteren würde beeinflussen können.

Dann begann er die Zeitungen aufzuschlagen. Der erste flüchtige Einblick in ihren Inhalt ließ ihn zusammenfahren. Das physische Ergebnis davon war in der Tat recht außergewöhnlich. Seine Körpertemperatur stieg. Sein Herz begann hörbar zu schlagen. Sein Puls beschleunigte sich. Und er spürte ein Prickeln bis in die Zehenspitzen. Im Unterbewusstsein und uneingestanden hatte er ja gespürt, dass er ein ziemlich berühmter Maler sein musste. Natürlich waren seine Preise enorm. Und ihm war nicht völlig unbekannt geblieben, dass er der Gegenstand weitverbreiteter Neugier gewesen war; aber er hatte sich nie mit den wahren Titanen auf diesem Planeten verglichen. Er hatte immer geglaubt, dass seine Größe sich von der anderer bekannter Größen unterschiede – dass sie geringer, irgendwie unwirklich und nur vorgetäuscht sei. Er hatte sich nie vorgestellt, trotz der Preise und öffentlicher Neugier, dass auch er zu jenen titanischen Gestalten gehören könnte. Jetzt aber begriff er es. Die Perspektive der Zeitungen machte ihm das sehr nachdrücklich klar.

Besonders große Lettern! Zweispaltige Überschriften! Schwarze Ränder um ganze Seiten! TOD VON ENGLANDS GRÖSSTEM MALER – PLÖTZLICHER TOD VON PRIAM FARLL – TRAURIGER TOD EINES GROSSEN GENIES – GEHEIMNISVOLLES LEBEN VORZEITIG BEENDET – EUROPA IN TRAUER – UNERSETZLICHER VERLUST FÜR DIE KUNSTWELT – »Mit dem größten Bedauern teilen wir mit ...« »Unsere Leser werden schockiert sein ... « »Jeder Liebhaber der großen Malerei wird diese Nachricht als persönlichen Schicksalsschlag empfinden ... « In diesem Ton etwa versuchten Zeitungen einander in enthusiastischer Trauer zu übertreffen.

Seine Gleichgültigkeit und Herablassung gegenüber der Presse verflog. Ein Schauer lief ihm den Rücken hinunter. Hier lag er nun, einsam unter dem rötlichen Schein, eingeschlossen in seiner Burg, ein Mensch, der sich äußerlich kaum von anderen Menschen unterschied, und doch weinten die Städte Europas um ihn. Er hörte sie weinen. Jeder Freund großer Malerei stand unter dem Eindruck eines großen persönlichen Verlustes. Die ganze Welt sprach mit gedämpfter Stimme. Schließlich war es doch etwas, sein Bestes getan zu haben; und das Gute wurde letzten Endes doch von der Mehrheit der Menschen anerkannt. Das von den Abendzeitungen präsentierte Phänomen war tatsächlich erstaunlich; und erstaunlich ergreifend dazu. Die Menschheit war von dem Bericht über sein Ableben wie vor den Kopf geschlagen. Er vergaß, dass Mrs. Challice zum Beispiel ihren Kummer über den unersetzlichen Verlust erfolgreich hatte verstecken können und dass ihre Fragen nach Priam Farll fast beiläufig geklungen hatten. Er vergaß, dass er auf den Hauptstraßen der von Menschen wimmelnden Hauptstadt absolut kein Zeichen überwältigender Trauer oder überhaupt von Trauer gesehen hatte und dass die Hotels keineswegs von Schluchzen widerhallten. Er wusste nur, dass ganz Europa trauerte!

»Ich muss wohl ziemlich großartig gewesen sein – das heißt, ich bin es«, dachte er benommen und glücklich. Ja, glücklich. »Tatsache ist, dass ich mich so sehr an mein eigenes Werk gewöhnt habe, dass ich es vielleicht nicht genügend schätze.« Das meinte er in aller Bescheidenheit.

Von einem Überfliegen der Nachrufe konnte nun nicht mehr die Rede sein. Er konnte sich keine einzige Zeile, kein einziges Wort mehr entgehen lassen. Er bedauerte sogar, dass nur so wenige und unwichtige Einzelheiten seines Lebens erwähnt wurden. Er meinte, es wäre Sache der Journalisten gewesen, mehr über ihn zu wissen, mehr Unternehmungsgeist im Beschaffen von Informationen entwickelt zu haben. Die ganze Art der Berichte war jedenfalls in Ordnung, die Burschen meinten es gut mit ihm. Sein Auge konnte nichts als Lob entdecken. Die ganze Londoner Presse hatte sich in eine Orgie des Lobpreises hineingesteigert. In seiner Bescheidenheit war er versucht, dies doch für leicht übertrieben zu halten; aber seine Unparteilichkeit fragte: »Nun ja, was könnten sie auch schon gegen mich anführen?« In der Regel konnte undifferenziertes Lob einen krank machen, doch hier waren diese Burschen zweifellos ehrlich; ihre Sätze klangen wahr!

Noch nie in seinem Leben war er mit dem Lauf der Dinge so zufrieden gewesen! Er fühlte sich fast über das Verschwinden von Leek hinweggetröstet.

Als er nach weiterem Lesen auf einen Satz stieß, der im Zusammenhang mit dem Polizisten und den Pinguinen diskret andeutete, dass Launenhaftigkeit in der Wahl des Sujets bei ihm vielleicht nur Pose sei, schmerzte ihn diese Beschuldigung.

»Pose!«, dachte er empört. »Was für eine Lüge! Der Mann ist ein Esel!«

Und er stieß sich an der folgenden Schlussbemerkung eines in Inhalt und Art überaus lobenden »Sonderberichtes« von einem Experten, dessen Bücher er stets respektiert hatte: »Wie dem auch sei, zeitgenössische Urteile sind in der sehr großen Mehrzahl der Fälle notorische Fehlurteile, und es gehört sich für uns, dass wir uns daran erinnern, wenn wir einen gebührenden Platz für unser Idol auswählen. Die Zeit allein kann den endgültigen Platz von Priam Farll bestimmen.«

Auch wenn seine Bescheidenheit ihm zuflüsterte, dass zeitgenössische Urteile wirklich meist notorische Fehlurteile waren – zwecklos. Es gefiel ihm nicht. Es beunruhigte ihn. Von jeder Regel gab es Ausnahmen. Und wenn der Kunstkenner überhaupt etwas zu sagen gehabt hatte, machte er damit den ganzen übrigen Artikel lächerlich. Zum T… mit der Zeit!

Er war fast bis zur letzten Zeile des letzten Nachrufs gekommen, als er endgültig aus der Fassung geriet. Die meisten Blätter hatten ihre knappen biographischen Daten damit entschuldigt, dass Priam Farll der Londoner Gesellschaft völlig unbekannt sei, sehr zurückgezogen gelebt und die Publizität gehasst habe, ein regelrechter Einsiedler gewesen sei, und so fort. Das Wort »Einsiedler« schmerzte ihn in seiner Empfindsamkeit ein wenig; doch als die unbedeutendste aller Abendzeitungen schlankweg versicherte, er sei ja wohlbekannt für seine exzentrischen Gewohnheiten, übermannte ihn eine stille Wut. Weder seine Bescheidenheit noch sein Gleichmut brachte es fertig, ihn wieder völlig zu beruhigen.

Exzentrisch! Er! Was denn noch? Exzentrisch, also wirklich! Mit welcher denkbaren Rechtfertigung –?

Die herrschenden Klassen

Zwischen Viertel nach elf und halb zwölf saß er allein an einem kleinen Tisch im Restaurant des Grand Babylon. Er hatte keine Nachricht von Mrs. Challice erhalten; sie hatte nicht sofort, wie er insgeheim gehofft hatte, ein Telegramm nach Selwood Terrace geschickt. Aber im Gepäck von Henry Leek, wohlbehalten von dem Boten aus der South Kensington Station zurückgebracht, hatte er einen seiner abgelegten Gesellschaftsanzüge entdeckt, und diesen noch nicht zu alten Gesellschaftsanzug trug er jetzt. Der drängende Wunsch, sich unerkannt in der eleganten Welt zu bewegen, der Welt der Stammgäste von Luxushotels, der Welt, an die er gewöhnt war, hatte ihn übermannt. Außerdem hatte er Hunger bekommen. Deshalb war er in das berühmte Restaurant hinabgestiegen, dessen weit geöffnete, große Fenster den Blick auf das majestätische, hell erleuchtete Themseufer freigaben. Der hell cremefarbene Raum war nahezu voll von kostspieligen Frauen und spendablen Männern, und dazwischen silberbetresste Kellner, deren geschickte, lautlose, automatische Bedienung zum Satz von etwa vier Pence pro Minute entlohnt wurde. Musik, die Mitternachtsspeise der Liebe, schwebte leise durch die gedämpfte Atmosphäre. Es war die beste Imitation von römischem Luxus, die London zu bieten hatte, und nach Selwood Terrace und dem trinkgeldfreien Lärmpalast genoss es Priam Farll, wie man die Heimat nach der Rückkehr aus fernen Ländern genießt.

Gleich neben seinem Tisch war ein leerer Tisch, gedeckt für zwei, an den gerade ein junger Mann mit geziemender Höflichkeit eine aufgedonnerte Frau geleitete, deren Jugend wie eine Robe von ihren schimmernden Schultern glitt. Priam Farll bekam die folgende Unterhaltung mit:

Mann: »Also, was möchten Sie denn gern?«

Frau: »Aber hören Sie, kleiner Charlie, Sie können es sich doch kaum leisten, hierfür zu bezahlen!«

Mann: »Das hab' ich auch nie behauptet. Meine Zeitung bezahlt. Also bestellen Sie.«

Frau: »Ist Lord Nasing denn so scharf darauf?«

Mann: »Nicht Lord Nasing. Unser frischgebackener Chefredakteur, extra aus Chicago importiert.«

Frau: »Wird er sich halten?«

Mann: »Er wird sich hundert Abende lang halten, so lange, wie Ihr Stück läuft. Dann bekommt er für sechs Monate Kohle und wird gefeuert.«

Frau: »Wieviel ist sechs Monate Kohle?«

Mann: »Dreitausend Pfund.«

Frau: »Also, das kann ja ich kaum verdienen.«

Mann: »Ich genauso wenig. Aber eben, wir sind ja auch nicht in Chicago geboren.«

Frau: »Jedenfalls hat man mir tausend Dollar die Woche geboten, wenn ich dorthin ginge.«

Mann: »Warum haben Sie mir das nicht für das Interview erzählt? Ich habe zwei ganze Theaterpausen damit verbracht, etwas Interessantes aus Ihnen herauszuholen zu versuchen, und Sie bringen es fertig, das so einfach für sich zu behalten. Das ist schlechthin nicht fair gegenüber einem treuen, alten Verehrer. Ich werd's noch einschieben. Poulet Chasseur?«

Frau: »O nein! Nicht einmal träumen darf ich davon. Wissen Sie denn nicht, dass ich gerade eine Schlankheitskur mache? Nichts scharf Gewürztes. Kein Zucker. Kein Brot. Kein Tee. Auf diese Weise habe ich in sechs Monaten fast dreizehn Pfund abgenommen. Sie müssen wissen, ich platzte langsam aus den Nähten.«

Mann: »Darf ich *das* auch noch einschieben, hm?«

Frau: »Versuchen Sie's, Sie werden schon sehen, was Ihnen dann passiert!«

Mann: »Na schön, stattdessen also Kopfsalat und Perrier Soda, einverstanden? Ich mache auch in Diät.«

Kellner: »Kopfsalat und Perrier Soda? Jawohl, Sir.«

Frau: »Sie sind nicht besonders lustig.«

Mann: »Lustig! Sie wissen ja nicht, wie meine Seele schmachtet. Glauben Sie ja nicht, bloß weil ich Sonderberichterstatter des *Record* bin, hätte ich keine Seele.«

Frau: »Wahrscheinlich haben Sie dieses Buch gelesen, über das jetzt alle Welt redet, *Omar Khayyam* heißt es doch, nicht wahr?«

Mann: »Ach, ist *Omar Khayyam* schon bis in die Welt des Theaters vorgedrungen? Das Leben ist doch manchmal voller Überraschungen.«

Frau: »Etwas mehr Soda, bitte. Und einen Tropfen weniger Frechheit vielleicht. Welches Buch sollte man denn Ihrer Meinung nach lesen?«

Mann: »Sozialismus, das ist das Thema der Stunde. Lesen Sie, was Wells über den Sozialismus schreibt. In wenigen Jahren wird es in der gesamten Theaterwelt verbreitet sein.«

Frau: »Keine Angst! Ich kann Wells nicht ausstehen. Er wühlt immer den Dreck auf. Ich habe nichts gegen Schaumschlägerei, aber bei Schmutz ziehe ich eine Grenze. Was spielt die Kapelle eigentlich? Soll das Kopfsalat sein? Was haben Sie denn so den ganzen Tag getrieben? Nein, nein! Kein Brot! Haben Sie nicht gehört, was ich gefragt habe?«

Mann: »Ich hatte mit der Priam-Farll-Affäre zu tun.«

Frau: »Priam Farll?«

Mann: »Ja. Der Maler. Sie müssten das doch wissen.«

Frau: »O ja! Der! Ich las es auf den Plakaten. Anscheinend ist er gestorben. Stimmt was nicht daran?«

Mann: »Darauf können Sie Gift nehmen! Sehr merkwürdige Sache! Unheimlich reich, müssen Sie wissen! Aber gestorben ist er in einem armseligen alten Kasten in der Gegend der Fulham Road. Und sein Kammerdiener ist verschwunden. Die erste Nachricht von seinem Tod erhielten wir auf Grund unserer Vereinbarung mit sämtlichen Standesbeamten in London. Nebenbei bemerkt, verraten Sie das keinem – es ist unsere Spezialität. Nasing hat mich sofort auf die Story angesetzt.«

Frau: »Welche Story?«

Mann: »Die Einzelheiten sammeln und darüber schreiben. In der Fleet Street nennen wir das immer eine Story.«

Frau: »Was für ein passender Name! Na und, haben Sie etwas Interessantes herausgefunden?«

Mann: »Nicht sehr viel. Ich habe seinen Vetter aufgesucht, Duncan Farll, einen Geld verleihenden Rechtsanwalt in Clement's Lane – er hat es nur erfahren, weil wir ihn angerufen haben. Aber der Bursche hat mir praktisch überhaupt nichts erzählt.«

Frau: »Na so etwas! Ich hoffe nur, dass irgendetwas Schreckliches dahintersteckt.«

Mann: »Warum?«

Frau: »Damit ich zur Leichenschau oder ins Polizeigericht gehen kann, oder was sonst dafür in Frage kommt. Deshalb halt' ich mir ja die Herren Richter immer warm. Es ist so furchtbar aufregend, mit ihnen auf ein und derselben Bank zu sitzen.«

Mann: »Eine gerichtliche Untersuchung wird es nicht geben. Aber komisch ist die Sache schon. Sehen Sie, Priam Farll war nie in England. Immer im Ausland; reiste von einem Hotel ins andere.«

Frau (nach einer Pause): »Ich weiß.«

Mann: »Was wissen Sie?«

Frau: »Werden Sie mir versprechen, nichts auszuplaudern?«

Mann: »Jawohl.«

Frau: »Ich hab' ihn einmal in einem Hotel in Ostende getroffen. Er – nun, er wollte unbedingt ein Porträt von mir malen. Aber ich hab's ihm nicht gestattet.«

Mann: »Warum nicht?«

Frau: »Wenn Sie wüssten, was für eine Art Mann er war, würden Sie nicht fragen.«

Mann: »Oh! Aber hören Sie mal! Sie müssen mich das für meine Story verwenden lassen. Erzählen Sie mir alles darüber.«

Frau: »Nicht um alles in der Welt.«

Mann: »Er – er hat sich an Sie herangemacht?«

Frau: »Und wie!«

Priam Farll (für sich): »Was für eine schamlose Lüge! Nie in meinem Leben bin ich in Ostende gewesen.«

Mann: »Kann ich das nicht verwenden, ohne Ihren Namen zu drucken – sagen wir einfach, eine hervorragende Schauspielerin.«

Frau: »O ja, *das* dürfen Sie. Sie könnten ja sagen, vom musikalischen Lustspiel.«

Mann: »Das werd' ich. Ich werde schon etwas zusammenschreiben. Vertrauen Sie mir. Vielen herzlichen Dank.«

(In diesem Augenblick kam ein junger ausgemergelter Geistlicher durch den Speiseraum.)

Frau: »Oh! Pater Lukas, sind Sie's wirklich? Kommen Sie, seien Sie nett und setzen Sie sich zu uns. Das ist Pater Lukas Widgery – Mr. Docksey vom *Record*.«

Mann: »Sehr erfreut.«

Geistlicher: »Sehr erfreut.«

Frau: »Also wissen Sie, Pater Lukas, ich muss einfach morgen zu Ihrer Predigt kommen. Worüber werden Sie sprechen?«

Geistlicher: »Neuzeitliche Laster.«

Frau: »Wie charmant! Ich hab' Ihre letzte gelesen – sie war wundervoll.«

Geistlicher: »Wenn Sie keine Karte haben, werden Sie auf keinen Fall hineinkommen.«

Frau: »Aber ich muss hineinkommen. Wenn's anders nicht geht, durch die Sakristeitür – falls St. Bede's eine Tür zur Sakristei hat.«

Geistlicher: »Das ist unmöglich. Sie haben keine Ahnung, was es für einen Andrang gibt. Und ich bevorzuge niemanden.«

Frau: »O doch! Mich werden Sie bevorzugen.«

Geistlicher: »In meiner Kirche müssen sich auch vornehme Damen mit den andern hinten anstellen.«

Frau: »Was sind Sie doch für ein grässlicher Mensch!«

Geistlicher: »Vielleicht. Ich kann Ihnen nur sagen, Miss Cohenson, dass ich schon erlebt habe, wie zwei Herzoginnen ganz hinten im Seitenschiff von St. Bede's gestanden haben und dabei noch froh gewesen sind, überhaupt dabei sein zu dürfen.«

Frau: »Aber ich werde Ihnen nicht schmeicheln, indem ich mich hinten in Ihr Kirchenschiff stelle, bilden Sie sich das bloß nicht ein. Habe ich Ihnen nicht erst kürzlich eine Logenkarte für eine Music-Hall-Vorstellung gegeben?«

Geistlicher: »Die Loge habe ich nur aus Pflichtgefühl akzeptiert. Schließlich ist es meine Pflicht, überall hinzugehen.«

Mann: »Begleiten Sie mich doch, Miss Cohenson, ich habe zwei Karten für den *Record*.«

Frau: »Oh, Sie schicken also der Presse Freikarten?«

Geistlicher: »Mit der Presse ist das etwas anderes. Herr Ober, bringen Sie mir eine halbe Flasche Heidsieck. «

Kellner: »Eine halbe Flasche Heidsieck? Jawohl, Sir.«

Frau: »Heidsieck! Das lass' ich mir gefallen! Und wir leben Diät.«

Geistlicher: »Ich mag Heidsieck eigentlich gar nicht. Aber ich muss auch Diät leben. Mein Arzt hat ihn mir verschrieben. Jeden Abend vor dem Schlafengehen. Mein Kreislauf braucht das anscheinend. Maria Lady Rowndell besteht darauf, mir hundert Pfund pro Jahr für diese Unkosten zu geben. Das ist ihre ganz persönliche, wundervolle Art, der guten Sache zu helfen. Bitte auf Eis, Ober. Ich habe sie gerade erst heute Abend gesprochen. Sie logiert hier während der Saison. Das erspart ihr viel Mühe. Sie ist sehr betrübt über den Tod von Priam Farll, die Ärmste! Sie hat so eine künstlerische Ader, wissen Sie! Der verstorbene Lord Rowndell soll die schönste Sammlung von Farlls in ganz England besessen haben.«

Mann: »Sind Sie Priam Farll jemals begegnet, Pater Lukas?«

Geistlicher: »Niemals. Wie ich gehört habe, war er äußerst exzentrisch. Ich hasse Exzentrizität. Ich habe ihn einmal brieflich gebeten, eine Heilige Familie für St. Bede's zu malen.«.

Mann: »Und was hat er Ihnen geantwortet?«

Geistlicher: »Er hat überhaupt nicht geantwortet. Wenn man bedenkt, dass er nicht einmal der Königlichen Akademie angehörte, halte ich das nicht für besonders nett von ihm. Maria Lady Rowndell jedoch besteht darauf, dass er in Westminster Abbey beigesetzt werden soll. Sie hat mich gefragt, was ich dafür tun könnte.«

Frau: »Beigesetzt in Westminster Abbey! Ich hatte ja keine Ahnung, dass er so berühmt war! Du lieber Himmel!«

Geistlicher: »Ich habe das größte Vertrauen in Lady Rowndells guten Geschmack, und ganz gewiss trage ich ihm nichts nach. Möglicherweise kann ich da etwas arrangieren. Mein Onkel, der Dekan –«

Mann: »Entschuldigen Sie bitte, ich habe immer geglaubt, seit Sie aus der Kirche ausgetreten sind –«

Geistlicher: »Seit ich der Kirche beigetreten bin, meinen Sie. Es gibt nur eine Kirche.«

Mann: »Ich habe die englische Staatskirche gemeint.«

Geistlicher: »Ah!«

Mann: »Seit Sie aus der Church of England ausgetreten sind, ist es doch zum Bruch zwischen dem Dekan und Ihnen gekommen.«

Geistlicher: »Nur religiöser Art. Außerdem ist meine Schwester die Lieblingsnichte des Dekans. Und ich bin ihr Lieblingsbruder. Meine Schwester nimmt großen Anteil am Kunstgeschehen, malt auch selbst. Sie hat gerade einen ganz exquisiten Teewärmer für mich angemalt. Natürlich entscheidet letzten Endes nur der Dekan über ein Staatsbegräbnis. Daher ... «

(An dieser Stelle begann das unsichtbare Orchester *God save the King* zu spielen.)

Frau: »Oh! Ist das langweilig!«

(Dann wurden fast alle Lichter gelöscht.)

Kellner: »Bitte, meine Herren! Meine Herren, bitte!«

Geistlicher: »Sie verstehen doch wohl, Mr. Docksey, dass ich diese ganzen familiären Einzelheiten nur mitgeteilt habe, um meine Angabe zu untermauern, dass ich vielleicht etwas arrangieren könnte. Wenn Sie übrigens ein Manuskript meiner morgigen Predigt für den *Record* haben wollen, brauchen Sie nur in der Sakristei danach zu fragen.«

Kellner: »Bitte, meine Herren!«

Mann: »Sehr freundlich von Ihnen. Und was die Beisetzung in Westminster Abbey betrifft, ich glaube, der *Record* wird dies Projekt unterstützen. Ich sage, ich glaube.«

Geistlicher: »Maria Lady Rowndell wird dankbar sein.«

Fünf Sechstel der restlichen Lampen verloschen, und die gesamte Gesellschaft brach auf. In der Hotelhalle gab es ein tolles Gedränge von Abendmänteln, seidenen Frackumhängen, Zylinderhüten und Zigarren, alles in buntem Durcheinander. Vom Strand kam die Neuigkeit, dass das Wetter in Regen umgeschlagen war, und der Intellekt des Grand Babylon konzentrierte sich mit vereinten Kräften auf das britische Klima, genau als ob das britische Klima die neueste Entdeckung der Wissenschaft gewesen wäre. Während die Türen hin und her pendelten, mischten sich schrille Pfiffe, das Pochen von Automotoren und die heiseren Rufe der Droschkenkutscher mit dem gezielten Geplauder in der Halle. Dann plötzlich, wie von Zauberhand, war die Halle leergefegt bis auf die Logiergäste des Hotels, die den Nachweis ihrer Identität erbringen konnten. Zum sechsten Mal in dieser Woche war demonstriert worden, dass es in dieser Metropole des größten aller Weltreiche nicht ein Gesetz für die Reichen und ein anderes für die Armen gab.

Tief berührt von dem unfreiwillig Gehörten fuhr Priam Farll im Lift nach oben und suchte sein Bett auf. Er erkannte klar, dass er zu den herrschenden Klassen des Reiches gezählt hatte.

4

Ein Knüller

Schon knapp zwölf Stunden nach jener denkwürdigen Unterhaltung zwischen Vertretern der herrschenden Klassen im Grand Babylon vernahm Priam Farll die ersten dröhnenden Echos der Stimme Englands zur Frage seiner Beisetzung. Sprachrohr der Stimme Englands war in diesem Falle die *Sunday News*, eine Zeitung im Besitz von Lord Nasing, dem gleichzeitig auch der *Daily Record* gehörte. In der *Sunday News* gab es eine Kolumne, die sich zum Teil mit der Begegnung zwischen Priam Farll und einem gefeierten weiblichen Star der musikalischen Komödie in Ostende befasste. Es stand auch ein Leitartikel darin, in dem rundweg klargestellt wurde, dass England beschämt unter allen Nationen dastünde, wenn es nicht seinen größten Maler in Westminster Abbey beisetzte. Nur statt von Westminster Abbey sprach der Artikel von der Walhalla der Nation. Er schien geflissentlich die namentliche Erwähnung von Westminster Abbey zu vermeiden, so als ob Westminster Abbey etwas ähnlich Unaussprechliches sei wie das Wort »Unterhosen«. Der Artikel endete mit dem Wort »Basilika«, und wenn man bis zu diesem majestätischen Substantivum gekommen war, empfand man tatsächlich mit der *Sunday News*, dass eine Walhalla der Nation ohne die sterblichen Überreste eines Priam Farll unerhört, wenn nicht gar undenkbar sein würde.

Priam Farll fühlte sich äußerst beunruhigt.

Am Montagmorgen trat der *Daily Record* nobel zur Unterstützung der *Sunday News* an. Die Zeitung hatte anscheinend den Sonntag damit verbracht, die persönliche Meinung einer Anzahl berühmter Männer zu erkunden – einschließlich dreier Parlamentsmitglieder, eines Bankiers, eines Premierministers einer Kolonie, eines Kronanwalts, eines Cricketstars und des Präsidenten der Royal Academy –, ob die Walhalla der Nation ein passender Ort für die Gebeine von Priam Farll sei oder nicht: Und die einstimmige Antwort lautete positiv. Andere Zeitungen drückten denselben Standpunkt aus. Doch es gab auch Gegner dieses Plans. Einige Organe fragten kühl, was Priam Farll denn für England getan habe, besonders aber für die höheren Werte des Landes. Er sei kein moralischer Maler gewesen wie Hogarth oder Sir Noel Paton und auch kein Verehrer der klassischen Sagenwelt und Schönheit wie der einzigartige Leighton. Er hätte England mit offener Verachtung gestraft. Er hätte nie in England gelebt. Er hätte die Royal Academy gemieden und jedes andere Land dem eigenen vorgezogen. Und war er denn überhaupt so ein großer Maler? War er nicht vielleicht nur ein talentierter Farbenkleckser, dessen Werk durch den lautstarken Beifall einer kleinen Clique exzentrischer Bewunderer zu öffentlicher Anerkennung hochgejubelt wurde? Sie, die Zeitungen, seien weit davon entfernt, einen Toten zu verleumden, aber die Walhalla der Nation sei schließlich die Walhalla der Nation ... und so weiter.

Die Boulevard-Abendzeitungen waren pro Farll, eine davon sogar wild zum Kampf entschlossen. Man konnte daraus schließen, wenn man Farll nicht in Westminster Abbey beisetzte, würden diese Boulevardblätter angeekelt die Heimaterde an den Kreideklippen von Dover von den Stiefeln streifen, England endgültig verlassen und sich in ein Land begeben, in dem man Kunst zu schätzen wüsste. Bei Einbruch der Nacht kam man zu der Erkenntnis, dass Fleet Street ein einziges Gemetzel sein müsste, voll von Enthusiasten, die um der Ehre der Kunst willen einander die Kehle durchschnitten. Doch rein äußerlich waren keine abnormen Erscheinungen in der Fleet Street zu entdecken; und auch im Arts Club in der Dover Street dachte man nicht daran, das Kriegsrecht zu verhängen. London war leidenschaftlich erregt von dem Thema von Farlls Beisetzung; wenige Stunden würden darüber entscheiden, ob England sich vor den anderen Nationen zu schämen hätte: Und dennoch schien das Leben in der Stadt in seinem üblichen Trott zu laufen. Das Gaiety Theatre spielte seine berühmte abendliche musikalische Komödie »Das Haus ist voll«; und in Queen's Hall hatte sich ein großes Publikum versammelt, um einem zwölfjährigen Violinspieler zu lauschen, der wie ein Erwachsener, wenn auch ein etwas klein geratener, spielte, dessen Dienste bereits für sieben Jahre von einer Gesellschaft mit beschränkter Haftung eingekauft waren.

Am nächsten Morgen wurde die Kontroverse mit einem der charakteristischen »Knüller« des *Daily Record* erledigt. Zwar liegt es in der Natur solcher Kontroversen, dass sie sich von selbst erledigen, wenn sie nicht rasch beigelegt werden; man kann sie nicht in die Länge ziehen. Diese jedoch wurde vom *Daily Record* beigelegt. Der *Daily Record* brachte eine Abschrift des Testaments von Priam Farll, in dem dieser seinem Kammerdiener Henry Leek ein Pfund pro Woche auf Lebenszeit aussetzte und den Rest seines Vermögens der Nation für den Bau und den Unterhalt einer Galerie der Großen Meister vermachte. Priam Farlls eigene Sammlung großer Meister, nach und nach ohne übermäßige Kosten zusammengetragen, wie das nur ein wirklicher Kunstkenner vermag, sollte den Kern der künftigen Galerie bilden. Die Sammlung enthielt, wie der *Record* meldete, etliche Rembrandts, einen Velazquez, sechs Vermeers, einen Giorgione, einen Turner, einen Charles, zwei Cromes, einen Holbein. (Nach »Charles« setzte der *Record* ein Fragezeichen, selbst etwas unsicher in Bezug auf den Namen.) Die Bilder befänden sich in Paris – wären schon seit vielen Jahren dort. Die Grundidee der Galerie sollte sein, dass wirklich nur erstklassige Kunstwerke aufgenommen würden. Der Erblasser verknüpfte zwei Bedingungen mit dem Vermächtnis. Die eine lautete, dass sein Name an keiner Stelle des Gebäudes angebracht werden dürfe, und die andere verlangte, dass keines seiner eigenen Bilder einen Platz in der Galerie erhalten sollte. War das nicht erhaben? War das nicht wahrer britischer Stolz? War dies nicht ganz entgegengesetzt der Haltung der gewöhnlichen Wohltäter in diesem Lande? Der *Record* konnte versichern, dass Priam Farlls Hinterlassenschaft sich auf etwa hundertvierzigtausend Pfund beliefe, wozu dann noch der Wert der Bilder käme. Wer wollte danach wohl noch gegen seine Beisetzung in der Walhalla der Nation argumentieren, gegen einen so königlichen Philanthropen von so stolzer Bescheidenheit?

Die Opposition gab auf.

Priam Farll wurde immer unruhiger in seiner Festung im Grand Babylon. Er erinnerte sich deutlich daran, wie er das Testament aufgesetzt hatte. Er hatte es vor ungefähr siebzehn Jahren in Venedig geschrieben, als er sich über einige englische Kritiken seiner Arbeit geärgert und reichlich Champagner getrunken hatte. Jawohl, englische Kritiken! Seine verletzte Eitelkeit hatte ihn zu dieser Antwort getrieben, Schließlich war er damals noch ziemlich jung gewesen. Er erinnerte sich an die kindliche Schadenfreude, mit der er seinen nächsten Verwandten, wer auch immer das sein mochte, zum Testamentsvollstrecker und Treuhänder seines Letzten Willens gemacht hatte. Er erinnerte sich an seine grausame Genugtuung, als er sich ihren Widerwillen bei der erzwungenen Ausführung der Bestimmungen eines solchen Testaments ausgemalt hatte. Oft hatte er seitdem dies Testament vernichten wollen, es in seiner Sorglosigkeit aber immer wieder unterlassen. Und seine Sammlung wie sein Vermögen hatten sich seitdem regelmäßig und gewaltig vermehrt, und nun – ja, nun war die Bescherung da! Duncan Farll hatte das Testament gefunden. Und Duncan Farll würde der Vollstrecker und Treuhänder dieses melodramatischen Testaments sein.

Er konnte nicht anders, er musste lachen, so ernst die Situation auch war.

Im Laufe dieses Tages wurde die Streitfrage beigelegt; die Behörden sprachen; das Wort breitete sich aus. Priam Farll sollte am Donnerstag in Westminster Abbey beigesetzt werden. Die Würde Englands als kunstbegeisterte Nation war gerettet worden, teils durch die heroischen Anstrengungen des *Daily Record* und teils durch das Testament, das letzten Endes doch bewies, dass die vornehmsten Interessen seines Vaterlandes Priam Farll am Herzen gelegen hatten.

Feigheit

In der Nacht von Dienstag auf Mittwoch bekam Priam Farll kein Auge zu. Ob es nun die dröhnende Stimme Englands war, die da gesprochen hatte, oder nur die Stimme der Lieblingsnichte des Dekans – so geschickt im Bemalen von Teewärmern –, die Angelegenheit war äußerst ernst. Denn die Nation schickte sich an, die sterblichen Überreste des einfachen Henry Leek in der Walhalla des Volkes beizusetzen! Priam hatte oft eine sardonische Ader; er war gewiss zu den sonderbarsten Einfällen fähig: Doch selbst er konnte nicht gestatten, dass ein so gigantischer Irrtum andauerte. Die Sache musste richtiggestellt werden, und zwar auf der Stelle! Und nur er konnte das bewirken. Seine Schüchternheit würde eine entsetzliche Prüfung zu bestehen haben, sicher kaum zu ertragen. Dennoch würde er handeln müssen. Ganz abgesehen von anderen Erwägungen musste er auch an die hundertvierzigtausend Pfund denken, die ihm gehörten und die er auf gar keinen Fall dem britischen Volk zu hinterlassen gedachte. Und der Gedanke, seine geliebten Bilder einer Nation zu schenken, die Landser, Edwin Long und Leighton anbetete – dieser Gedanke bereitete ihm Übelkeit.

Er musste losgehen und Duncan Farll aufsuchen! Und erklären! Ja, ihm erklären, dass er nicht gestorben war.

Doch dann tauchte vor ihm, wie eine Vision, Duncan Farlls hartes, einfältiges Gesicht, sein unzugänglicher Holzkopf auf – und er sah sich selbst, wie er aus dem Haus geworfen oder einem Polizisten ausgeliefert oder auf eine subtilere Art unvorstellbar beleidigt wurde. Konnte er Duncan Farll die Stirn bieten? Waren hundertvierzigtausend Pfund und die Würde der britischen Nation eine Konfrontation mit Duncan Farll wert? Nein! Sein Abscheu vor Duncan Farll ließ sich nicht mit hundertvierzig Millionen Pfund aufwiegen, nicht mit der Würde ganzer Planeten! Er spürte, dass er sich nie würde überwinden können, Duncan Farll gegenüberzutreten. Duncan Farll würde es womöglich fertigbringen, ihn in ein Irrenhaus abzuschieben, würde ihn womöglich …!

Dennoch, er musste handeln.

Auf einmal kam ihm die brillante Idee, dem Dekan alles zu beichten. Er hatte nicht das Vergnügen, den Dekan persönlich zu kennen. Der Dekan war für ihn ein abstraktes Wesen; auf jeden Fall viel abstrakter als Duncan Farll. Er glaubte, dass er dem Dekan gegenübertreten könnte. Ein gewaltiges Unternehmen, aber er musste es bewältigen! Ein Dekan – was war das denn schon? Nichts als ein Mann mit einem komischen Hut! Und war nicht er selbst Priam Farll, der authentische Priam Farll, unermesslich viel größer als jeder Dekan?

Er beauftragte den Hoteldiener, ihm ein Paar schwarze Handschuhe und einen Zylinder Größe siebeneinviertel zu kaufen und ihm das Nachschlagewerk Who's Who zu bringen. Er hoffte, der Diener würde sich mit der Ausführung dieser Aufträge Zeit lassen, doch der Mann schien über Zauberkräfte zu verfügen. Die Zeit verflog so rasch, dass man – bildlich gesprochen – kaum die Zeiger der Uhr um das Zifferblatt wirbeln sehen konnte. Und ehe er wusste, wie ihm geschah, halfen zwei Türsteher ihm in eine Motordroschke, und das gewaltige Unternehmen hatte begonnen. Die Motordroschke hätte mit Leichtigkeit den Gordon-Bennett-Pokal gewonnen. Sie hatte gewiss um die 200 PS und erreichte das Dekanat in weniger Zeit, als ein geübter Redner gebraucht hätte, um »Jack Robinson« zu sagen. Die Geschwindigkeit dieses Droschkenfluges war schlicht unglaublich.

»Ich behalte Sie«, wollte Priam Farll schon sagen, als er aus dem Wagen stieg, aber dann dachte er, es wäre doch endgültiger für sein Vorhaben, wenn er die Droschke entließe; also entließ er sie.

Mit fieberhafter Hast läutete er die Glocke, um nicht womöglich fortzulaufen, ehe er geläutet hatte. Und nun begann sein Herz laut zu pochen, Schweiß ließ das elegante Futter seines neuen Hutes feucht werden – und seine Beine fingen buchstäblich an zu zittern!

Auf den Stufen des Dekanats befand er sich in der Hölle.

Ein Mann im prälatschwarzen Gewand öffnete die Tür und musterte ihn feindselig.

»Eh –«, stotterte Priam Farll, restlos verwirrt und entmutigt. »Bin ich hier richtig bei Mr. Parker?«

Natürlich hieß der Dekan nicht Parker, und Priam wusste das auch. Parker war lediglich der erste Name, der Priams verzagtem Verstand eingefallen war.

»Nein, das sind Sie nicht«, entgegnete der livrierte Lakai in tadelndem Ton. »Sie sind bei dem Dekan.«

»Oh, ich bitte um Verzeihung«, sagte Priam Farll. »Ich dachte, dies sei Mr. Parkers Haus.«

Und damit machte er sich aus dem Staube.

Zwischen dem Läuten der Glocke und dem Erscheinen des livrierten Dieners war ihm klargeworden, wozu er fähig war und wozu nicht. Und die Richtigstellung von Englands Irrtum gehörte zu seinen Unfähigkeiten. Er konnte dem Dekan nicht gegenübertreten. Er konnte niemandem gegenübertreten. Er war eine Memme in all diesen Dingen; eine Memme. Kein Zweck, das abzustreiten! Er konnte es nicht tun.

»Ich dachte, dies sei Mr. Parkers Haus!« Du meine Güte! Wie tief doch ein großer Künstler sich erniedrigen kann. An diesem Abend erhielt er einen kühlen Brief von Duncan Farll mit einer

Platzkarte im Mittelschiff der Kirche für die Beisetzung. Duncan Farll wagte nicht zu hoffen, dass Mr. Henry Leek es für schicklich hielte, an der Beisetzung seines Herrn teilzunehmen; aber er legte eine Karte bei. Ferner erklärte er, dass ihm das Pfund pro Woche regelmäßig ausgezahlt werden würde! Schließlich bemerkte er noch, dass etliche Zeitungen die Adresse von Mr. Henry Leek verlangt hätten, er es aber nicht für angebracht gehalten habe, diese Neugier zu befriedigen.

Priam war froh darüber.

»O verflixt!«, dachte er, während er die Platzkarte für das Mittelschiff in der Hand herumdrehte.

Da war sie nun, groß, glänzend und so wirklich wie das Leben.

In der Walhalla

In dem riesigen Kirchenschiff waren relativ wenig Leute – das heißt, ein paar hundert, die genügend Platz hatten, sich ungehindert unter den Augen der Offiziellen hin und her zu bewegen. Man hatte Priam Farll, entsprechend den Anweisungen auf der Karte, durch den Kreuzgang eingelassen. In seiner überreizten Phantasie bildete er sich ein, alle Leute würde ihn argwöhnisch anstarren, aber in Wirklichkeit interessierte sich natürlich niemand für ihn. Er befand sich unter den Unprivilegierten, auf der anderen Seite des massiven Gitters, das die vollgepackten Querschiffe und den Chor vom Mittelschiff trennte, und die Unprivilegierten pflegen sich nie füreinander zu interessieren – die Privilegierten sind es, die ihr Interesse wecken. Die Orgel trug eine Melodie von Purcell bis in die fernsten Winkel der Abtei. Um einen mit Seilen abgegrenzten Raum, unter dem wohl die Gruft lag, hielten ein paar in kirchliche Gewänder Gekleidete Wache. Das Licht der Mittagssonne fiel in langen schimmernden Lanzen durch rote und blaue Fensterscheiben. Schließlich begannen die Funktionäre einen Gang zwischen den Zuschauern zu bahnen, und die Spannung wuchs. Die Orgel verstummte für einen Moment, und als sie die Musik wieder aufnahm, war es eine Melodie mit dem höchstmöglichen Ausdruck menschlichen Schmerzes, der Trauermarsch von Chopin, der die ganze Kathedrale in einen schweren Kummervorhang hüllte. Und als dieser Appell an das Gefühl in der flimmernden Luft verklang, ertönten von ferne frische Knabenstimmen, deren Süße den Gram übertönte.

In diesem Moment erspähte Priam Farll Lady Sophia Entwistle, eine große, verschleierte Gestalt in voller Trauerkleidung. Sie war mit den vergleichsweise Unprivilegierten zu seiner Beisetzung gekommen. Zweifellos hätte der Einfluss, den sie besaß, ihr einen Sitzplatz im Seitenschiff verschaffen können, aber sie hatte die abgesonderte Demut des Mittelschiffes vorgezogen. Sie war von Paris zu seiner Beisetzung gekommen. Sie weinte um ihren Verlobten. Sie war tatsächlich nur knapp zehn Meter weit von ihm entfernt. Sie hatte ihn noch nicht erblickt, konnte dies aber jeden Augenblick tun, und sie näherte sich langsam dem Punkt, an dem er zitternd stand.

Er floh, mit nichts anderem in seinem Herzen als Groll gegen sie; nicht sie hatte ihm einen Antrag gemacht – er hatte um ihre Hand angehalten. Nicht sie hatte ihn weggeworfen – er hatte sie weggeworfen. Nicht er war einer ihrer Irrtümer – sie war einer seiner Irrtümer. Nicht sie, sondern er hatte aus einer Laune heraus, impulsiv, übereilt gehandelt. Dennoch, er hasste sie. Er meinte wirklich, sie habe gegen ihn gesündigt und müsse nun vernichtet werden. Er verdammte sie wegen aller möglicher Dinge, auf die sie keinen oder kaum einen Einfluss hatte: ihre unregelmäßigen Zähne, zum Beispiel, oder die Grube unter ihrem Kinn und die kleinen charakteristischen Eigenheiten, die sich unweigerlich bei einer unverheirateten Frau entwickeln, wenn sie in die Vierziger kommt. In schrecklicher Angst floh er vor ihr. Wenn sie ihn erblickt und erkannt hätte, wären die Konsequenzen absolut verheerend gewesen – verheerend in jeder Beziehung; und eine Periode der Publizität würde über ihn hereinbrechen, wie er sie sich weder in Ruhe noch in Erregung vorstellen konnte. Er floh blindlings, konnte sich aber unbemerkt durch die Menge schlängeln, bis er ein schmiedeeisernes Gitter mit einer offenen Pforte erreichte. Sein starrer Blick musste den in einen Talar gekleideten Türhüter so erschreckt haben, dass er beiseitetrat und Priam unbehindert hereinließ. Hinter dem Gitter befand sich eine Wendeltreppe, die er hinaufstieg; ein Feuerwehrschlauch ringelte sich die Stufen hoch. Er hörte das Klicken der Pforte, als der Wärter sie schloss, und war dankbar für sein Entkommen. Die Stufen führten zum Orgelchor empor, der wie ein Hochsitz über dem massiven Trenngitter thronte. Der Organist saß hinter einem halb zugezogenen Vorhang unter abgeschirmten elektrischen Lampen, und auf der breiten Plattform, über deren Brüstung man in den Altarraum hinabsehen konnte, befanden sich zwei junge Männer, die mit dem Organisten flüsterten. Keiner der drei verschwendete auch nur einen Blick auf Priam. Priam setzte sich furchtsam wie ein Eindringling auf einen Windsorstuhl, das Gesicht zum Altarraum gewandt.

Das Geflüster verstummte; der Organist ließ seine Finger über fünf Manuale und unzählige Registerzüge tanzen, seine Füße tappten über die Pedale, und Priam vernahm eine ferne Musik. Und dicht hinter sich hörte er Rumpeln, zischende Vibrationen und gleichsam plötzliches Verpuffen von Luft; und er begriff, dass dies wohl die rauen Reaktionen der waagrecht auf dem Gewölbe des Lettners liegenden Pfeifen zu 32 und 64 Fuß auf die fordernden Finger des Organisten waren. Es war alles unheimlich, gespenstisch, übernatürlich, dämonisch – wenn man so will, Teil des geheimnisvollen, unvermuteten Mechanismus eines äußerst gefühlvollen und pompös aufgezogenen Spektakels. Es entnervte Priam zusätzlich, besonders als der Organist, ein gutaussehender, jüngerer Mann mit funkelnden Augen, sich halb umdrehte und einem seiner Gefährten zuzwinkerte.

Die hinreißenden Stimmen der Chorknaben wurden lauter, und mit ihrer zunehmenden Lautstärke wurde Priam Farll sich eines ungewohnten Gefühls in seiner Kehle bewusst, die sich ganz von selbst krampfhaft schloss und öffnete. Um sich von seinem Hals abzulenken, erhob er sich halb von seinem Windsorstuhl und spähte über die Brüstung in den Chorraum hinunter, dessen Tiefen von Kerzen erleuchtet und dessen Erhebungen von dem launischen Geplänkel funkelnder Sonnenstrahlen übergossen wurden. Hoch, hoch über und vor ihm, an der Spitze eines steinernen Vorsprungs, ließ das Licht ein kleines Fenster, abgewandt von der Sonne, in komplizierter Perspektive in düsterer Glut erstrahlen. Und tief unten, sich um die Kanzel windend und zwischen dem Wald von Statuen im Seitenschiff verschwindend, erstreckte sich ein Teppich aus Köpfen der Privilegierten – berühmt, bekannt, berüchtigt auf Grund von Herkunft, Begabung, Unternehmungsgeist oder Glücksrittertum; er hatte viele ihrer Namen im *Daily Telegraph* gelesen. Die Stimmen der Chorknaben waren von durchdringender Schönheit. Priam stand unbekümmert auf und beugte sich über die Brüstung. Alle Blicke waren auf einen Punkt unter ihm gerichtet, den er nicht sehen konnte. Und dann schwankte etwas unter ihm in sein Blickfeld. Es war ein großes Kreuz, getragen von einem Kirchendiener; dem Kreuz folgten paarweise prunkvoll gekleidete Geistliche, danach ein violett gewandeter Mann, der rückwärtsging und dabei wie ein bedeutender aufgeregter Offizier der Heilsarmee gestikulierte; und nach dieser violetten Robe erschienen die scharlachroten Chorknaben, von seinen Gesten in Takt gehalten. Und dann trat der Sarg, bedeckt von einem schweren purpurnen Sargtuch, in sein Blickfeld, und auf dem Sargtuch leuchtete ein einsames weißes Kreuz; und die Sargträger – große europäische Namen, die aus allen Winkeln des Kontinents wie auf gebieterischen Auftrag herbeigeeilt waren – vollendeten mit Duncan Farll das märchenhafte Bild.

War es der Sarg oder das kostbare Sargtuch oder das einsame Weiß des Blumenkreuzes oder die majestätische Autorität der Sargträger, was Priam Farlls Herz so ungestüm anrührte? Wer weiß? Aber die Folge war, dass er nicht weiter zuschauen konnte; die Szene war zu viel für ihn. Hätte er weiter zugeschaut, er wäre in Tränen ausgebrochen. Es spielte keine Rolle, dass der Leichnam eines gemeinen, elenden Dieners unter jenem Sargtuch lag; es spielte keine Rolle, dass dies Schauspiel ein grotesker Irrtum war; es spielte keine Rolle, ob das auslösende Moment dieser gewaltigen Angelegenheit die den Tuschepinsel schwingende Nichte des Dekans oder ernsthafte Beratungen des Kapitels waren; es spielte keine Rolle, dass die Zeitungen Namen und Ehre der Kunst schandbar zu ihrem eigenen Vorteil missbraucht hatten – die Wirkung des Augenblicks war überwältigend. Alles, was seit tausend Jahren im Herzen Englands ehrlich und aufrichtig gewesen war, sprang auf geheimnisvolle Weise hoch und machte es unmöglich, dass diese Wirkung anders als überwältigend sein konnte. Es war eine Wirkung, jenseits von Argument und Logik oder Vernunft: Es war das magische Erblühen von Jahrhunderten in einem einzigen Augenblick, das ehrfurchtsvolle Seufzen der weltlichen Seele einer Nation. Sie nahm Majestät und Schönheit von den sie umschließenden Wänden und gab sie zehnfach wieder zurück. Sie hinterließ nichts Gemeines, weder die Motive noch die Kleinheit des Menschen. In Priams Vorstellung verlieh sie Lady Sophia Entwistle Würde und machte aus Leeks Tod eine echte Tragödie; sie verwandelte selbst die Gestik des Chorleiters in feierliche Kommandos.

Und all dies war für ihn! Er hatte auf ganz persönliche Art Farben auf der Leinwand verteilt, nichts mehr, und die Nation, der er stets künstlerisches Verständnis abgesprochen hatte, die Nation, die er stets heftig der Sentimentalität geziehen hatte, beging jetzt so feierlich seine Grablegung! Göttliches Geheimnis der Kunst! Die ganze Pracht und Größe Englands warf ihn um! Er hatte weder seine eigene noch diese Größe Englands vermutet.

Die Musik verstummte. Zufällig blickte er zu dem kleinen, düster glühenden Fenster auf, hoch außer jeder menschlichen Reichweite. Und er dachte daran, dass dieses Fenster dort oben geduldig und unvermutet seit Jahrhunderten geglüht hatte, wie ein Klausner über Stadt und Fluss. Dieser Gedanke verwirrte ihn so, dass er nicht weiter hinschauen konnte. Unsägliche Traurigkeit wegen eines bloßen Fensters! Und sein Blick senkte sich – und fiel auf den Sarg von Henry Leek mit seinem weißen Kreuz und den danebenstehenden Repräsentanten von Englands Majestät. Und das war das Ende von Priam Farlls Selbstbeherrschung. Ein Schmerz gleich dem Geburtsschmerz erfasste ihn, und ein abgrundtiefer Schluchzer riss ihn fast entzwei. Es war ein lauter Schluchzer, unverstellt, bar jeder Scham und nachhallend. Weitere Schluchzer folgten. Priam Farll litt Folterqualen.

Ein neuer Hut

Der Organist schwang sich über seine Bank, schockiert über dieses unerhörte Betragen.

»Sie dürfen wirklich nicht solchen Lärm machen«, flüsterte er zu Priam.

Priam Farll beachtete ihn nicht.

Der Organist wusste offensichtlich nicht, was er tun sollte.

»Wer ist das?«, flüsterte einer der jungen Männer.

»Hab' nicht die geringste Ahnung!«, antwortete der Organist mit Nachdruck und wendete sich an Priam Farll: »Wer sind Sie? Sie haben kein Recht, sich hier aufzuhalten. Wer hat Ihnen erlaubt, hier heraufzukommen?«

Und die herzzerreißenden Schluchzer entrangen sich weiter diesem fülligen, lächerlich wirkenden Mann von fünfzig Jahren, der so gar nichts von Anstand und Würde zu halten schien.

»Das ist völlig absurd!«, flüsterte der junge Mann von vorhin.

Im Chorraum unten war es still geworden.

»Da! Man wartet auf Sie!«, flüsterte der andere junge Mann erregt auf den Organisten ein.

»Bei –!«, zischte der erschrockene Organist, ohne zu verraten, bei wem oder was, und setzte wie ein Akrobat zurück über seine Bank. Seine Finger und Füße machten sich sofort an die Arbeit, und während er spielte, wandte er den Kopf und flüsterte: »Ihr solltet lieber jemand holen.«

Einer der jungen Männer glitt rasch und geräuschvoll die Treppe hinunter. Glücklicherweise bemühten sich jetzt Orgel und Chor mit vereinten Kräften, das Seufzen zu übertönen, und sie hatten Erfolg. Plötzlich legte sich ein starker Arm, verborgen unter einer schwarzen Soutane, auf Priams Schulter. Er versuchte hysterisch, sich zu befreien, schaffte es aber nicht. Die Soutane und die beiden jungen Männer beförderten ihn die Treppe hinunter, allesamt teils gehend, teils stolpernd. Dann tat eine Tür sich auf, und Priam fand sich in der ungeschützten Luft des Kreuzgangs wieder, ohne seinen Hut und mit keuchendem Atem. Seine Hinauswerfer rangen ebenfalls nach Luft. Triumphierend und drohend zugleich sahen sie ihn an, als hätten sie etwas Tolles vollbracht und wollten das jetzt noch steigern, wüssten jedoch noch nicht genau, wie.

»Wo ist Ihre Einlasskarte?«, wollte die Soutane wissen.

Priam fummelte danach, konnte sie aber nicht finden.

»Ich muss sie verloren haben«, meinte er zaghaft.

»Wer sind Sie überhaupt?«

»Priam Farll«, sagte Priam Farll, ohne zu überlegen.

»Offensichtlich den Verstand verloren!«, murmelte einer der beiden jungen Männer verachtungsvoll. »Komm, Stan. Wir wollen doch wegen dieses Komikers nicht den Choral versäumen.« Und weg waren sie.

Nach ihnen erschien ein junger Polizist, der beim Verlassen des Tempels seinen Helm aufsetzte.

»Was hat das alles zu bedeuten?«, fragte der Polizist in dem selbstsicheren Ton eines Mannes, der die ganze Macht des Empires hinter sich weiß.

»Er hat Unruhe auf der Orgelempore verursacht«, sagte die Soutane, »und jetzt behauptet er, sein Name sei Priam Farll.«

»Oh!«, versetzte der Polizist. »Oho! Und wie ist er auf die Orgelempore gekommen?«

»Wie soll ich das wissen?«, erwiderte die Soutane. »Jedenfalls hat er keine Einlasskarte.«

»Nun, dann woll'n wir mal!«, sagte der Polizist diensteifrig, Priam fest am Arm ergreifend.

»Ich wäre Ihnen dankbar, wenn Sie mich in Frieden ließen«, erklärte Priam, der mit dem ganzen Stolz seiner Natur gegen diesen Griff des Gesetzes rebellierte.

»Ach, wären Sie, tatsächlich?«, entgegnete der Polizist. »Nun, darum kümmern wir uns schon. Gleich werden wir uns darum kümmern.«

Und der Polizist zerrte Priam zu den gedämpften Klängen von »Er wird den Tod im Sieg verschlingen« den Kreuzgang hinunter. Sie waren so noch nicht sehr weit gekommen, als sie einen zweiten Polizisten trafen, einen älteren Polizisten.

»Was hat das zu bedeuten?«, fragte der ältere Polizist.

»Trunkenheit und Ruhestörung in der Abtei!«, erklärte der jüngere.

»Werden Sie ohne weiteres Aufsehen mitkommen?«, fragte der ältere Polizist mit einer Stimme, in der ein gewisses Mitgefühl schwang.

»Ich bin nicht betrunken!«, behauptete Priam erregt; er kannte sich in London nicht aus und wusste nicht, dass es sinnlos war, mit den Wachhunden der Justiz zu räsonieren.

»Werden Sie jetzt ohne weiteres Aufsehen mitkommen?«, wiederholte der ältere Polizist, diesmal ohne jedes Mitgefühl in der Stimme.

»Ja«, antwortete Priam.

Und er ging ruhig mit. Erkenntnis aus Erfahrung kann wie ein Blitz einschlagen.

»Aber wo ist mein Hut?«, fragte er einen Augenblick später, instinktiv stehenbleibend.

»Also bitte!«, sagte der ältere Polizist. »Kommen Sie mit!«

Er ging zwischen ihnen, weit ausschreitend. Gerade als sie auf den Dekanatsplatz traten, stieß seine linke Hand, mit der er nervös in der Hosentasche stocherte, gegen ein Stück Karton.

»Hier ist meine Karte«, sagte er. »Ich dachte, ich hätte sie verloren. Ich habe keinen Tropfen getrunken, und Sie sollten mich jetzt lieber laufenlassen. Die ganze Sache ist ein Missverständnis.«

Die Prozession machte halt, und der ältere Polizist starrte fasziniert auf das offizielle Dokument.

»Henry Leek«, entzifferte er den Namen.

»Dabei hat er allen Leuten erzählt, er sei Priam Farll«, murrte der jüngere Polizist, während er dem älteren über die Schulter sah.

»So etwas habe ich nie getan«, entgegnete Priam prompt.

Der ältere Polizist inspizierte sorgfältig seinen Gefangenen, und zwei kleine Jungen kamen angelaufen und bildeten einen Menschenauflauf, der unverzüglich mit einem Stirnrunzeln auseinandergetrieben wurde.

»Er sieht tatsächlich nicht so aus, als ob er einen über den Durst getrunken hätte, oder?«, murmelte der ältere kritisch. Der jüngere Mann wagte aus Respekt vor dem älteren Kollegen nichts zu sagen. »Hören Sie, Mr. Henry Leek«, fuhr der ältere fort, »wollen Sie wissen, was ich an Ihrer Stelle jetzt tun würde? Ich würde loslaufen und mir so rasch wie möglich einen neuen Hut kaufen!«

Priam hastete davon und hörte noch, wie der ältere zum jüngeren Kollegen sagte: »Der is' mit Sicherheit ein feiner Pinkel, und du bist ein Dummkopf! Du hast wohl vergessen, dass du Kirchendienst hast?«

Und als Folge des Vorschlags, den ein Mann mit Autorität ihm unter gewissen Begleitumständen gemacht hatte, eilte Priam Farll die Victoria Street hinunter und zu Sowter's berühmtem Einheitspreis-Hutladen, wo er sich in der Tat einen neuen Hut kaufte. Dann rief er sich ein Taxi vom Stand gegenüber den Army and Navy Stores und nannte dem Fahrer kurz die Adresse des Grand Babylon. Und als das Taxi sich in rascher Fahrt befand, nicht etwa vorher, machte er seinem Herzen mit einem Schwall kräftiger, rückhaltloser Flüche Luft. Er fluchte ausgiebig und schamlos in allen Tonlagen, sowohl auf Englisch wie auch auf Französisch. Und er hörte nicht auf zu fluchen. Es war eine Reaktion, die ich nicht charakterisieren möchte, die ich Ihnen aber auch nicht vorenthalten will. Der Anfall legte sich von selbst, ehe er das Hotel erreichte; denn der größte Teil der Parliament Street war wegen des spektakulären Schauspiels seiner Beisetzung gesperrt, und sein Chauffeur musste sich auf Umwegen vortasten. Nachdem er ausgeflucht hatte, begann er sein Gefieder zu glätten. Am Hotel angelangt, gab er dem Taxichauffeur aus reiner Nervosität eine halbe Krone, was nachgerade ungeheuerlich übertrieben war.

Fast im gleichen Augenblick seiner Ankunft fuhr ein zweites Taxi vor. Und heraus stieg, gewissermaßen als Krönung des Tages, Mrs. Alice Challice.

5

Alice über Hotels

Sie hatte die gleichen roten Rosen angesteckt.

»Oh!«, sagte sie sehr rasch und ließ die folgenden Worte großzügig aus der schier unerschöpflichen Mine ihres guten Herzens strömen: »Es tut mir so leid, dass ich Sie am Samstagabend aus den Augen verloren habe. Sie glauben gar nicht, wie leid es mir tut. Natürlich war das ganz allein meine Schuld. Ich hätte auf Sie warten müssen. Als ich im Lift steckte, wollte ich wieder hinaus, aber der Liftführer war zu schnell für mich. Und dann auf den Bahnsteigen – also, da war so ein Gedränge, es war zwecklos! Ich wusste, dass es zwecklos war. Und Sie hatten ja nicht einmal meine Adresse! Ich habe mich gefragt, was Sie wohl von mir denken müssten!«

»Aber meine Dame!«, protestierte er. »Ich kann Ihnen versichern, dass ich nur mir selbst Vorwürfe gemacht habe. Mein Hut flog mir vom Kopf –«

»Tatsächlich!«, nahm sie den Faden atemlos auf. »Sehen Sie, ich möchte nur, dass Sie verstehen, dass ich nicht zu jenen törichten Frauen gehöre, die sich verirren. Nein. So etwas ist mir noch nie passiert, und ich werde bestimmt aufpassen –«

Sie sah sich nach allen Seiten um. Er hatte beide Taxifahrer bezahlt, die umgehend abfuhren, und er und Mrs. Alice Challice standen unter dem gewaltigen Glasvordach des Grand Babylon, den argwöhnischen Blicken von zwei Portiers ausgesetzt.

»Sie wohnen also tatsächlich hier!«, sagte sie in einem Ton, als hätte sie sich bisher gescheut, diese Tatsache zu glauben.

»Ja«, antwortete er. »Wollen Sie nicht mit hineinkommen?«

Er führte sie in die düstere Pracht des Grand Babylon, kühn den Dämon der Schüchternheit bekämpfend, den er unter großen Verlusten zurückschlug. Sie setzten sich in eine Ecke der Haupthalle, wo ein paar Lampen die Aufmerksamkeit auf leere Sessel und die Blumen des Aubusson-Teppichs lenkten. Die Welt saß beim Lunch.

»Und was meinen Sie, wie ich zu Ihrer Adresse gekommen bin!«, sagte sie. »Natürlich schrieb ich sofort an Selwood Terrace, kaum dass ich zu Hause angelangt war, aber ich hatte irgendwie eine falsche Nummer, und dann wartete und wartete ich auf eine Antwort; doch die einzige Antwort war die Rücksendung meines Briefes. Ich wusste, dass der Straßenname stimmte, und sagte mir daher: ›Ich werde dieses Haus finden, und wenn ich jede Glocke in Selwood Terrace läuten und jeden Türklopfer dort betätigen muss.‹ Nun, ich habe es gefunden, doch dann wollten sie mir Ihre Adresse nicht geben. Sie sagten: ›Briefe werden nachgesandt‹, bitte schön. Aber ich wollte keinen weiteren brieflichen Kram mehr, nein, danke! Deshalb erklärte ich, dass ich ohne die Adresse nicht weggehen würde. Der Mann, mit dem ich sprach, war der Kanzleisekretär von Duncan Farll. Er ist vorläufig dort eingezogen. Ein sehr netter junger Mann. Wir haben uns ganz gut verstanden. Offenbar hat Mister Duncan Farll einen regelrechten Wutanfall bekommen, als er das Testament fand. Der junge Mann sagte, dass er eine Schreibmaschine zertrümmert habe. Doch die Beisetzung in Westminster Abbey soll ihn dann wieder versöhnt haben. Mich hätte das nicht getröstet nein, das nicht! Na, jedenfalls ist er selbst sehr reich, da spielt das Geld wohl keine große Rolle. Der junge Mann sagte, wenn ich später noch mal käme, würde er inzwischen seinen Chef fragen, ob er mir Ihre Adresse geben dürfte. ›Eine seltene Aufregung wegen einer Adresse‹, dachte ich mir! Aber eben! Rechtsanwälte! Also ging ich noch mal hin, und er gab sie mir. Ich hätte gestern schon kommen können. Fast hätte ich gestern Abend geschrieben. Aber ich dachte, es wäre wohl besser, damit bis nach der Beerdigung zu warten. Ich hielt das für angebrachter. Sie ist doch jetzt vorbei, nehme ich an?«

»Ja«, bestätigte Priam Farll.

Sie lächelte ihm in ernstem Mitgefühl zu, tröstend und vernünftig zugleich. »Wie erleichtert Sie doch nun sein müssen!«, sagte sie leise. »Die Sache hat Sie doch sicher sehr mitgenommen.«

»In gewisser Weise«, antwortete er zögernd, »hat sie das.«

Während sie die Handschuhe abstreifte, blickte sie in die Runde, so wie ein Einbrecher sich wohl umsieht, ehe er die Tür öffnet – um sich dann plötzlich zu ihm zu beugen, ihm die Hand auf den Nacken zu legen und seinen Kragen anzufassen.

»Nein, nein«, sagte sie leise, »lassen Sie mich das machen! Der Knopf ist aufgegangen; die Krawatte hat ihn noch festgehalten, aber jetzt ist er schon ziemlich locker. Seh'n Sie, ich mach' das schon! Ach, da sind ja zwei lustige Muttermale an Ihrem Hals, ganz dicht nebeneinander. Was für ein Glück! Das wär's schon.«

Ein abschließender Klaps.

Also wirklich, noch nie hatte eine Frau Priam Farlls Krawatte einen Klaps gegeben, schon gar nicht seinen Kragen zugeknöpft und noch viel weniger seine zwei kleinen Muttermale erwähnt, das eine behaart, das andere kahl, die der Hemdkragen verbarg – wenn er ordentlich zugeknöpft war! Es war für ihn ein unerhörtes Erlebnis. Wahrscheinlich hätte es ihn sehr erzürnt, wären die Hände von Mrs. Challice nicht wie – wie Krankenpflegerinnenhände gewesen, weiche Hände, begütigende Hände – Hände, die ungestraft die unmöglichsten Kühnheiten begehen durften. Stellen Sie sich vor, eine Frau rückt ihm ungebeten und ungefragt in der größten Halle des Grand Babylon den Kragen und die Krawatte zurecht und erwähnt überdies noch irgendwelche kleinen Muttermale von ihm! Das wäre doch unvorstellbar gewesen! Aber es war geschehen. Und mehr noch, er hatte es nicht als unangenehm empfunden. Sie lehnte sich in ihrem Sessel zurück, als hätte sie nichts getan, was auch nur im Geringsten ungewöhnlich gewesen wäre.

»Ich sehe schon, dass es Sie sehr mitgenommen hat«, sagte sie sanft, »auch wenn er Ihnen nur ein Pfund pro Woche hinterlassen hat. Aber immer noch besser, als eins übergezogen kriegen.«

Eins übergezogen kriegen, das erinnerte ihn irgendwie an Auseinandersetzungen mit der Polizei; sonst konnte er sich nichts darunter vorstellen.

»Ich hoffe, Sie müssen nicht sofort wieder Ihren Dienst antreten«, sagte sie nach einer Pause. »Sie sehen nämlich wirklich so aus, als würden Sie ein bisschen Erholung brauchen, eine Tasse Tee oder so etwas. Ich schäme mich sehr, dass ich Sie schon so früh belästige.«

»Dienst?«, fragte er. »Was für einen Dienst?«

»Wieso?«, rief sie aus, »haben Sie denn keine neue Stellung?«

»Neue Stellung?«, sprach er ihr nach. »Was meinen Sie damit?«

»Wieso, als Kammerdiener natürlich.«

Seine Neigung, zu vergessen, dass er nun ein Kammerdiener war, konnte wirklich gefährlich werden. Er nahm sich zusammen.

»Nein«, antwortete er, »ich habe noch keine neue Stellung.«

»Aber wieso wohnen Sie denn hier?«, rief sie.

»Ich dachte, Sie wären mit Ihrem neuen Herrn in diesem Hotel. Wieso sind Sie ganz allein hier?«

»Oh«, erwiderte er verlegen, »es schien mir eine durchaus passable Unterkunft zu sein. Ich bin ganz durch Zufall hier gelandet.«

»Passable Unterkunft, also wirklich!«, sagte sie resolut. »Also so etwas ist mir noch nicht vorgekommen!«

Er merkte, dass er sie schockiert, schmerzlich berührt hatte. Er erkannte, dass jetzt nur ein blendender Einfall zu seiner Verteidigung helfen konnte, aber es fiel ihm nichts ein. In seiner Verwirrung sagte er daher: »Wollen wir nicht lieber etwas essen gehen? Ich muss dringend etwas haben, wie Sie sagen; das merke ich jetzt, da ich daran denke. Was meinen Sie dazu?«

»Was? Hier?«, fragte sie ängstlich.

»Ja«, erwiderte er. »Warum nicht?«

»Nun ja –!«

»Also kommen Sie!«, sagte er mit vornehmer Nachlässigkeit und geleitete sie zu den acht gläsernen Pendeltüren, die in den Salle à manger des Grand Babylon führten. An jeder Doppeltür stand eine würdevolle lebende Statue in goldenem Gewand. Sie ging ohne ein Zeichen der Furcht an diesen Statuen vorbei; doch als sie den Speisesaal selbst zu Gesicht bekam, getaucht in supervornehme Stille, voller Gesellschaftskleider und Hüte und allem, von dem man in *Lady's Pictorial* liest, während der bewimpelte Mast eines Themsekahns an den gegenüberliegenden Fenstern vorbeiglitt, blieb sie wie angewurzelt stehen. Und einer der Oberbürgermeister des Grand Babylon, um den Hals eine schwere Amtskette, der sich bereits zu ihrer Begrüßung in Bewegung gesetzt hatte, blieb ebenfalls stehen.

»Nein!«, erklärte sie. »Ich glaube nicht, dass ich hier essen könnte. Ich könnt's wirklich nicht.«

»Aber warum?«

»Nun«, meinte sie, »ich kann es mir einfach nicht vorstellen. Können wir nicht woanders hingehen?«

»Aber gewiss können wir das«, stimmte er mit mehr als höflichem Eifer zu.

Sie dankte ihm mit ihrem so angenehmen, vernünftigen Lächeln – einem Lächeln, das dem Dilemma jede Peinlichkeit nahm, so wie Salbe einen Wundreiz lindert. Und freundlich trug sie ihren Hut, ihre Robe, ihre Gebärden und Worte und ihr trostreiches Wesen aus diesem hehren Bereich hinweg. Und sie stiegen zum Grillroom hinunter, wo es relativ geräuschvoll zuging und ihre roten Rosen weniger auffielen als der Helm von Navarra, und ihr Kleid fand Schwestern und Cousinen aus allen Himmelsrichtungen.

»Ich halte nicht viel von diesen Restaurants«, sagte sie über gegrillten Nierchen.

»Nicht?« fragte er zaghaft. »Das tut mir leid. Ich dachte, nach neulich Abend –«

»O ja«, fiel sie ein, »neulich Abend bin ich sehr gern in dieses andere Restaurant gegangen. Aber Sie müssen wissen, ich bin davor noch nie in einem Restaurant gewesen.«

»Wirklich nicht?«

»Wirklich nicht«, bestätigte sie, »und mir war so, als sollte ich es einmal versuchen. Und die junge Dame im Postamt hatte mir erzählt, dass dieses ein ganz großartiges sei. Und das ist es auch. Es ist wunderbar. Aber sie sollten sich natürlich schämen, einem solches Essen anzubieten. Erinnern Sie sich an die Seezunge? Seezunge! Das war genauso wenig eine Seezunge, wie dieser Handschuh eine Seezunge ist. Und dann hat man sie bestimmt eine ganze Stunde gegart und danach noch warmgestellt! Und erst die Preise! O ja, ich geb's zu, ich hab' die Rechnung gesehen.«

»Ich hielt sie für unerhört niedrig«, meinte er.

»Nun, ich nicht!«, erklärte sie. »Wenn Sie bedenken, dass eine gute Haushälterin alles für zehn Shilling pro Kopf in der Woche bestreiten kann … Also, das ist einfach ein Skandal! Und ich nehme an, dass es hier noch teurer ist, oder?« Er wich der Frage aus. »Dies ist alles in allem ein besseres Lokal«, sagte er. »Ich kenne wirklich nicht viele Lokale in Europa, wo man besser speisen kann als hier.«

»Tatsächlich?«, sagte sie nachsichtig, so als meinte sie: »Also ich wüsste schon, wo man das könnte.«

»Man sagt«, fuhr er fort, »dass hier keine Butter verwendet wird, die weniger als drei Shilling pro Pfund kostet.«

»Keine Butter kostet sie drei Shilling pro Pfund«, stellte sie fest.

»Nicht in London«, entgegnete er. »Sie bekommen sie aus Paris.«

»Und das glauben Sie?«, fragte sie.

»Ja«, sagte er.

»Ich jedenfalls nicht. Jeder, der mehr als eins-neun für ein Pfund Butter bezahlt, und zwar höchstens, ist ein Narr, wenn Sie bitte dieses Wort entschuldigen wollen. Ich sage ja nicht, dass diese Butter nicht gut ist. Für weniger als achtzehn Pence könnte ich auch in Putney keine gleich gute bekommen.«

Sie weckte in ihm das Gefühl, er sei wie ein Kind, das noch eine Menge von seiner freundlichen, aber resoluten großen Schwester zu lernen hat.

»Nein, vielen Dank«, sagte sie ein wenig schroff zu dem Kellner, der ihr eine zweite Portion Pommes frites angeboten hatte.

»Nun sagen Sie bloß nicht, sie wären kalt«, meinte Priam lachend. Sie lachte ebenfalls. »Soll ich Ihnen sagen, weswegen ich gegen diese Restaurants bin?«, fragte sie. »Es ist das Gefühl, dass man nicht weiß, *woher* das Essen kommt. Wenn die Küche direkt neben dem Speisezimmer liegt, kann man die Sachen von dem Augenblick an, da der Lieferwagen sie bringt, im Auge behalten; da weiß man wenigstens, woran man ist. Und man kriegt die Speisen heiß serviert. Das ist nur vernünftig«, sagte sie. »Wo befindet sich denn die Küche hier?«

»Irgendwo unter uns«, antwortete er entschuldigend.

»Eine Kellerküche!«, rief sie aus. »Also in Putney sind Häuser mit Kellerküchen einfach nicht zu vermieten. Nein! Restaurants und Hotels sind nichts für mich – nicht, wenn ich die *Wahl* habe – nicht regelmäßig, meine ich.«

»Immerhin«, entgegnete er im Ton eines richterlichen Schiedsspruchs, »sind Hotels doch sehr bequem und praktisch.«

»Tatsächlich?«, sagte sie so, dass man heraushörte: »Beweisen Sie's mir!«

»Zum Beispiel gibt es hier in jedem Zimmer ein Telefon.«

»Sie meinen doch nicht in jedem Schlafzimmer?«

»Ja, in jedem Schlafzimmer.«

»Also, mich würden Sie nicht mit einem Telefon in meinem Schlafzimmer erwischen«, sagte sie. »Ich könnte ja nicht einschlafen, wenn ich wüsste, dass da ein Telefon in meinem Schlafzimmer steht! Wenn ich mir vorstelle, jederzeit antworten zu müssen, wenn jemand mich anrufen will – also wirklich! Und wie soll man wissen, wer da am andern Ende des Drahtes ist? Nein, ich mag das alles nicht. Das mag alles schön und gut sein für Herren, die nicht kennengelernt haben, was ich Komfort nenne, um das mal so auszu-drücken. Aber … « Er erkannte, wenn er weiter auf seiner Ansicht bestünde, würde bald nichts mehr von dem vornehmen Gemäuer des Grand Babylon übriggeblieben sein als ein Ruinenhaufen. Und außerdem erweckte sie in ihm das untrügliche Gefühl, dass er wäh-rend seines Aufstiegs als ungeliebter, schlichter, anspruchsloser Mann die besten Dinge des Lebens stets hatte entbehren müssen. Ein ganz neues Gefühl für ihn! Denn wenn irgendein Mann in Eu-ropa an seine Fähigkeit glaubte, andere dazu zu bewegen, es ihm bequem zu machen, war Priam Farll dieser Mann.

»Ich bin noch nie in Putney gewesen«, versuchte er abzulenken.

Mühe mit der Wahrheit

Während sie ihm freimütig in allen Einzelheiten von Putney und ihrem Leben in Putney erzählte, wuchs in ihm die Vision einer Da-seinsform, wie er sie nie kennengelernt hatte. Putney wies deutlich die Vorzüge einer Wohngegend in einer wunderschönen Lage auf. Sie erstreckte sich über den Abhang eines Hügels, dessen Fuß von einem herrlichen Strom namens Themse umspült wurde, auf dessen Fluten pittoreske Barken und dekorative Ruderboote schwammen; eine gewölbte Brücke überspannte diesen Strom, und über diese Brücke fuhr man in milchweißen Omnibussen nach London. Putney besaß eine Straße mit adretten Geschäften, eine reine Laden- und Bürostraße, in der wegen des Motorenlärms heute niemand mehr schlief; zur Abendzeit schimmerte die Straße in ihrem eigenen Glanz. Es gab ein Theater, eine Konzerthalle, Versammlungsräume, ein Varieté, einen Markt, eine Brauerei, eine Bibliothek und ein Nachmittagsteehaus genau wie an der Regent Street (nicht, dass Mrs. Challice sich etwas aus ihrem angeblich chinesischen Tee machte); außerdem Kirchen und Kapellen; sowie die Parkanlage Barnes Common auf der einen und die Parkanlage

Wimbledon Common auf der anderen Seite. Mrs. Challice wohnte in der Werter Road, die praktischerweise an der Ecke High Street begann, wo sich das Fischgeschäft befand – ein Laden, in dem man jederzeit echte Seezungen kaufen konnte, auch wenn es selbstverständlich nicht ratsam war, sie an einem Montagmorgen zu erstehen. Putney war ein Ort, in dem man sorglos und ungestört leben konnte. Man hatte sein kleines Haus und seine Möbel und besaß die Möglichkeit, sich ganz um sich selbst zu kümmern, kannte sämtliche Preise und die Tiefen der menschlichen Natur und hatte große Erfahrung im Verzeihen menschlicher Schwächen. Man hielt sich kein Dienstpersonal, weil der Umgang mit Bediensteten so schwierig ist und weil sie aber auch gar nichts so gut machen können, wie man das selbst erledigen kann. Man nahm sich eine Putzfrau, wenn man einmal faul sein wollte oder das Bedürfnis verspürte, den ganzen Hausrat zum Lüften in den Hof zu stellen. Mit der Putzfrau, einem Paar Handschuhe für gröbere Arbeiten und einem Gasherd daheim wurde die Hausarbeit gewissermaßen zu einem Nichts. Ehrgeiz, Neid oder der Wunsch, genau zu wissen, was die Reichen machen, und es ihnen gleichzutun, bereitete einem keine Kopfschmerzen. Man las, wenn man nichts Amüsanteres zu tun hatte, vorzugsweise illustrierte Zeitungen und Magazine. Man trieb keinen Kunsthandel in nennenswertem Umfang, und kein Gedanke daran konnte einem nachts den Schlaf rauben. Man war reich, weil man einfach weniger ausgab, als man verdiente. Man grübelte nie über den Ursprung aller Dinge oder zerbrach sich den Kopf über die mögliche Entwicklung der Gesellschaft in den nächsten hundert Jahren. Wenn man einen armen alten Menschen auf der Straße sah, kaufte man ihm eine Schachtel Streichhölzer ab. Das einzige Sozialphänomen, das einen wirklich in Rage bringen konnte, war die Art, wie reiche Leute Geld machten und so anderen, die wirklich in Not waren, noch das Brot wegnahmen. Der einzige offenkundige Makel des Lebens in Putney waren der Lärm und die Gefahren der High Street, der Mangel an verlässlichen

Wäschereien, das Benehmen einer Dame mittleren Alters hinter dem Postschalter – die anderen Damen im Postamt mochte Mrs. Challice – sowie das Fehlen eines passenden Mannes im Haushalt.

Das Leben in Putney schien Priam Farll fast ans Utopische zu grenzen. Es atmete den Hauch der Romantik – der Romantik des gesunden Menschenverstandes, der Herzlichkeit und Einfachheit. Es ließ sein eigenes Leben bis zu diesem Tage als ein vergebliches und unglückliches Streben nach dem Unerreichbaren erscheinen. Kunst? Was war das? Wohin führte sie? Er war der Kunst überdrüssig, überdrüssig aller Formen der Aktivität, an die er bislang gewöhnt war und die er irrtümlicherweise für das Leben gehalten hatte.

Ein kleines Zuhause, ortsgebunden und stabil, ließ den ganzen Aufmarsch europäischer Hotels überflüssig erscheinen.

»Ich nehme an, dass Sie nicht lange hier wohnen bleiben werden?«, wollte Mrs. Challice wissen.

»O nein!«, antwortete er, »ich werde eine Lösung finden müssen.«

»Werden Sie eine neue Stellung annehmen?«, fragte sie.

»Eine neue Stellung?«

»Ja.« Ihr Lächeln war übertrieben auffordernd und überredend.

»Ich weiß nicht«, sagte er schüchtern.

»Sie müssen ganz schön etwas beiseitegelegt haben«, sagte sie mit dem gleichen Lächeln.

»Aber vielleicht auch nicht. Sparen ist eine Sache der Gelegenheit. Das ist jedenfalls meine Meinung. Eine Sache der Gewohnheit. Es kommt darauf an, wie man anfängt. Ich würde niemals jemand einen Vorwurf machen, wenn er nicht spart. Und Männer –«

Sie schien andeuten zu wollen, dass es für Männer einen besonderen Entschuldigungsgrund dafür gab, nicht zu sparen.

Sie hatte ein großes Herz – das war sicher: Sie hatte Verständnis – Verständnis für Dinge und vor allem für die menschliche Natur. Sie gehörte nicht zu jenen Geschöpfen, denen ein Mann manchmal begegnet – Geschöpfe, die stets auf dem Sprung sind, sich auf einen zu stürzen, die unfähig sind, über eine männliche Schwäche hinwegzusehen – glatte, lächelnde Geschöpfe mit dünnen Lippen, etwas spärlichen Haaren über der Stirn und einem begütigend-allwissenden *Mir*-können-Sie-doch-nichts-vormachen-Tonfall. Mrs. Alice Challice hatte einen Mund, so groß wie ihre Ideen, und eine volle Unterlippe. Sie war eine Frau, die einem in der Tat entgegenkam, wenn man sich anschickte, die gefährliche Straße zu überqueren, die die beiden Geschlechter trennt. Sie verstand, weil sie verstehen wollte. Und wenn sie etwas nicht verstehen konnte, machte sie sich selbst vor, dass sie es verstand – was schließlich auf das gleiche hinausläuft.

Sie war der lebende Beweis dafür, dass für ihr Geschlecht soziale Unterschiede nicht ausschlaggebend sind. Was sie betraf, zählte nur ein Unterschied, der weitaus wesentlicher ist als jeder soziale Unterschied: der historische kleine Unterschied zwischen Adam und Eva. Sie war Balsam für Priam Farll. Sie wäre genauso Balsam für König David, Uriah den Hethiter, Sokrates, Rousseau, Lord Byron, Heine oder Charlie Peace gewesen. Sie hätte sie alle verstanden. Sie alle wären bereit gewesen, sich kuschelig von ihr trösten zu lassen. War sie eine Lady? Pah! Sie war eine Frau!

Ihr Naturell zog Priam Farll an wie ein Elektromagnet. Frei in ihrem weiten Mitgefühl zu schweifen schien ihm der höchste Lohn der Erfahrung zu sein. Es wäre wie ein gutes Gasthaus am Ende der öden Landstraße, die Oase nach dem Sandsturm, Schatten nach Sonnenglut, lindernder Verband nach der Verwundung, Schlaf nach Schlaflosigkeit, das Ende einer unaussprechlichen Tortur. Er verspürte den Wunsch, ihr alles zu erzählen, weil sie keine schwierigen Erklärungen verlangen würde. In ihrer Art, wie sie über das Sparen gesprochen hatte, war sie ihm entgegengekommen. Als Antwort auf ihre Vermutung: »Sie müssen ganz schön etwas beiseitegelegt haben«, könnte er beiläufig antworten: »Ja, hundertvierzigtausend Pfund.«

Und das würde in ganz natürlicher Reihenfolge zu einer völligen Offenlegung der Klemme führen, in der er steckte. Innerhalb von fünf Minuten würde er ihr die wesentlichen Einzelheiten gestanden haben, sie würde ihn verstanden haben, und er würde ihr dann seine so schmerzliche und demütigende halbe Stunde in der Abtei beschreiben können, worauf sie ihren Zauberbalsam auf seine so entsetzlich geschundene Empfindsamkeit streichen würde. Seine Wunden würden geheilt werden, und sie würden gemeinsam entscheiden, was weiter zu tun sei. Er betrachtete sie als seine Zuflucht, als großzügige Entschädigung des Schicksals an ihn für den Verlust von Henry Leek, dessen sterbliche Reste jetzt in der Walhalla der Nation ruhten. Nur müsste man die Erklärung so beginnen, dass sich die Dinge wirklich in natürlicher Reihenfolge entwickelten. Wenn er es sich genauer überlegte, schien es ihm doch sehr abrupt, die Erklärung mit »Ja, hundertvierzigtausend Pfund« zu eröffnen.

Die Summe war zu absurd hoch, wenn auch korrekt. Das Unheil war, dass wenn die Summe ihr nicht absurd hoch vorkam, sie doch unmöglich auf natürliche Weise zum Rest der Erklärung überleiten konnte.

Er musste einen anderen Weg finden.

Zum Beispiel: »Bei dem angeblichen Tod von Priam Farll handelt es sich um ein Missverständnis.«

»Ein Missverständnis!«, würde sie ausrufen, ganz Auge und Ohr.

»Ja«, würde er dann fortfahren, »Priam Farll ist gar nicht tot. Sein Diener ist es, der gestorben ist.«

Worauf sie herausplatzen würde: »Aber Sie sind doch sein Diener!«

Worauf er nur den Kopf schütteln und sie ihn energisch fragen würde: »Und wer sind denn Sie?«

Worauf er, so ruhig wie möglich, antworten würde: »Ich bin Priam Farll. Ich werde Ihnen genau erklären, wie das alles gekommen ist.«

So könnte die Unterredung sich abspielen. So würde sie sich abspielen, wenn er nur damit begänne. Aber wie vor der Tür des Dekans brachte er auch jetzt den Anfang nicht über die Lippen. Er konnte die notwendigen Worte einfach nicht laut sagen. Ausgesprochen würden sie lächerlich, unglaubwürdig, verrückt klingen – und nicht einmal von Mrs. Challice konnte man vernünftigerweise erwarten, ihre Bedeutung zu erfassen, viel weniger noch, sie zu glauben.

»*Bei dem sogenannten Tod von Priam Farll handelt es sich um ein Missverständnis.*«

»*Ja, hundertvierzigtausend Pfund.*«

Nein, er konnte weder den einen noch den anderen Satz aussprechen. Es gibt Wahrheiten, die so bizarr sind, dass man sich schon verlegen und schuldig fühlt, ehe man sie zu äußern begonnen hat; man spricht sie in entschuldigendem Ton aus; man errötet; man stottert; man benimmt sich wie jemand, der nicht erwartet, dass man ihm glaubt; man sieht wie ein Narr aus; man fühlt sich wie ein Narr; und man bringt Unheil über sich selbst.

Mit schmerzlichster Klarheit wurde ihm bewusst, dass er ihr nie, nie dieses schreckliche Geheimnis, die furchtbare Wahrheit würde mitteilen können. So groß sie auch war, die Wahrheit war größer, und sie würde sie nie hinnehmen können.

»Wie spät ist es?«, fragte sie unvermittelt.

»Oh, Sie müssen nicht an die Zeit denken«, sagte er mit besorgter Eilfertigkeit.

Folgen des Regens

Als die Lunchzeit längst vorüber war und der Grillroom sich bis auf die beiden von allen Gästen geleert hatte und etliche Kellner unruhig um ihren Tisch herumstrichen und sie mittels Gedankenübertragung zum Gehen zu zwingen versuchten, begann Priam

Farll sich den Kopf über eine plausible Möglichkeit zu zerbrechen, wie er den Nachmittag in ihrer Gesellschaft verbringen könnte. Er wollte sie gern bei sich behalten, wusste aber nicht, wie er das anstellen sollte. Er war ziemlich ratlos. Sonderbar, dass ein Mann, der groß und brillant genug war, sich in Westminster Abbey beerdigen zu lassen, nicht über genügend Alltagsklugheit verfügte, sich die Gesellschaft einer Mrs. Alice Challice zu erhalten. Aber so war er. Glücklicherweise verlieh ihm der Gedanke an ihr verständnisvolles Wesen Auftrieb.

»Ich muss jetzt wohl nach Hause«, sagte sie, zog sich langsam dabei die Handschuhe an – und seufzte.

»Lassen Sie mich überlegen«, stotterte er.

»Hatten Sie nicht gesagt, Werter Road, Putney?«

»Ja, Nummer neunundzwanzig.«

»Vielleicht darf ich Sie einmal besuchen?«, meinte er zaghaft.

»Oh, tun Sie das!«, ermutigte sie ihn.

Nichts hätte korrekter, aber auch nichts hätte banaler sein können als dieser Teil ihrer Unterhaltung. Sicher würde er sie besuchen. Morgen würde er sich auf den Weg zum idyllischen Putney machen. Eine solche Freundin, einen solchen Balsam, ein so sanftes Kissen, ein so kluges Verständnis durfte er nicht verlieren. Er würde Schritt für Schritt näher mit ihr bekannt werden und vielleicht schließlich jenes Stadium erreichen, in dem er ihr mit einiger Wahrscheinlichkeit, dass sie ihm glaubte, verraten konnte, wer er wirklich war. Wenn er sie jedenfalls besuchte – und er nahm sich fest vor, das so bald wie möglich zu tun –, würde er einen anderen Plan mit ihr versuchen; er würde vorher sorgfältig abwägen, was und wie er es ihr sagte. Diese Entscheidung versöhnte ihn etwas mit der Tatsache, dass er sich vorübergehend von ihr trennen musste.

So bezahlte er die Rechnung unter ihren scharfen, vorwurfsvollen Blicken und brachte es fertig, die genaue Summe des Trinkgeldes vor diesen Augen geheimzuhalten; und später, in der Garderobe, drückte er einem fetten wohlhabenden Mann, der über seinen Hut und Stock gewacht hatte, verstohlen ein Sixpence-Stück in die Hand. (Wirklich merkwürdig, wie die nüchternen Augen dieser Frau all solche Handlungen äußerst albern erscheinen ließen!) Schließlich wanderten sie schweigend durch die Korridore und Vorzimmer, die zum Hofeingang führten. Und durch das Glasportal erhaschte Priam Farll einen kurzen Blick auf den im Licht schimmernden nassen Regenumhang eines Droschkenkutschers. Es regnete. Es regnete sogar ziemlich stark. Unter den glasüberdachten Kolonnaden des Hofraumes war alles trocken, aber der Regen pladderte wie auf Kesselpauken auf dieses Glasdach, und in der Mitte des Hofraums hatte sich ein Teich gebildet, in dem ein paar Droschken herumschwammen. Alles – die Pferdedecken, die Hüte und Capes der Droschkenkutscher und ihre roten Gesichter – schimmerte und troff vor Nässe in diesem Sommerwolkenbruch. Man sagt, dass die Geographie Geschichte macht. In England, und ganz besonders in London, macht das Wetter eine Menge Geschichte. Unmöglich, diesem Regen zu trotzen, es sei denn unter allerstärkstem Zwang der Notwendigkeit! Sie befanden sich im Trockenen, und im Trockenen mussten sie bleiben.

Er war froh, ganz albern und überschwänglich froh.

»Es kann nicht lange dauern«, sagte sie zum schwarzen Himmel aufblickend, der im Osten einen hellen Rand aufwies.

»Ich schlage vor, wir gehen inzwischen wieder hinein und trinken eine Tasse Tee«, sagte er.

Sie hatten zwar eben erst Kaffee getrunken, doch sie schien nichts dagegen zu haben.

»Also schön«, meinte sie, »für mich ist jede Zeit Teezeit.«

Er sah auf die Uhr. »Es ist ja auch schon fast vier«, sagte er.

Und so, gerechtfertigt durch die Uhrzeit, gingen sie wieder hinein und setzten sich auf dieselben Plätze, die sie zu Beginn des Abenteuers in der Haupthalle eingenommen hatten. Priam entdeckte einen Klingelknopf und bestellte chinesischen Tee und

Muffins. Er spürte, dass er jetzt eine echte Gelegenheit zu einem neuen Start im Leben hatte. Er wurde beinahe fröhlich. Er konnte fröhlich sein, ohne gegen das Dekorum zu verstoßen, denn Mrs. Challice hatte mit ihrem einmaligen Taktgefühl jeden Hinweis auf Tod und Beerdigung vermieden.

Und in der Pause, während er sich anschickte, fröhlich, anziehend und eben ganz er selbst zu sein, schoss sie, ruhig ihren Chinatee umrührend, einen Pfeil ab, dass es ihm den Atem verschlug.

»Mir scheint«, stellte sie fest, »wir könnten weitersuchen und dabei viel schlechter fahren – wir beide.«

Die Bedeutung dieser Worte ging ihm zunächst überhaupt nicht auf, und sie sah, dass er nicht verstand.

»Oh«, fuhr sie fort, wohlwollend und begütigend, »ich meine es wirklich. Ich flirte nicht nur bloß so. Ich glaube, wenn Sie meine Meinung hören wollen, dass wir beide ein gutes Paar abgeben würden.«

Genau an dieser Stelle war es, wo es ihm den Atem verschlug. Und er sah ein schwaches köstliches Rot ihr Gesicht überziehen, das einen außerordentlich frischen, zarten Teint hatte.

Sie nippte an ihrer Tasse Tee und hielt dabei die Finger weit auseinandergespreizt.

Er hatte den Ursprung ihrer Bekanntschaft vergessen; vergessen, dass jeder von ihnen ein bestimmtes Ziel im Auge haben sollte; vergessen, dass sie zu einem bestimmten Zweck Fotos ausgetauscht hatten. Es war ihm gar nicht bewusst gewesen, dass die Heirat wie ein Damoklesschwert über ihm hing. Jetzt sah er dies Schwert, scharf und schwer, an einem erschreckend feinen Faden über sich hängen. Er wich aus. Er wollte sie nicht verlieren, um sie womöglich nie wiederzusehen; aber er wich aus.

»Ich wüsste nicht –«, begann er – und hielt inne.

»Natürlich ist das für einen Mann eine sehr peinliche Situation«, fuhr sie fort, einen Muffin in den Fingern drehend. »Ich kann gut verstehen, wie Ihnen zumute ist. Und für die meisten anderen hätten Sie recht. Es gibt wenige Frauen, die einen Charakter beurteilen können, und wenn Sie da versuchten, so etwas auf einmal zu erledigen, würde man Sie für schief gewickelt halten. Aber ich bin nicht so eine. Ich erwarte kein Herumscharwenzeln. Was ich liebe, ist klarer Verstand und klares Handeln. Wir wollen beide heiraten, und deshalb wäre es doch töricht, so zu tun, als wollten wir's nicht, oder? Und es wäre lächerlich von mir, wenn ich darauf wartete, dass Sie mir den Hof machten und einen Heiratsantrag und was sonst noch dazugehört, so als hätte ich noch nie einen Mann in Hemdsärmeln gesehen. Die Frage, auf die es ankommt, ist doch: Werden wir zueinander passen? Ich habe Ihnen gesagt, was ich denke. Und was denken Sie?«

Sie lächelte ihn an, aufrichtig, freundlich, aber unerbittlich.

Was sollte er sagen? Was würden Sie sagen, wenn Sie ein Mann sind? Es ist leicht, wenn Sie so in Ihrem Sessel sitzen, keine Mrs. Alice Challice vor sich haben, eine diplomatische Antwort zu finden; aber versetzen Sie sich mal an Priams Stelle! Außerdem glaubte er ehrlich, dass sie zu ihm passte. Und am allerwenigsten konnte er den Gedanken ertragen, dass sie aus seinem Leben entschwinden könnte. Diese Erfahrung hatte er schon einmal durchgemacht, als ihm sein Hut im U-Bahnschacht vom Kopf geblasen wurde, und das wollte er nicht noch einmal erleben.

»Natürlich haben Sie kein wirkliches Zuhause«, sagte sie überlegend, aber mit großem Nachdruck. »Wie wär's, wenn Sie mitkämen und mal einen Blick in meins würfen?«

So geschah es, dass an diesem Abend ein gut zueinander passendes Paar in den Laden des Fischhändlers an der Ecke der Werter Road trat und eine Portion Seezunge kaufte. Am Zeitungsladen nebenan hingen nur Plakate mit Schlagzeilen wie: EINDRUCKSVOLLE SZENEN IN WESTMINSTER ABBEY – FARLLS BEISETZUNG EIN STAATSSCHAUSPIEL – GROSSER MALER ZUR LETZTEN RUHE GEBETTET – und so weiter.

6

Ein Morgen in Putney

Abgesehen davon, dass man freite und sich freien ließ, war es für Priam, als wäre er gestorben und geradewegs in den Himmel aufgefahren. Himmel ist die Abwesenheit von Sorgen und Streben. Himmel ist, wo man nichts wünscht, was man nicht besitzt. Himmel ist Endgültigkeit. Und dies war Endgültigkeit. An diesem Septembermorgen, nach den Flitterwochen und dem Sicheinleben, stand er gemächlich auf, lange nach seiner Frau, zog den flohfarbenen Morgenrock über (den Alice sehr bewunderte), öffnete das Fenster weit und ließ seine Blicke über jenen Teil des Universums schweifen, der von der Werter Road und dem Himmel darüber umschlossen war. Eine rüstige alte Frau kam mit einem Korb voll verschiedenartiger Blumen die Straße herunter. Der Anblick dieser alten Frau bereitete ihm immenses Vergnügen, übte einen erregenden Reiz auf ihn aus. Warum? Nun, es gab keinen besonderen Grund, außer dass sie so kraftvoll lebendig war, Teil dieser großartigen Erde. Alles Leben bereitete ihm Freude, alles Leben war für ihn wunderschön. Er nahm sein warmes Bad. Das Badezimmer war, was Bequemlichkeit betraf, nicht auf dem neuesten Stand, aber Alice hätte eine vierrädrige Droschke bequem machen können. Während er im ersten Stock hin und her ging, hörte er sie ruhig und zielstrebig im Erdgeschoss wirtschaften. Am Morgen war sie immer sehr beschäftigt; ihre Augen schienen ihm zu sagen: »In der Zeit zwischen meinem Aufstehen und dem Lunch erwarte bitte keine geistige oder moralische Hilfestellung von mir. Ich bin zwar da, aber ich leite auch diesen Haushalt und bin so von meiner Arbeit in Anspruch genommen, dass ich dabei nicht gestört werden darf.«

Dann stieg er frisch wie ein Junge die Treppe hinunter, obwohl das Vorgebirge, das ihm den direkten Blick auf seine Zehen versperrte, noch gewachsen war. Das Vorderzimmer – eine geheiligte Stätte, in der er sein Frühstück einnahm. Sie servierte es ihm persönlich, in weißer Schürze und prompt nach seinem Erscheinen! Eier, Toast, Kaffee! Es war nichts Besonderes, dieses Frühstück – und dennoch war es alles! Kein Frühstück hätte besser sein können. Er hatte vielleicht fünfzehntausendmal in Hotels gefrühstückt, bis Alice ihm beibrachte, was ein wirkliches Frühstück war. Nach dem Servieren blieb sie noch etwas bei ihm und reichte ihm dann den *Daily Telegraph*, der auf einem Stuhl bereitgelegen hatte.

»Hier ist dein *Telegraph*«, sagte sie heiter, stillschweigend jedes Eigentum oder Interesse an der Zeitung leugnend. Für sie waren Zeitungen Männerspielzeuge. Sie schlug nie eine Zeitung auf, wollte nie wissen, was sich in der Welt ereignete. Politik – und alles, was mit den rein technischen Dingen des Lebens zu tun hatte – ignorierte sie vollständig! Sie lebte. Sie tat nichts als leben. Sie erlebte jede Stunde. Priam hatte das gute Gefühl, endlich dem Leben auf den Grund gekommen zu sein.

Der *Telegraph* hatte zwanzig Seiten, viel mehr Lesestoff, als ein Mensch an einem Tag lesen konnte, selbst wenn er las und las und weder aß noch schlief. Und alles war in seiner reichen Vielfalt so beruhigend! Es wiegte einen sanft in Sicherheit. Der *Telegraph* war der ideale Gefährte zum pochierten Ei; aufrecht gegen die Kaffeekanne gelehnt, stand er fest wie das meerumtoste England. Priam faltete ihn einmal in der Mitte; er las alle Artikel bis hinunter zur Falte, drehte ihn dann um und las alle zu Ende. Nachdem er so mit dem *Telegraph* kommuniziert hatte, kommunizierte er mit seinem eigenen inneren Selbst und wanderte, eine Zigarette drehend, durch die Wohnung. Ah! Die erste Zigarette! Sein Umherwandern führte ihn zur Küche, oder doch zumindest bis auf ihre Schwelle.

Seine Frau war dort an der Arbeit. Um jeden Handgriff oder Gegenstand, der beschmutzt werden konnte, wickelte sie weiches braunes Papier; und damit ihre Hände makellos blieben, trug sie außerdem oft noch Arbeitshandschuhe; auf diese Weise sah das Haus in den frühen Tagesstunden, besonders aber in der Nähe der Kamine, wie in Papierlockenwickler gedreht aus.

»Ich gehe jetzt aus, Alice«, sagte er, nachdem er seine glänzend polierten Schuhe angezogen hatte.

»Schön, schön, Lieber«, antwortete sie, ganz mit ihrer Arbeit beschäftigt. »Lunch zur üblichen Zeit.« Sie versuchte nie, ihn unter dem Pantoffel zu halten. Sie hatte ihn ja. Sie war seiner sicher. Das genügte ihr. Manchmal, wie eine einfache Frau, die überraschend in den Besitz eines Perlencolliers gekommen war, holte sie ihn gleichsam aus seiner Schublade, schaute ihn an und legte ihn wieder zurück.

Am Hauseingang zögerte er, ob er sich nach links zur High Street oder nach rechts zur Oxford Road wenden sollte. Er entschied sich für rechts, hätte sich aber genauso amüsiert, wenn er links gewählt hätte. Die Straßen, durch die er ging, waren von Dienstboten und Laufburschen der Krämer bevölkert. Er sah Mädchen mit weißen Häubchen Türknöpfe polieren oder Fenster putzen oder wie entflohene Nonnen die Straße entlanglaufen, oder in Gedanken versunken aus Schlafzimmerfenstern starren. Und die Laufburschen hüpften unentwegt in oder aus Lieferwagen oder von Dreirädern oder drauf, und verteilten geschäftig Essen und Getränke, als wäre Putney eine belagerte Stadt. Es war außerordentlich interessant und geheimnisvoll – und was die Sache noch geheimnisvoller machte, war die Tatsache, dass die Oligarchie höherer Wesen, für die diese Jungen und Mädchen so unermüdlich arbeiteten, unsichtbar blieb. Er ging an einem Zeitungsladen vorbei und hatte sein übliches Vergnügen an den Plakaten. An diesem Morgen verkündete der *Daily Illustrated* weiter nichts als: BILD EINES ZWÖLFJÄHRIGEN JUNGEN IM GEWICHT VON 254 PFUND. Und der *Record* flüsterte

in Scharlachrot: WAS DER DEUTSCHE ZUM KÖNIG SAGTE. EX-
KLUSIV. Das *Journal* tönte: SURREYS GROSSARTIGES FINISH.
Und der *Courier* posaunte: DAS UNGESCHRIEBENE GESETZ IN
DEN VEREINIGTEN STAATEN. NOCH EIN SKANDAL.

Um keinen Preis hätte er hinter diesen Ankündigungen in den
Zeitungen selbst weiter nachforschen wollen; er zog es vor, allein
aus den Plakaten zu schließen, welche Wunder von gestern der
ausgezeichnete, gelassene *Telegraph* unerklärlicherweise übersehen
hatte. Doch die *Financial Times* verkündete: COHOONS JAHRES-
VERSAMMLUNG – STÜRMISCHE SZENEN; und er kaufte die *Financial Times* und steckte sie für seine Frau in die Tasche, denn sie
besaß Anteile an Cohoon's Brewery, und er dachte sich, dass sie
vielleicht einen Blick auf den Bericht würde werfen wollen.

Die einfache Lebensfreude

Nachdem er nun die South-Western Railway überquert hatte, kam
er in die Upper Richmond Road, eine Hauptverkehrsstraße, die
ihn stets unterhielt und amüsierte. Es war eine Straße voller Kont-
raste. Jeder konnte sehen, dass sie vor noch gar nicht vielen Jahren
eine altehrwürdige Straße gewesen war, nur von vornehmen Füßen
durchschritten und aus Häusern gebildet, deren jedes seinen eigenen Namen trug und von seinem eigenen Garten umschlossen war.
Jetzt aber hatten energische Leute Kirchen hineingestellt, riesige
rote Dinger mit gewaltigen Glocken, und große Textilgeschäfte
mit Blusen für sechs Shilling und elf Pence, Hofphotographen
und Banken, Zigarrenläden und Auktionshäuser. Und alle möglichen Omnibusse fuhren hindurch. Und dennoch machte sie einen irgendwie gelassenen und überlegenen Eindruck. An jedem
verfügbaren Platz waren riesige Plakate angebracht. Sie alle kün-
deten von Essen oder Vergnügen. Da gab es zweieinhalb Meter
hohe Schinken aus York, die ein ganzes Regiment nicht in einem

Monat verspeisen konnte; zottige und wilde Ochsen, die, begierig, verzehrt zu werden, aus gewaltigen Bechern schauten; überquellende Bierflaschen, deren Schaum allein die auf den anschließenden Plakaten abgebildeten Postdampfer zum Schwimmen gebracht hätten und schließlich vierzig verschiedene Absude und Gebräue, die Kraft zu vermitteln versprachen. Dann, nach ungefähr zwanzig Schritten mit Einladungen zu Prasserei und Ausschweifungen, kam, mit dem charakteristischen, bewundernswerten englischen gesunden Menschenverstand, ein Angebot für eine so umfangreiche Kur gegen Verdauungsstörungen, dass sie zweifellos einem Mastodon, das aus Versehen einen Elefanten verschluckt hatte, Erleichterung verschafft hätte. Und dann kamen die Aufrufe zum Vergnügen. Erstaunlich die Anzahl von Vergnügungslokalen, die einem genau die gleiche Unterhaltung zweimal am gleichen Abend anboten! Erstaunlich auch das Vertrauen in die große Zahl bei dieser Art von Belustigungen! Authentische Erklärungen, dass ein bestimmter Darsteller eine bestimmte Sache auf bestimmte Art tausendundein Mal ohne Unterbrechung getan hätte, klebten überall in der Upper Richmond Road, offenbar in der sicheren Hoffnung, dass man sich beeilen würde, die tausendundzweite Vorstellung zu sehen. Diese Darbietungen wurden durch die Bank als »original« und »neu« bezeichnet. Der ganze übrige freie Platz an den Wänden wurde von Philanthropen beansprucht, die bereit waren, Zigaretten zum Freundschaftspreis von einem Penny pro Päckchen zu verschenken.

Priam Farll wurde der Phantasmagorien der Upper Richmond Road nie müde. Diese unaufhörliche, nur immer kurz unterbrochene Vision von toter und lebender Speise, von Darstellern, die die nämliche Darstellung von Ewigkeit zu Ewigkeit darstellten, und von Millionen und Abermillionen Zigaretten, die als Rauchopfer aus den Mündern ansehnlicher junger Männer gen Himmel schwebten, diese köstliche Vision, derengleichen er auf all seinen Erdenwanderungen nicht gesehen hatte, zeitigte die einzigartige

Wirkung, seine Seele in tiefe Zufriedenheit zu wiegen. Nicht ein einziges Mal kam er ans Ende der Vision. Nein! Noch wenn er an der U-Bahnstation Barnes angekommen war, konnte er die Vision in endlosen Weiten sich verlieren sehen. Aber er stieg dann stets, zutiefst erfüllt, in einen Bus und fuhr heim. Der Omnibus machte ihn aufnahmebereit für andere Themen: Der Omnibus war ein Gegenmittel. Im Omnibus stand Reinlichkeit neben Frömmigkeit. Auf einer Scheibe wurde eine Seife in den Himmel gehoben, und auf einer anderen folgte der Einleitung: »Denn dies ist die Wahrheit und würdig, von allen angenommen zu werden« die Erklärung eines religiösen Dogmas; während auf einer weiteren Fensterscheibe der dringende Appell stand, sich im Omnibus nicht anders zu benehmen als zu Hause im eigenen Wohnzimmer. O ja, Priam Farll hatte die Welt gesehen, aber noch nie zuvor hatte er eine Stadt erlebt, die so unglaublich fremdartig, so vollgepackt mit sonderbaren und seltenen psychologischen Eigentümlichkeiten war wie London. Und er bedauerte, dass er dieses London nicht schon früher auf seiner lebenslangen Suche nach Romantik entdeckt hatte.

An der Ecke der High Street verließ er den Omnibus und blieb zu einem kleinen Schwatz mit seinem Tabakhändler stehen. Sein Tabakhändler war ein untersetzter Mann mit einer weißen Schürze, der wie ein Denkmal hinter seinem Ladentisch stand und an die angesehensten Einwohner von Putney seinen Tabak verkaufte. Alle seine Gedanken kreisten entweder um Tabak oder um Putney. Ein Mord in der Strand war für diesen Tabakhändler unbedeutender als die Panne eines Omnibusses vor dem Bahnhof Putney; und ein Regierungswechsel unbedeutender als ein Programmwechsel im Putney Empire. Ein recht pessimistischer Tabakhändler, er war nicht geneigt, an einen Urgrund aller Dinge zu glauben, und erst als ein Betrunkener eines Tages das Schaufenster von Salmon and Gluckstein's ein Stück weiter unten in der High Street einschlug, hatte er für einige Tage eine höhere Meinung von der Vorsehung! Priam genoss das Plaudern mit ihm, auch wenn der Tabakhändler völlig unzugänglich für Ideen war und selber nie eine Idee hervorbrachte. An diesem Vormittag stand der Tabakhändler an seiner Tür. An der andern Ecke stand die rüstige Alte, die Priam in der Frühe von seinem Fenster aus beobachtet hatte. Sie verkaufte Blumen.

»Feine alte Frau, die da!«, sagte Priam herzlich, nachdem er und der Tabakhändler sich auf die Tatsache geeinigt hatten, dass heute ein wunderschöner Morgen sei.

»Bis Mai vergangenen Jahres pflegte sie an der gegenüberliegenden Ecke beim Bahnhof zu stehen, bis die Polizei sie dort wegwies«, entgegnete der Tabakhändler.

»Warum hat die Polizei sie dort weggewiesen?« fragte Priam.

»Kann ich Ihnen leider nicht sagen«, antwortete der Tabakhändler. »Aber ich kenn' sie hier nun seit zwölf Jahren.«

»Ich hab' sie heute früh zum ersten Mal gesehen«, sagte Priam. »Ich bemerkte sie von meinem Schlafzimmerfenster aus, wie sie die Werter Road herunterkam. Und ich sagte mir: ›Sie ist die prachtvollste alte Frau, die ich in meinem ganzen Leben gesehen habe!‹«

»Ach, wirklich!«, murmelte der Tabakhändler. »Sie ist eine komische Nummer und schmutzig.«

»Mir gefällt sie schmutzig«, erklärte Priam mannhaft. »Sie muss einfach schmutzig sein. Würde sie sauber sein, wäre sie nicht dieselbe.«

»Ich halte nichts von Schmutz«, entgegnete der Tabakhändler gelassen. »Sie wäre besser, wenn sie wie andere Leute jeden Samstag ein Bad nehmen würde.«

»Na gut«, sagte Priam, »aber nun möchte ich eine Unze vom Üblichen.«

»Vielen Dank, Sir«, sagte der Tabakhändler, während er drei Halfpenny-Stücke als Wechselgeld auf Sixpence herausgab und Priam sich für das Paket Tabak bedankte.

So ein Dialog war nichts Besonderes! Doch Priam verließ den Laden mit dem deutlichen Gefühl, dass dies Leben gut war. Und er stürzte sich in die High Street, verlor sich in Scharen von Kinderwagen und netten, fraulichen jungen Frauen, die geschäftig auf der Suche nach Lebensmitteln oder Kleidungsstücken herumeilten. Viele von ihnen trugen kleine rote Büchlein mit langen Listen voller Dinge, die sie und ihre Bewunderer und die Sprösslinge gegenseitiger Liebe gegessen hatten oder in Kürze essen würden. In der High Street war alles Luxus: kein Bedarfsartikel in der ganzen Straße. Selbst die Schaufenster der Bäcker strotzten vor Sultaninen und Berliner Pfannkuchen. Farbig illustrierte Kalender, Grammophone, Korsetts, Ansichtspostkarten, Manilazigarren, Bridge-Anschreibeblocks, Schokolade, exotische Früchte und geräumige Villen – dies schienen die hauptsächlichen Kauf- und Verkaufsobjekte in der High Street zu sein. Priam erstand eine Sixpenny-Ausgabe von Herbert Spencers Essays für viereinhalb Pence und begab sich weiter zur Putney Bridge, deren nobles Bogenwerk ein erstes Stockwerk mit Lieferwagen und Omnibussen von einem Parterre mit Lastkähnen und Achtern der Rudervereine trennte. Und er blickte versonnen auf den breiten Fluss und seine hängenden Gärten und träumte; und wurde aus seinen Träumen erweckt von dem Gedröhn eines elektrischen Zuges, der ein paar Meter unter ihm den Fluss überquerte. Und ein paar Meilen weit weg konnte er die Zwillingstürme des Kristallpalastes erkennen, wunderbarer als die Türme von Moscheen!

»Erstaunlich!«, murmelte er, freudig erregt. Er hatte nicht die geringsten Sorgen; und Putney war genauso, wie Alice es ausgemalt hatte. Und zur rechten Zeit, als die Glocken links und rechts von ihm die Stunde geschlagen hatten, ging er zu ihr nach Hause.

Kollaps des Putney-Systems

Jetzt, gegen Ende ihres Lunches, während des letzten Stadiums, über dem sie gewöhnlich lange saßen, stand Alice plötzlich mitten beim Stilton-Käse auf, ging zum Kamin und nahm einen Brief vom Sims.

»Ich möchte, dass du dir dies hier mal ansiehst, Henry«, sagte sie und übergab ihm den Brief. »Er kam heute Morgen, aber natürlich kann ich mich am Morgen nicht mit so einer Sache befassen. Deshalb habe ich ihn beiseitegelegt.«

Er nahm den Brief entgegen und entfaltete ihn mit dem professionellen, allwissenden Gebaren, das selbst der größte männliche Narr aufsetzt, wenn eine Frau ihn um einen geschäftlichen Rat bittet. Als er den Brief entfaltet hatte – er war auf teurem, steifem Papier im Quartformat getippt –, las er ihn. Im Leben von Menschen wie Priam Farll und Alice ist ein Brief wie dieser ein schreckliches Ereignis, einzigartig, den Lauf der Erde anhaltend; einfache Gemüter können beim Empfang einer solchen Nachricht denken, dass das christliche Zeitalter seinem Ende entgegengeht. Doch täglich flattern Zehntausende solcher Briefe aus der City heraus, und in der City denkt man sich nichts dabei.

Der Brief betraf die Cohoon's Brewery Company, Limited, und war von einer Rechtsanwaltsfirma unterzeichnet. Er bezog sich auf das in den Börsenzeitungen nachzulesende Verhandlungsprotokoll der tags zuvor im Cannon Street Hotel abgehaltenen Jahresversammlung sowie auf die überaus unbefriedigende Verlautbarung des Vorstandspräsidenten. Er bedauerte die Abwesenheit von Mrs. Alice Challice – ihr neuer ehelicher Stand war offensichtlich noch nicht bis ins Herz der Firma vorgedrungen – von der Jahresversammlung und fragte an, ob sie bereit wäre, die Aktion eines Komitees zu unterstützen, das sich gebildet hatte, um den bestehenden Vorstand auszubooten, und bereits über eine Gefolgschaft von 385 000 Stimmen verfügte. Der Brief schloss mit der Versicherung, dass die Gesellschaft dem völligen Ruin entgegenginge, falls das Komitee nicht unverzüglich an die unumschränkte Macht gebracht würde.

Priam las den Brief laut vor.

»Was hat das alles zu bedeuten?«, fragte Alice ruhig.

»Nun«, meinte er, »genau, was im Brief steht.«

»Bedeutet das also –?«, begann sie.

»Du liebe Güte!«, rief er, »das hatte ich ja ganz vergessen. Ich las heute früh etwas auf einem Zeitungsplakat über Cohoon's und dachte, es könnte dich interessieren, also hab' ich die Zeitung gekauft.« Mit diesen Worten zog er die *Financial Times* aus der Tasche, an die er gar nicht mehr gedacht hatte. Da stand es: eine und eine viertel Spalte mit der Rede des Präsidenten und fast zwei Spalten mit stürmischen Szenen. Der Präsident war der Marquis of Drumgaldy, doch sein Stand hatte ihn offenbar nicht vor heftigen Beschimpfungen geschützt wie »Lügner!«, »Humbug!« oder sogar »Schurke!«. Der Marquis hatte lediglich und in jeder Form der Entschuldigung vorgebracht, dass sich der Vorstand wegen der außerordentlichen Mindereinnahmen aus konzessionierten Lokalen nicht in der Lage gesehen hätte, eine Dividende auf die Stammaktien des Unternehmens auszuschütten. Er hatte kaum diese einfache Feststellung gemacht, als auch schon ein Haufen Aktionäre, weniger vernünftig und habgieriger, als selbst Aktionäre normalerweise sind, die Versammlung im Cannon Street Hotel in ein Chaos zu verwandeln begonnen hatten. Man hätte auf den Gedanken kommen können, dass Brauereien den einzigen Zweck verfolgten, Geld zu verdienen und dass der Patriotismus der Brauereien der Alten Welt, jener Patriotismus, der sie beflügelte, dem ehrlichen englischen Arbeiter ein ehrliches englisches Bier zu einem rein nominellen Preis zu verkaufen, verachtet und vergessen war. Man sah sich direkt gezwungen, das zu glauben. Vergeblich bedeutete der Marquis den Aktionären, dass sie in der Vergangenheit Jahr für Jahr eine Dividende von fünfzehn Prozent erhalten hätten und nun doch wirklich bereit sein sollten, wenigstens einmal einen augenblicklichen Vorteil für das künftige Wohlergehen ihrer Gesellschaft zu opfern. Die Erwähnung dieser regelmäßigen hohen Dividenden erregte keineswegs die Dankbarkeit in den Herzen der Aktionäre; der

Gedanke daran schien sie im Gegenteil nur noch wütender zu machen. Die niedrigen Leidenschaften waren im Cannon Street Hotel ausgebrochen. Der Vorstand hatte möglicherweise einen solchen Ausbruch erwartet, denn ein Polizeiaufgebot stand vor den Türen bereit und rettete einen Aktionär davor, seine Hände mit dem Blut des Marquis zu beflecken, indem er ihn kurzerhand hinauswarf. Letzten Endes, wie die pittoreske Schilderung der *Financial Times* besagte, löste sich die Versammlung in völligem Durcheinander auf.

»Wieviel hast du denn in Cohoon's gesteckt?«, fragte Priam Alice, nachdem sie gemeinsam den Bericht gelesen hatten.

»Alles, was ich besitze, steckt in Cohoon's«, antwortete sie; »bis auf dieses Haus. Vater hat mir beides hinterlassen. Er sagte immer, es gäbe nichts Solideres als eine Brauerei. Immer und immer wieder habe ich ihn sagen hören, eine Brauerei sei besser als Staatsanleihen. Ich glaube, es sind 200 Aktien zu je £ 5 Nominalwert. Ja, so ist es. Aber natürlich sind sie viel mehr wert. Sie sind pro Stück etwa £ 12 wert. Und ich weiß, dass sie mir mit der Regelmäßigkeit einer Uhr £ 150 pro Jahr einbringen. Was steht da noch hinter › … löste sich die Versammlung in völligem Durcheinander auf‹?«

Sie deutete mit dem Finger auf einen Absatz, und er las ihr mit leiser Stimme die Fluktuationen der Stammaktien von Cohoon's während des Nachmittags vor. Sie hatten mit £ 6, 5 s. geschlossen. Mrs. Henry Leek hatte an etwa einem halben Tag über £ 1.000 verloren.

»Sie haben mir immer £ 150 im Jahr eingebracht«, beteuerte sie beharrlich, so als hätte sie gesagt: »Weihnachten ist immer am 25. Dezember gewesen, und natürlich wird es auch in diesem Jahr so sein.«

»Es sieht nicht so aus, als würden sie dir diesmal überhaupt etwas einbringen«, meinte er.

»Oh, aber Henry!«, protestierte sie.

Das Bier hatte versagt! Das war die ganze Wahrheit. Das Bier hatte versagt. Wer hätte je vermutet, dass Bier in England versagen könnte! Die klügsten, die besonnensten Männer in der Lombard Street hatten ihr Vertrauen in Bier gesetzt, Bier als das letzte große Bollwerk der Nation; und selbst Bier hatte versagt. Die Fundamente von Englands Größe waren, wenn nicht schon versunken, so doch im Sinken begriffen. Es genügte nicht, da mit schlechtem Management und unbedachtem Kauf zu teurer Konzessionen zu inflationären Preisen zu argumentieren! In den guten alten Tagen hätte eine Brauerei jede Menge schlechtes Management ausgehalten! Die Zeiten hatten sich geändert. Auf den britischen Arbeiter, gefangen in einer Woge von Temperenz, konnte man sich als Trinker nicht mehr verlassen! Seinen Sünden gegen die Gesellschaft hatte er damit die Krone aufgesetzt. Gewerkschaften waren nichts gegen diese neueste seiner Launen, die Trostlosigkeit in Tausenden besserer Familien verbreitete. Alice fragte sich, was ihr Vater wohl dazu gesagt hätte, wäre er noch am Leben. Doch eigentlich war sie froh, dass er nicht mehr lebte. Der Schock wäre zu groß für ihn gewesen. Der Boden unter Alices Füßen schien zu wanken, sich in eine Art Sumpf zu verwandeln, der sie und ihren Mann verschlingen wollte. Seit Jahren schon, ohne einen festen Beweis, sondern nur dem Instinkt nach, hatte sie das Gefühl, dass England unter der Oberfläche nicht mehr dieselbe Insel wie früher war, und hier hatte sie den schrecklichen Beweis.

Sie starrte ihren Mann an, wie eine Frau ihren Mann in einer Krise eben anstarrt. Seine Gedanken waren viel unklarer als ihre, denn seine Vorstellungen von Geld waren schon immer äußerst vage gewesen.

»Was hältst du davon, wenn du in die Stadt fahren und diesen Mister Sowieso aufsuchen würdest?«, schlug sie vor, womit sie den Signatar des Briefes meinte.

»*Ich!*«

Es war der Aufschrei einer verstörten Seele, ein Schrei, den er sich hatte entlocken lassen, der aber ein sehr echtes Alarmsignal darstellte. Er sollte in die City fahren und einen Rechtsanwalt befragen! Die arme, liebe Frau musste den Verstand verloren haben! Nicht für eine Million Pfund hätte er das tun können. Schon der Gedanke daran machte ihn krank, ließ ihm das ganze Essen, wie von einer finsteren Macht gezogen, wieder hochkommen.

Sie sah und verstand den Ausdruck seines Gesichtes. Es war ein Ausdruck des Entsetzens. Und sofort fand sie Entschuldigungsgründe für ihn. Sofort sagte sie sich, dass es keinen Zweck hätte, sich vorzumachen, ihr Henry sei wie andere Männer. Das war er nicht. Er war ein Träumer. Er war zeitweise erstaunlich merkwürdig. Aber er war ihr Henry. Bei jedem anderen Mann als ihrem Henry wäre ein Zögern, die finanziellen Angelegenheiten der eigenen Frau in die Hände zu nehmen, lächerlich erschienen; ja, sogar weibisch. Aber Henry war eben Henry. Langsam lernte sie diese Wahrheit. Er war anbetungswürdig; aber er war Henry. Mit bewundernswerter Seelenstärke riss sie sich zusammen.

»Nein«, sagte sie heiter. »Da es ja meine Aktien sind, sollte ich vielleicht besser selber gehen. Es sei denn, wir würden beide gehen!« Sie begegnete wieder seinem Blick und fügte schnell ruhig hinzu: »Nein, ich gehe lieber allein.«

Er seufzte vor Erleichterung. Er konnte diesen erleichterten Seufzer einfach nicht unterdrücken.

Und nachdem sie abgeräumt und sorgfältig abgewaschen hatte, ging sie fort und überließ Priam allein seinen Gedanken über das Eheleben und die finanzielle Frage.

Alice war ganz sicher die Diskretion in Person. Nie wieder seit jener unbeantworteten Frage nach seinen Ersparnissen im Grand Babylon hatte sie ihm gegenüber Geld überhaupt erwähnt. Auch von ihren eigenen Mitteln hatte sie nie gesprochen, es sei denn ab und zu auf höchst beiläufige Weise, nur um ihm zu versichern, dass genug davon da sei. Sie hatte sich sogar geweigert, schüchtern von ihm angebotene Banknoten anzunehmen, und ihm gesagt, er solle sie behalten, bis sie vielleicht einmal wirklich gebraucht würden. Nie hatte sie von ihrer Vergangenheit geplaudert oder ihn zu verleiten versucht, von seiner zu reden. Sie war eine jener Frauen, für die weder Vergangenheit noch Zukunft zu existieren schien, – nur die Gegenwart nahm ihre ganze Aufmerksamkeit in Anspruch. Er und sie hatten sich beide auf ihre Fähigkeit der Charakterbeurteilung verlassen, was die Vertrauenswürdigkeit und den Wert des anderen betraf. Und er fühlte sich am allerwenigsten dazu berufen, den Finanzminister zu spielen. Für ihn bestand Geld aus völlig uninteressanten Münzen, die einem durch die Finger gehen mussten. Er hatte stets genug davon gehabt. Mehr als genug. Sogar in Putney hatte er zu viel davon gehabt. Den größten Teil von Henry Leeks zweihundert Pfund hatte er noch in seinen Taschen, und nach seinem eigenen Testament erhielt er ein Pfund pro Woche, wovon er nie mehr als ein paar Shilling ausgab. Seine Zerstreuungen waren Tabak (der ihn etwa zwei Pennies pro Tag kostete), Spazierengehen und die Farbeffekte und Merkwürdigkeiten der Straßen genießen (was ihn fast nichts kostete) und Lesen: Es gab drei Buchläden in Putney, wo man alle Größen der Literatur für viereinhalb Pennies pro Band erstehen konnte. Und wenn er sich auch noch so anstrengte, für mehr als neun Pence die Woche konnte er nicht lesen. Er war tatsächlich dabei, Geld anzuhäufen! Sie werden vielleicht sagen, er hätte darauf bestehen müssen, dass Alice Geld von ihm annähme. Diese Idee wäre ihm nie gekommen. In seiner Ordnung der Dinge hatte Geld nie genügend Bedeutung gehabt, um deswegen eine Auseinandersetzung mit seiner Frau notwendig zu machen. Sie konnte jederzeit über alles verfügen, was er besaß.

Und jetzt bekam Geld urplötzlich eine große Bedeutung in seinen Augen. Es war sehr beunruhigend. Er hatte keine Angst: Er war lediglich verwirrt. Wenn er je das Gefühl gekannt hätte, dringend Geld zu brauchen und es nicht beschaffen zu können, hätte er möglicherweise Angst gehabt. Aber dieses Gefühl war ihm unbekannt. Noch nicht einmal in seiner ganzen Laufbahn hatte er gezögert, Geld auszugeben, aus Furcht, das Ende des Geldes wäre in Sicht.

Alle möglichen Probleme bedrängten ihn.

Er machte einen Spaziergang, um den Problemen auszuweichen. Doch sie begleiteten ihn. Er ging durch genau dieselben Straßen, die ihm am Vormittag Vergnügen bereitet hatten. Aber jetzt bereiteten sie ihm kein Vergnügen mehr. Das konnte doch nicht das ideale Putney sein, in dem er sich befand! Es musste ein anderer Ort gleichen Namens sein. Die schlechte Führung einer Brauerei hundertfünfzig Meilen von London entfernt; das Versagen des britischen Arbeiters, sein übliches Maß Bier in vielen Dutzenden übers Land verstreuter Bierkneipen zu trinken, hatten auf unberechenbare Weise das Putney-System praktischer Philosophie zum Scheitern gebracht. Die Plakate von Putney waren jetzt nur noch abgeschmackt, der Handel in Putney vulgär und nichtig, der Tabakhändler ein engstirniger, stupider Bourgeois; und so weiter.

Alice und er trafen sich auf der Haustürschwelle, als beide gerade den Schlüssel aus der Tasche holten.

»Oh!«, rief sie, als sie hineingegangen waren.

»Es ist Schluss damit! Es gibt keinen Zweifel mehr – es ist Schluss! In diesem Jahr werden wir keinen Penny zu sehen bekommen, keinen einzigen Penny! Und er glaubt auch nicht, dass es im nächsten Jahr besser werden wird. Und die Aktien werden noch weiter fallen, sagt er. So etwas habe ich noch nie in meinem ganzen Leben gehört! Du etwa?«

Mitfühlend gab er zu, dass auch er noch nie so etwas gehört hätte.

Nachdem sie nach oben gegangen und wieder heruntergekommen war, änderte sich plötzlich ihre Stimmung.

»Also«, meinte sie lächelnd, »ob wir nun etwas kriegen oder nicht, es ist Teezeit. Deshalb wollen wir jetzt Tee trinken. Ich mag mir keine Sorgen machen. Ich habe gesagt, ich würde nach dem Tee Kuchen backen, und das werde ich auch. Du wirst schon sehen!«

Der Tee war vielleicht etwas aufwendiger als sonst.

Nach dem Tee hörte er sie in der Küche singen, und er verspürte das Bedürfnis, hinzugehen und sie anzuschauen. Da stand sie nun, die Ärmel aufgekrempelt, eine große weiße Schürze über ihrem üppigen Busen, und knetete den Teig. Wie gern wäre er zu ihr gegangen und hätte sie geküsst! Doch er brachte so etwas in ungeeigneten Augenblicken nicht fertig.

»Oh!«, lachte sie. »Du kannst ruhig zuschauen! Wie du siehst, mach' ich mir wirklich keine Sorgen. Ich komme einfach nicht dazu, mir Sorgen zu machen.«

Später am Nachmittag ging er aus; und zwar ganz so wie jemand, der Gründe hat, sich heimlich davonzustehlen. Er hatte einen großen, sorgfältig abgewogenen Entschluss gefasst. Verstohlen ging er die Werter Road hinunter und bog in die High Street ein, wo er einen Moment lang vor Stawleys Schreibwarengeschäft stehenblieb, das gleichzeitig eine Buchhandlung, einen Ledertaschenbazar und eine Zeichen- und Farbenhandlung für Kunstmaler beherbergte. Errötend, bebend trat er schließlich ein – ein Mann von fünfzig, der seine eigenen Zehen nicht sehen konnte – und verlangte bestimmte Ölfarben in Tuben. Eine energische junge Dame, die alles über die graphischen Künste zu wissen schien, versuchte ihm einen prächtigen, hochkomplizierten Farbkasten aufzuschwatzen, der sich in eine Staffelei mit Hocker verwandeln ließ und eine Palette von jener Form enthielt, die von dem verblichenen Edwin Long, Royal Academy, bevorzugt worden war, sowie eine Auswahl von Farben, die der verstorbene Lord Leighton, Präsident der Royal Academy, für gut befunden hatte, und einen Patentfirnis, der, wie sie sagte, von Whistler verwendet worden war. Priam Farll entkam aus dem Laden ohne diesen Apparat zur Herstellung von Meisterwerken, aber nicht ohne einen Malkasten, den er eigentlich nicht hatte kaufen wollen. Die junge Dame war zu energisch für ihn. Er hatte Angst, nicht höflich genug zu ihr gewesen zu sein, aus Furcht, sie könnte ihm ins Gesicht sagen, Versteckspielen hätte keinen Zweck, sie wüsste Bescheid – er sei Priam Farll! Er fühlte sich schuldig und spürte, dass er schuldbewusst aussah. Während er mit dem Malkasten die High Street zum Fluss hinuntereilte, kam es ihm so vor, als musterten die Polizisten ihn feindselig und neigten ihre behelmten Köpfe in seine Richtung, als wollten sie sagen: »Also Sie, so etwas gehört sich nicht! Sie sollten doch in Westminster Abbey liegen. Wenn Sie's zu toll treiben, wird man Sie einsperren!«

Es war Ebbe. Er schlich sich zum kiesigen Ufer hinunter, etwas oberhalb der Dampfboot-Anlegestelle, und versteckte sich zwischen dem Pfahlwerk, furchtsam nach allen Seiten Ausschau haltend, als wäre er drauf und dran, ein Verbrechen zu begehen. Dann öffnete er den Malkasten, ölte die Palette ein und prüfte die Elastizität der Pinsel auf der flachen Hand. Und dann entwarf er eine Skizze der Szene vor seinen Augen. Er machte sie sehr rasch, in weniger als einer halben Stunde. Er hatte Tausende solcher »Farbnotizen« in seinem Leben verfertigt, von denen er sich höchst ungern getrennt hatte. Er hatte nie eine davon fortgegeben. Zweifellos waren sie jetzt im Besitz von Vetter Duncan, falls dieser, was wahrscheinlich der Fall war, seine Pariser Adresse entdeckt hatte.

Als der Entwurf fertig war, hielt er ihn auf Armeslänge von sich und betrachtete ihn prüfend mit halb geschlossenen Augen. Er war gut. Abgesehen von ein paar Bleistiftkritzeleien, die er in völliger Geistesabwesenheit hingeworfen und hastig vernichtet hatte, war dies die erste Skizze seit dem Tod von Henry Leek. Aber sie war sehr gut. »Kein Zweifel, wer die gemacht hat!«, murmelte er und fügte hinzu: »Das ist ja das Teuflische daran. Jeder Experte würde das sofort riechen. Es gibt nur einen, der das getan haben kann! Ich muss schon etwas Schlechteres verbrechen!« Er schloss den Malkasten mit einem Knall, als ein Liebespaar in Sicht kam. Doch das hätte er gar nicht tun müssen, denn das Pärchen zog sich sofort zurück, tief enttäuscht, seiner Zuflucht zwischen den Pfählen beraubt zu sein.

Alice hatte ihr Blätterteiggebäck fast fertig, als er in der Abend-dämmerung nach Hause kam; er roch den köstlichen Beweis. Leise schlich er die Treppe hinauf und versteckte die Malutensilien in einer leeren Bodenkammer. Dann wusch er sehr sorgfältig seine Hände, um jeden Farbgeruch zu beseitigen. Und zum Dinner ver-suchte er, eine unschuldige Miene aufzusetzen.

Sie gab sich fröhlich, aber es war die Fröhlichkeit unbeugsamer Entschlossenheit. Natürlich besprachen sie die Situation. Anschei-nend hatte sie eine Geldreserve auf der Bank – genug, um alle ihre Bedürfnisse für volle sechs Monate zu decken. Mit vorgetäuschter Heiterkeit erklärte er ihr, dass sie sich wegen Geld nicht die ge-ringsten Sorgen zu machen brauchte; er hätte Geld, und er könnte jederzeit welches dazuverdienen.

»Wenn du denkst, ich lasse dich je eine neue Stellung annehmen«, entgegnete sie, »hast du dich getäuscht. Dass du's weißt.« Ihre Lippen bekräftigten diese Aussage.

Das verblüffte ihn, denn er konnte sich nie länger als eine halbe Stunde merken, dass er ein Kammerdiener außer Diensten war. Und es gehörte gewiss nicht zu ihren Gewohnheiten, ihn daran zu erinnern. Seine Vorstellung von sich als Diener war teils lächerlich und teils tragisch. Er konnte genauso wenig ein Kammerdiener wie Börsenmakler oder Seiltänzer sein.

»Daran hatte ich eigentlich nicht gedacht«, stammelte er.

»Und woran hast du dann gedacht?«, fragte sie.

»Oh! Ich weiß nicht genau!«, antwortete er unbestimmt.

»Weil nämlich diese Sachen in den Anzeigen – Heimarbeit, Ad-ressen schreiben oder Grammophone in Kommission verkaufen –, das ist alles nichts Rechtes, weißt du!«

Er schauderte.

Am nächsten Morgen kaufte er eine etwa 60 x 90 cm große Leinwand sowie weitere Farbtuben und Pinsel und schmuggelte sie ebenfalls in die Bodenkammer. Glücklicherweise war es der Tag der Putzfrau, und Alice war zu beschäftigt, um ihn zu beachten.

Mit einem alten Tisch und dem Einlagebrett aus einem großen Reisekoffer arrangierte er eine Ersatzstaffelei und begann mit dem Versuch, nach seiner Skizze ein schlechtes Bild zu malen. Doch in einer Viertelstunde hatte er entdeckt, dass er genauso gut zu einem schlechten Maler taugte wie zu einem Kammerdiener. Er konnte weder einen sentimentalen Ton finden noch die Farbwerte verfälschen. Er konnte es einfach nicht, und der Versuch ärgerte ihn. Jeder Mensch kann sich vor den hohen Ansprüchen, die er an sich selbst stellt, erniedrigen, und in mancher Hinsicht hätte das Priam Farll auch gekonnt. Aber nicht auf der Leinwand! Da konnte er nur sein Bestes leisten. Er konnte die Natur nur so wiedergeben, wie er sie sah. Und es war mehr Instinkt als Gewissen, was ihn vor der Erniedrigung bewahrte.

In drei Tagen, während denen er Alice teils mit Schwindeleien und teils durch Abschließen der Tür aus der Bodenkammer fernhielt, war das Bild fertig; und er hatte in der Zwischenzeit praktisch alles andere vergessen, außer seinem beruflichen Können. Er war ein anderer Mann geworden, ein sehr angeregter Mann.

»Beim Zeus!«, rief er aus, während er das Bild musterte, »ich kann malen!«

Künstler führen hin und wieder solche Selbstgespräche.

Das Bild war blendend! Welch eine Atmosphäre! Welche Poesie! Und welch profunde Naturtreue! Es war genau so ein Bild, wie er es vor seiner Beisetzung in Westminster Abbey für achthundert oder tausend Pfund zu verkaufen pflegte! Das einzig Dumme daran war wirklich nur, dass es so überdeutlich die Handschrift von Priam Farll trug wie die vorhergehende Skizze!

7

Das Geständnis

An diesem Abend war er sehr aufgeregt und schien keinen Gedanken daran zu verschwenden, seine Aufregung zu verbergen. In Wirklichkeit hätte er sie auch nicht verbergen können, wenn er es versucht hätte. Das künstlerische Schaffensfieber hatte ihn ergriffen: all die alten Sehnsüchte, all die alten, weiterlebenden Freuden. Sein Genie hatte untätig dagelegen, aber gespannt wie ein Löwe im Dickicht, und jetzt hatte es zum reißenden Sprung angesetzt. Seit Monaten hatte er keinen Pinsel in der Hand gehabt; seit Monaten hatte sein Verstand bewusst die Frage des Malens gemieden, zufrieden mit der reinen Betrachtung des Schönen. Wenn er sich noch vor einer Woche bewusst gefragt hätte, ob er jemals wieder malen würde, hätte er möglicherweise geantwortet: »Vielleicht nicht.« So wenig kennt ein Mensch sein eigenes Wesen! Und jetzt stand der Löwe seines Genies über ihm, die Pranke auf seine Brust gesetzt, und brüllte laut.

Er sah, dass die letzten paar Monate nur ein Zwischenspiel gewesen waren, dass er würde malen müssen – oder den Verstand verlieren; und dass nichts anderes so wichtig war. Er sah auch, dass er nur auf eine Art würde malen können – auf Priam Farlls Art. Wenn dabei entdeckt wurde, dass Priam Farll nicht in Westminster Abbey beigesetzt war, wenn es zu einem Skandal und zu juristischen Unannehmlichkeiten kommen sollte – nun, das wäre schon schlimm! Aber er musste einfach malen!

Nicht für Geld – wohlgemerkt! Natürlich würde er nebenbei auch Geld verdienen. Aber inzwischen hatte er schon wieder völlig vergessen, dass das Leben auch seine finanziellen Seiten aufwies.

So ging er jetzt im Wohnzimmer in der Werter Road unruhig auf und ab, drückte sich zwischen dem Tisch und der Kredenz durch und dann um den Kamin herum, an dem Alice mit einem Stopfapparat auf den Knien und der Brille auf der Nase saß – sie trug eine Brille, wenn sie längere Zeit starr auf dunkle Sachen sehen musste. Das Zimmer war hässlich – aber in einer Art angenehmem Putney-Stil; mit zwei Stichen nach B. W. Leader, Royal Academy, an der Wand, einer zu lebhaften Tapete, rotbraunen Möbeln mit geschweiften Beinen, einem Teppich im Stil einer pensionierten Gouvernante, die zur Trinkerin geworden ist, sowie einer schwarzen Wolke an der Zimmerdecke über den Glühstrumpflampen. Glücklicherweise stieß er sich nicht an dieser Umgebung. Sie fiel ihm nicht auf die Nerven, weil er sie nie zur Kenntnis nahm. Wenn sein Blick auf anderen als schönen Dingen ruhte, fanden die einfach keinen Eingang in seine reale Welt. Für ihn gab es nur ein Möbelstück im Haus – das war ein Lehnsessel.

»Henry«, sagte seine Frau, »meinst du nicht, du solltest dich lieber hinsetzen?«

Der Ton ihrer ruhigen, nüchternen Stimme stoppte ihn in seinem Rundgang. Er sah Alice an, und sie nahm ihre Brille ab und sah ihn an. Das Siegel an seiner Uhrkette baumelte frei. Er musste mit jemandem reden, und seine Frau war da – nicht nur die passende, sondern auch genau die richtige Person dafür. Ein übermäßiger Impuls drängte ihn, ihr alles zu erzählen; sie würde es verstehen; sie hatte immer Verständnis; und sie ließ sich durch nichts alarmieren. Die ungewöhnlichsten Begebenheiten wurden von ihr, sobald sie damit in Berührung kam, irgendwie in glaubhafte, alltägliche Ereignisse verwandelt. Zum Beispiel das Desaster mit der Brauerei! Sie hatte es akzeptiert, als seien die Ruinen von Brauereien eine Sehenswürdigkeit, auf die man an jeder Straßenecke stoßen konnte.

Ja, er würde es ihr erzählen. Noch vor drei Minuten hatte er weder ihr noch sonst jemand irgendetwas erzählen wollen. Er fasste den Entschluss in einem Augenblick. Wenn er ihr sein Geheimnis beichtete, würde das die natürliche Erklärung für das Bild sein, das er gerade fertiggestellt hatte.

»Hör mal, Alice«, sagte er, »ich möchte mit dir reden.«

»Schön«, erwiderte sie, »aber mir wäre lieber, du würdest dich dazu setzen. Ich weiß nicht, was diese letzten ein oder zwei Tage über dich gekommen ist.«

Er setzte sich. Er fühlte sich ihr in diesem Augenblick nicht besonders nahe. Und ihre Ehe schien ihm irgendwie künstlich, kaum eine Tatsache zu sein. Er wusste nicht, dass es Jahre braucht, um volle Vertrautheit zwischen Ehemann und -frau zu erreichen.

»Weißt du«, sagte er, »Henry Leek ist nicht mein richtiger Name.«

»Ach nein?«, meinte sie. »Was spielt das für eine Rolle?«

Sie war nicht im Geringsten überrascht zu hören, dass Henry Leek nicht sein richtiger Name sei. Sie war eine kluge Frau und kannte die Absonderlichkeit der Welt. Und sie hatte ihn einfach deswegen geheiratet, weil er eben er selbst war, weil er auf eine besondere Weise – deren Reiz sie nicht beschreiben konnte – von Stunde zu Stunde existierte.

»Solange du keinen Mord oder etwas Ähnliches begangen hast«, fügte sie mit ihrem ruhigen Lächeln hinzu.

»In Wirklichkeit heiße ich Priam Farll«, erklärte er schroff. Diese Schroffheit war das Produkt seiner Schüchternheit.

»Ich dachte, dein Herr hätte Priam Farll geheißen.«

»Um die Wahrheit zu sagen«, berichtete er nervös, »das war ein Irrtum. Diese Photographie, die dir geschickt wurde, war eine Photographie von mir.«

»Ja«, sagte sie, »das weiß ich doch. Und was ist damit?«

»Ich meine«, platzte er unbedacht heraus, »es war mein Kammerdiener, der gestorben ist, nicht ich. Als der Arzt kam, weißt du, hielt

117

er Leek für mich, und ich habe ihm nicht widersprochen, weil ich vor all dem Ärger Angst hatte. Ich ließ es einfach laufen, und es gab noch andere Gründe. Du weißt ja, wie ich bin ... «

»Ich weiß nicht, wovon du redest«, sagte sie.

»Kannst du denn nicht verstehen? Es ist doch so einfach. Ich bin Priam Farll, und ich hatte einen Diener namens Henry Leek, und der ist gestorben, und alle hielten mich für ihn. Bloß war ich das nicht.«

Er sah, wie ihr Gesichtsausdruck wechselte und wieder gefasst wurde.

»Dann ist also dieser Henry Leek an deiner Stelle in Westminster beigesetzt worden?« Ihre Stimme klang sehr weich und begütigend. Und diese erstaunliche Frau setzte ihre Brille wieder auf und nahm die lange Stopfnadel in die Hand.

»Ja, natürlich.«

Und dann stürzte er sich in die ganze Geschichte, begann in der Mitte und erzählte alles bis zum Schluss, um dann zum Anfang zurückzukommen. Er ließ nichts und niemanden aus, bis auf Lady Sophia Entwistle.

»Ich verstehe«, sagte sie. »Und du hast nie ein Wort darüber gesprochen?«

»Kein einziges Wort.«

»Wenn ich du wäre, würde ich auch weiter darüber absolut stillschweigen«, flüsterte sie fast beschwörend. »Damit ändert sich ja doch nichts. Ich würde mir an deiner Stelle nicht weiter deswegen den Kopf zerbrechen. Ich verstehe jetzt, wie das passiert ist, und ich bin froh, dass du's mir erzählt hast. Aber mach dir keine Sorgen. Du hast dich in diesen letzten zwei oder drei Tagen zu sehr aufgeregt. Ich dachte erst, es sei wegen meiner Geldangelegenheit, aber jetzt sehe ich, dass es nicht das war. Aber es könnte zumindest dazu geführt haben, so wie's aussieht. Am besten solltest du die ganze Sache wirklich vergessen.«

Sie glaubte ihm nicht! Sie glaubte kein Wort von der ganzen Geschichte; und so, wie er sie hier, in der Werter Road, erzählt hatte, klang sie auch wirklich phantastisch! Sie hatte schon immer gewisse Absonderlichkeiten an ihrem Manne bemerkt. Seine plötzlichen Freudenausbrüche über eine bestimmte Himmelsfarbe oder die Haltung eines Pferdes auf der Straße waren beispielsweise äußerst unheimlich. Und er hatte merkwürdige Geistesabwesenheiten, für die sie keine Erklärung wusste. Sie war sicher, dass er ein sehr schlechter Kammerdiener gewesen sein musste. Doch jedenfalls hatte sie ihn nicht als Kammerdiener geheiratet, sondern als Ehemann; und sie war zufrieden mit diesem Handel. Wie, wenn er nun unter einer Selbsttäuschung litte? Die Offenbarung dieser Selbsttäuschung ließ ihre vagen Vermutungen über seinen Geisteszustand lediglich zu einer festen Form kristallisieren. Außerdem war es eine harmlose Selbsttäuschung. Und sie erklärte manches. Sie erklärte unter anderem, warum er im Grand Babylon logiert hatte. Das musste der Beginn dieser Selbsttäuschung, gewesen sein. Sie war froh, jetzt das Schlimmste zu wissen.

Und sie betete ihn mehr an denn je. Eine Pause trat ein.

»Nein«, wiederholte sie dann in äußerst nüchternem Ton, »ich an deiner Stelle würde nichts sagen. Ich würde es vergessen.«

»Würdest du?« Er trommelte mit den Fingern auf die Tischplatte.

»Ich würde! Und was du auch tust, mach dir keine Sorgen.« Ihr Tonfall war der begütigende Ton eines Kindermädchens gegenüber einem Kind – oder einem Geistesgestörten.

Er erkannte jetzt mit äußerster Klarheit, dass sie nicht ein Wort von dem glaubte, was er ihr erzählt hatte, und dass sie ihn in ihrer großartigen, ruhigen und scharfsinnigen Einsicht nur zu beschwichtigen versuchte, indem sie auf ihn einging. Er hatte erwartet, damit ihre Seele bis in die tiefsten Tiefen aufzuwühlen; er hatte erwartet, dass sie halbe Nächte lang aufsitzen und gemeinsam die Situation diskutieren würden. Und jetzt! »Ich würde es vergessen.« Voller Nachsicht! Und ein Weiterstopfen, als wäre nichts gewesen!

Er musste überlegen, und zwar gründlich überlegen.

Tränen

»Henry«, rief sie am nächsten Morgen, als er die Treppe hinauf verschwand, »was tust du eigentlich dort oben?«

Sie hatte sich tatsächlich benommen, als wenn nichts geschehen wäre; und sie gehörte zu jenen Frauen, die ihre Männer bis zum Äußersten in Frieden lassen und kaum je die Geduld verlieren; aber auch sie besaß Nerven, und die waren jetzt ein wenig angeschlagen. Seit drei Tagen benahm Henry sich nun reichlich geheimnisvoll!

Er blieb stehen, steckte den Kopf über das Treppengeländer und antwortete mit sonderbarer, bewegter Stimme: »Komm herauf und sieh selbst.«

Früher oder später musste sie es sehen. Früher oder später musste die bereits gespannte Situation noch gespannter werden, bis sie mit einem lauten Knall platzte. Mochte dieser Knall lieber früher eintreten, sagte er sich rasch.

Sie kam also hinauf, um zu sehen.

Auf halbem Wege begann sie zu schnüffeln, und als er die Bodenkammertür für sie öffnete, sagte sie: »Was für ein Farbengeruch! Ich dachte gestern schon –«

Wenn sie klug genug gewesen wäre, hätte sie gesagt: »Welch ein Duft nach Meisterwerken!« Doch ihre Klugheit lag auf anderen Gebieten.

»Du hast doch nicht etwa diesen Badezimmerstuhl frisch angepinselt …? Oh!«

Dieser laute Ausruf entfloh ihr, als sie die Bodenkammer betrat und von hinten das Bild sah, das Priam auf den erwähnten Badezimmerstuhl gestellt hatte – den er am Vortag heimlich aus dem Badezimmer entwendet hatte. Sie trat näher ans Fenster, von wo aus sie das Bild gut betrachten konnte. Es strahlte förmlich im Morgenlicht. Es sah wunderbar aus und gesellte sich ausgezeichnet zu den vielen Bildern derselben Hand, die auf verschiedene europäische Galerien verteilt waren. Es hatte jene unbezahlbare Qualität von vornehmer Ausstrahlung, die alle Werke von Priam Farll auszeichnete. Es verwandelte die Bodenkammer; und Tausende von Kunstliebhabern und -studierenden von St. Petersburg bis San Francisco wären mit gezogenem Hut unter ehrfürchtigem Erschauern in diese Bodenkammer gepilgert, hätten sie gewusst, dass dieses Bild dort stand, und hätte man sie zur Anbetung eingeladen. Priam selbst war vergnügt, froh und begeistert. Während er neben dem Bild stand, sah er abwechselnd Alice und das Bild an, nervös wie eine Mutter, deren Schwägerin gekommen ist, um sich das Baby anzusehen. Alice aber sagte zunächst gar nichts. Sie musste erst einmal die Tatsache verdauen, dass ihr Mann so kleinlich gewesen war, sie völlig über die Natur seiner heimlichen Tätigkeit im Dunkeln zu lassen; und außerdem musste sie den Anblick des Bildes verdauen.

»Hast du das gemacht?«, fragte sie lahm.

»Ja«, antwortete er mit aller Beiläufigkeit, zu der er fähig war. »Was hältst du davon?« Und zu sich selbst: »Damit wird sie einsehen, dass ich kein armer Geisteskranker bin. Das wird sie aufrütteln.«

»Sicher ist es schön«, sagte sie freundlich, aber ohne die geringste Überzeugung. »Was soll es darstellen? Die Putney-Brücke?«

»Ja«, antwortete er.

»Das hab' ich mir gedacht. Sie muss es wohl sein. Also, ich habe nie gewusst, dass du malen kannst. Es ist schön – für einen Amateur.« Sie sagte es fest und doch liebevoll und sah ihm dabei in die Augen. Es war ihre Methode, ihm taktvoll und höflich zu verstehen zu geben, dass sie die abenteuerliche Geschichte von gestern Abend nicht ganz ernst genommen hatte. Und er schlug die Augen nieder, nicht sie.

»Nein, nein, nein!«, rief er lebhaft aus, als sie näher an das Bild herantrat. »Geh nicht näher heran. Du hast genau die richtige Entfernung.«

»Oh! Du willst wohl nicht, dass ich es von Nahem sehe«, gab sie heiter lächelnd nach. »Wie schade, dass du keinen Omnibus auf die Brücke gesetzt hast!«

»Das habe ich«, sagte er. »Da ist einer.« Er deutete mit dem Finger darauf.

»O ja! Ja, jetzt seh' ich ihn. Aber weißt du, ich glaube, der sieht mehr wie ein Lieferwagen von Carter Paterson aus als wie ein Omnibus. Wenn du eine Schrift darauf malen könntest –›Union Jack‹ oder ›Vanguard‹ etwa, dann wüssten die Leute Bescheid. Aber es ist schön. Ich nehme an, das hast du gelernt von deinem ...« Sie biss sich auf die Zunge. »Was ist dieser rote Strich dahinter?«

»Das ist die Eisenbahnbrücke«, murmelte er.

»Oh, natürlich ist sie das! Wie dumm von mir! Wie wäre es, wenn du einen Zug darauf setzten würdest? Das Schlimmste an Zügen auf Bildern ist, dass sie nie von der Stelle zu kommen scheinen. Ich hab' das auf den Seitenwänden von Möbelwagen gesehen, du auch? Aber wenn du ein Signal davor machst, ein Stoppsignal, dann wüssten die Leute, warum der Zug steht. Ich weiß allerdings nicht; ob es auf der Brücke ein Signal gibt.«

Er schwieg.

»Und wie ich sehe, ist dies das Gasthaus Elk, dort rechts. Du hast es gerade noch mit drauf gekriegt. Das erkenne ich ganz leicht. Jeder würde das.«

Er sagte immer noch nichts.

»Was wirst du damit machen?«, fragte sie freundlich.

»Verkaufen, meine Liebe«, erwiderte er grimmig. »Du wirst vielleicht überrascht sein zu erfahren, dass diese Leinwand zum allermindesten achthundert Pfund wert ist. Es würde einen höllischen Aufruhr in der Bond Street und anderswo geben, wenn man dort erführe, dass ich hier bin und male, statt in Westminster Abbey zu verrotten. Ich werde es nicht signieren – ich habe meine Bilder nur selten signiert –, und wir werden sehen, was wir zu sehen bekommen ... Ich habe schon fünfzehnhundert für kleine und nicht so gute Bilder wie dies bekommen. Ich lass' es laufen für das, was es bringt. Wir werden bald Geld brauchen.«

Tränen stiegen Alice in die Augen. Sie erkannte, dass er unendlich viel mehr geistesgestört war, als sie vermutet hatte – mit seinen achthundert und fünfzehnhundert Pfund für Farbklecksereien, die dem Auge überhaupt keinen Sinn vermittelten! Schließlich konnte man ja richtige, professionelle Bilder von Seen und Bergen, fein säuberlich ausgemalt, bei dem Bilderrahmenmacher in der High Street für drei Pfund das Stück kaufen! Und hier phantasierte er von Hunderten und Tausenden! Sie erkannte, dass diese ungewöhnliche Einbildung, malen zu können, eine natürliche Konsequenz der kläglichen Selbsttäuschung sein musste, der er gestern Abend Ausdruck gegeben hatte. Und sie fragte sich, was wohl als Nächstes folgen würde. Wer hätte gedacht, dass der Keim zum Wahnsinn in einem solchen Manne steckte? Ja, ein harmloser Wahnsinn freilich, aber nichtsdestoweniger Wahnsinn! Sie erinnerte sich deutlich an den kleinen Schock, als sie erfahren hatte, dass er im Grand Babylon abgestiegen war, und zwar auf eigene Rechnung als wohlhabender Gast. Sie hatte das für bizarr, aber keineswegs für ein Anzeichen von Geistesgestörtheit gehalten. Und doch war es das gewesen. Und das Schlimmste an einem harmlosen Wahn war, dass er sich jederzeit zu einem gefährlichen Wahnsinn entwickeln konnte.

Es gab nur eins, was man da tun konnte: ihn ruhig zu halten und vor allen Sorgen und Aufregungen zu schützen. Es war eine Verwirrung des Geistes, die diese Entgleisung herbeigeführt hatte. Der Tod seines Herrn hatte ihn so aus der Fassung gebracht. Und jetzt hatte ihn das Unglück mit ihrer Brauereigesellschaft erneut umgeworfen.

Sie tat einen Schritt auf ihn zu – und blieb zögernd stehen. Sie musste in einem Augenblick einen ganzen Plan für ihr Vorgehen machen. Sie musste den Verstand behalten und gebrauchen! Wie konnte sie ihm Vertrauen in sein absurdes Bild vermitteln? Sie bemerkte den naiven Blick, der manchmal in seine Augen trat, ein jungenhafter Ausdruck, der seinen ergrauenden Bart und seinen Leibesumfang Lügen strafte.

Er lachte, bis er, als sie näher kam, die Tränen an ihren Wimpern sah. Da hörte er auf zu lachen. Schmeichelnd betastete sie seinen Rockaufschlag.

»Es ist ein wunderschönes Bild!«, wiederholte sie immer wieder. »Und wenn du magst, werde ich es für dich zu verkaufen versuchen. Aber, Henry –«

»Ja?«

»Bitte, bitte mach dir keine Sorgen um Geld. Wir werden haufenweise davon haben. Es gibt überhaupt keinen Grund für dich, dir Sorgen zu machen; und ich will nicht, dass du dir Sorgen machst.«

»Warum weinst du bloß?«, fragte er sehr leise.

»Es ist nur – nur, weil ich meine, dass es so lieb von dir ist, auf diese Weise Geld verdienen zu wollen«, log sie. »Ich weine gar nicht richtig.«

Und damit rannte sie die Treppe hinunter, wirklich weinend. Es war überaus komisch, aber er lief lieber nicht hinter ihr her, aus Furcht, er könnte auch zu weinen anfangen …

Ein Kunstmäzen

Eine Ruhepause folgte dieser Krise in den Beziehungen im Hause Werter Road Nummer 29. Priam malte weiter, und es gab keinen Grund zur Heimlichtuerei mehr. Doch sein Malen wurde auch nicht zum Gesprächsgegenstand gemacht. Beide hüteten sich, dies Thema zu berühren; sie aus Takt und er, weil ihm ihre Ansichten zur Kunst doch etwas zu pauschal zu sein schienen. In jeder Ehe gibt es ein Thema – gewöhnlich sogar mehrere –, das ein Mann seiner Frau gegenüber aus Hochachtung vor der Hochachtung, die er ihr entgegenbringt, nie anschneidet. Priam vermutete kaum, dass

Alice ihn auf dem Weg zum Wahnsinn wähnte. Er glaubte, dass sie ihn lediglich für eigenartig hielt, so wie Künstler Außenstehenden eben eigenartig vorkommen. Und daran war er gewöhnt; Henry Leek hatte ihn immer für eigenartig gehalten. Was Alices Unglauben in Bezug auf die Enthüllung seiner Identität betraf, klagte er sie im Geiste nicht an, ihn als Lügner oder Verrückten zu betrachten. Wenn er's recht bedachte, sagte er sich, dass sie die Geschichte als einen schlechten Scherz ansah, als einen seiner impulsiven, launenhaften Ausflüge ins Absurde.

So wurde die Entwicklung der Dinge in der Werter Road offenbar für drei ganze Tage aufgehalten. Dann trat ein einzigartiges Ereignis ein, und die Dinge entwickelten sich weiter. Priam war seit dem frühen Morgen am Flussufer hinauf unterwegs gewesen und hatte, Skizzen anfertigend, Barnes erreicht, von welchem Ort er über Barnes Common und die Upper Richmond Road in Richtung High Street zurückkehrte. Er befand sich auf der Südseite der Upper Richmond Road, während sein Tabakladen auf der Nordseite, kurz vor der Ecke lag. Etwas Ungewohntes an dem Laden brachte ihn dazu, die Straße zu überqueren; Tabak brauchte er nicht. Es war der Anblick des Schaufensters, der ihn anzog. Auf der Verkehrsinsel in der Straßenmitte blieb er stehen. Es war nicht notwendig, weiterzugehen. Sein Bild von der Putney Bridge stand in der Mitte des Schaufensters. Er starrte es wie gebannt an. Er glaubte seinen Augen, denn seine Augen waren das Beste an ihm und täuschten ihn nie; wäre er ein Mensch mit normalen Augen gewesen, hätte er ihnen vielleicht kaum Glauben geschenkt. Doch zweifellos befand sich die Leinwand dort im Fenster. Man hatte sie in einen billigen Rahmen gesteckt, wie sie für mehrfarbige Werbedrucke von Schiffen, für Suppen und Tabakwaren verwendet wurden. Er war fast sicher, dass er denselben Rahmen schon im Laden um eine bunte Werbung für Taddys Schnupftabak gesehen hatte. Der Tabakhändler hatte wahrscheinlich den Aristokraten aus dem achtzehnten Jahrhundert, der seine Finger an die Nase führte, aus dem Rahmen entfernt und stattdessen die Putney Bridge hineingetan. Jedenfalls war der Rahmen einen guten Zentimeter zu breit für die Leinwand, doch die Lücke war kaum zu bemerken. Auf dem Rahmen steckte ein großer Zettel mit der Aufschrift: »Zu verkaufen«. Und rundherum lagen Zigarren aus zwei Hemisphären, von Syak Whiffs für einen Penny das Stück bis zu den köstlichen, teuren Murias; und Zigaretten für jede Geschmacksrichtung, daneben die vielfältigen Proben aller angekündigten Tabaksorten; und Meerschaum- und Bruyère- und Patentpfeifen nebst Zeichnungen ihres geheimen Innenlebens; und Zigarren- und Zigarettenspitzen auf Samt gebettet; und Taschenetuis aus Aluminium und anderen kostbaren Metallen.

So wie es dort glänzte, passte das Bild überhaupt nicht in seine Umgebung. Er errötete auf seiner Verkehrsinsel. Es schien ihm, dass schon das Unpassende dieses Schauspiels unweigerlich Menschenmassen anziehen müsste, die mit der Zeit die Straße verstopften, bis irgendjemand, der nicht ein absoluter Narr in Kunstdingen war, die Qualität des Bildes bemerkte – und dann, dann würde die ganze Plage öffentlicher Neugier und journalistischer Wissbegierde beginnen. Er wunderte sich, dass er je davon hatte träumen können, seine Handschrift auf einem Bild zu verbergen. Das Ding schrie förmlich »Priam Farll« in die Gegend, jeder Zollbreit davon. In jeder Gemäldeausstellung in London, Paris, Rom, Mailand, München, New York oder Boston wäre es der Anziehungspunkt, das Ziel ekstatischer Bewunderung gewesen. Es war genau so ein Werk wie sein berühmtes »Pont d'Austerlitz«, das im Palais de Luxembourg hing. Und weder ein unecht vergoldeter Rahmen noch die bunte Vielfalt der es umgebenden Handelswaren konnten es umbringen.

Doch es gab keine Anzeichen einer Menschenansammlung. Die Leute gingen hierhin und dorthin, als gäbe es kein Meisterwerk im Umkreis von zehntausend Meilen. Einmal blieb ein Dienstmädchen, einen Laib Brot in ihren roten Armen, stehen und warf einen

Blick auf das Bild im Fenster, doch im nächsten Augenblick lief sie schon wieder weiter.

Wenn Priam seinem ersten Impuls gefolgt wäre, würde er in den Laden gestürzt sein und den Tabakhändler ultimativ um eine Erklärung für das Phänomen gebeten haben. Aber natürlich hielt er sich zurück. Denn selbstverständlich konnte die Gegenwart des Bildes im Schaufenster nur der Tatkraft von Alice zuzuschreiben sein.

Langsam ging er nach Hause.

Das Geräusch seines Schlüssels im Schnappschloss brachte sie in den Hausflur, kaum dass er die Tür geöffnet hatte.

»Oh, Henry«, rief sie – sie war ziemlich aufgeregt –, »ich muss dir was erzählen. Als ich heute Morgen an Mr. Aylmers Laden vorbeikam, dekorierte er gerade sein Schaufenster neu, und da kam mir die Idee, dass er vielleicht dein Bild mit aufstellen könnte. Also lief ich hinein und fragte ihn. Er sagte, wenn er es sofort bekäme, würde er's tun. Also rannte ich nach Hause und holte es. Er fand einen Rahmen, schrieb ein Preisschild aus und erkundigte sich nach dir. Niemand hätte freundlicher sein können. Du musst hingehen und einen Blick darauf werfen. Ich würde mich nicht wundern, wenn es auf diese Weise bald verkauft wird.«

Priam verschlug es für einen Moment die Sprache.

»Und was hat Aylmer zu dem Bild gesagt?«, fragte er.

»Oh!«, antwortete seine Frau rasch, »du kannst nicht erwarten, dass Mr. Aylmer etwas von diesen Dingen versteht. Es liegt nicht auf seiner Linie. Aber er war froh, uns einen Gefallen tun zu können. Ich habe gesehen, dass er es sehr hübsch herausgestellt hat.«

»Nun«, meinte Priam zurückhaltend, »das ist ja sehr schön. Wollen wir uns jetzt zum Essen setzen?«

Sonderbar – ihre Beziehungen zu Mr. Aylmer! Sie war es auch, die ihm seinen Laden empfohlen hatte, als er sich am ersten Morgen nach seinem Einzug in Putney erkundigte: »Gibt es in dieser glücklichen Gegend auch einen anständigen Tabakladen?«

Er hegte nämlich den Verdacht, dass Alice, wäre da nicht Aylmers bettlägerige und unheilbar kranke Frau, Mrs. Aylmer geheißen hätte. Er verdächtigte Aylmer einer hoffnungslosen Liebe zu Alice. Und er war froh, dass Alice sich nicht an Aylmer weggeworfen hatte. Er konnte sich nicht mehr ohne Alice denken. Trotz ihrer Vorstellungen über die graphischen Künste war Alice seine Luft zum Atmen, sein Leben, sein Sauerstoff; und außerdem sein Regenschirm, der ihn vor dem Hagel widriger Umstände schützte. Sonderbar – die Wege der Liebe! Es war die Macht der Liebe, die dieses Bild in das Schaufenster des Tabakhändlers gebracht hatte.

Doch welche Macht es auch dahin gebracht hatte, keine Macht schien stark genug zu sein, es wieder herauszuholen. Es stand eine Woche nach der andern ausgestellt im Schaufenster und zog weder eine Menschenmasse an, noch löste es irgendeine andere Sensation aus! Kein Wort darüber in den Zeitungen! London, das anerkannte Kunstzentrum der Welt, ging ruhig seiner Wege. Das einzige unmittelbare Ergebnis war, dass Priam seinen Tabakhändler wechselte und die Richtung seiner Spaziergänge änderte.

Schließlich aber trat ein weiteres einmaliges Ereignis ein.

Alice drückte Priam eines Abends strahlend fünf Sovereigns, fünf goldene Pfundmünzen, in die Hand.

»Es ist für fünf Guineen verkauft worden«, erklärte sie freudig. »Mr. Aylmer wollte nichts davon für sich behalten, aber ich habe darauf bestanden, dass er wenigstens die überzähligen fünf Shilling behielt. Ist das nicht großartig, einfach großartig! Natürlich habe ich immer schon gedacht, dass es ein schönes Bild ist«, fügte sie hinzu.

In Wirklichkeit hatte der erstaunliche Verkauf des Bildes für eine so große Summe wie fünf Pfund, eines Bildes, das ihr Henry in der Bodenkammer gemalt hatte, ihre Wertschätzung von Henrys Fähigkeiten enorm erhöht. Sie konnte sein Malen nicht mehr als die Laune eines sanften Irren abtun. Es war schon etwas dran. Und jetzt wollte sie sich einreden, dass sie das vom ersten Augenblick an gewusst hätte.

Das Bild war von dem exzentrischen und berüchtigten Wirt des Gasthauses Elk unten am Fluss an einem Sonntagnachmittag gekauft worden, als er – nein, nicht betrunken, aber doch optimistischeren Sinnes gewesen war, als es der Zustand der englischen Gesellschaft rechtfertigte. Ihm gefiel das Bild, weil es so unmissverständlich deutlich sein Gasthaus zeigte. Er bestellte einen massiv vergoldeten Rahmen dafür und hängte es in seine beste Barstube. Seine Karriere als Kunstmäzen wurde unglücklicherweise von seinen Ärzten jäh unterbrochen, die seine Einweisung in eine Irrenanstalt verfügten. Ganz Putney hatte schon seit Jahren gesagt, dass er in einer Irrenanstalt enden würde, und Putney bekam recht.

8

Eine Invasion

An einem Nachmittag im Dezember waren Priam und Alice im Wohnzimmer, und Alice richtete gerade den Tee. Die Hohlsaumtischdecke wurde diagonal über den Tisch gebreitet (weil Alice das so auf Muster-Teetischen in den Ausstellungsräumen von Warings Kaufhaus gesehen hatte), die Erdbeermarmelade auf den Nordpunkt des Kompasses gesetzt und die Orangenmarmelade auf die Antarktis, während Mürbegebäck und Biskuitkuchen den Okzident und den Orient einnahmen. Brot und Butter standen gerechterweise im Zentrum dieses Universums. Silber schmückte den gedeckten Tisch, und Alices zwei Teekannen (denn sie würde nicht einmal chinesischen Tee länger als fünf Minuten mit den Blättern ziehen lassen) sowie Alices Wasserkrug mit dem selbstschließenden Patentdeckel standen auf einem Tablett neben der Tischdecke. In einiger Entfernung, aber immer noch auf dem Tisch, sang ein Kessel über einem Spirituskocher. Alice schnitt Toastbrot in Scheiben. Das Kaminfeuer glühte genau so, dass man sie darauf rösten konnte, und eine Toastgabel lag bereit. Mit fortschreitendem Winter wurden Alices Teestunden immer gemütlicher, aber auch luxuriöser und mit dem Charakter einer rituellen Zeremonie. Und um die Mühe und Gefahr zu vermeiden, durch einen kalten Korridor in die Küche gehen zu müssen, arrangierte sie alles so, dass die ganze Angelegenheit bequem und angenehm im Wohnzimmer durchgeführt werden konnte.

Priam drehte sich Zigaretten, eine nach der andern, und legte sie der Reihe nach auf den Kaminsims. Ein glückliches, freundliches

Paar! Und ein Ehepaar, wie man nach dem reichlich gedeckten Teetisch urteilen könnte, das sich nicht in unmittelbaren Geldnöten befand. Über zwei Jahre waren jedoch unterdessen vergangen, seit die Katastrophe über Cohoon's hereingebrochen war, und Cohoon's hatte sich in keiner Weise davon erholt. Doch Geld für den Haushalt war immer regelmäßig hereingekommen. Die Art und Weise, es aufzubringen, sollte allerdings bald an Bedeutung im Leben von Alice und Priam gewinnen. Doch noch vor diesem Zeitpunkt sollten sie ein erstaunliches, starkes Erlebnis haben. Man hätte annehmen können, dass zumindest Priam Farll in seinem Leben genügend Erstaunliches widerfahren sei. Jedoch alles, was sich bis dahin ereignet hatte, war im Vergleich zu dem nächsten Erlebnis so gewöhnlich und aufregend wie das Adressieren von Briefumschlägen.

Das Ereignis begann in dem Augenblick, als Alice die lange Gabel in eine Scheibe Toastbrot steckte. Es erscholl ein Klopfen an der Haustür, ein kräftiges, widerhallendes Klopfen, ein Anklopfen des Schicksals vielleicht, aber eines Schicksals in der Maske eines Kohlenträgers.

Alice ging zur Tür. Sie ging immer hin, wenn es klopfte; Priam nie. Sie schützte ihn vor jeder rauen oder unerwarteten Begegnung, wie das früher sein Kammerdiener getan hatte. Das Gas im Hausflur brannte noch nicht, deshalb blieb sie stehen, um es anzuzünden, da es inzwischen dunkel geworden war. Dann öffnete sie die Tür und sah im Zwielicht eine kleine hagere Frau auf der Treppe stehen, eine Frau fortgeschrittenen mittleren Alters, die etwas ärmlich, aber sauber gekleidet war. Es schien unmöglich zu sein, dass ein so gebrechliches und unbedeutendes Geschöpf einen solchen Lärm an der Haustür gemacht haben könnte.

»Ist dies das Haus von Mr. Henry Leek?«, fragte die Besucherin mit verdrossener, ziemlich müder Stimme.

»Ja«, antwortete Alice. Was aber nicht ganz stimmte. »Dies« gehörte ganz sicher eher ihr als ihrem Mann.

»Oh!«, sagte die Frau, warf einen Blick hinter sich und trat nervös und ohne Aufforderung ein.

Im gleichen Augenblick sprangen, oder vielmehr stürmten, drei männliche Gestalten aus dem schmalen Vorgarten und folgten der Frau in den Hausflur, stürzten laut schnaufend auf Alice zu. Einer des Trios war ein kräftiger, derbgesichtiger, finster blickender junger Mann von gut dreißig Jahren mit schweren Händen (wahrscheinlich war er der Klopfer), und die anderen waren Hilfsgeistliche, mit den passenden physischen Merkmalen von Hilfsgeistlichen, das heißt, sie waren asketisch im Aussehen, glattrasiert und hatten arglose Augen.

Der Hausflur sah jetzt aus wie das Vorzimmer einer Maiversammlung, und da Alice ihn noch nie so bevölkert gesehen hatte, entfuhr ihr ein ganz natürlicher Ausruf der Überraschung.

»Ja«, sagte einer der Hilfsgeistlichen grimmig, »rufen Sie nur ›O Gott!‹, aber wir waren entschlossen, hineinzukommen, und wir sind hineingekommen. John, schließ die Tür. Mutter, reg dich bitte nicht auf.«

John, das war der Mann mit dem derben Gesicht und den derben Händen, schloss die Tür.

»Wo ist Mr. Henry Leek?«, fragte der andere Hilfsgeistliche.

Priam, dessen Neugier durch die ungewöhnlichen Geräusche in der Diele entschuldbar erregt war, schaute gerade durch einen Spalt der Wohnzimmertür, und die ältliche Frau erspähte das Schimmern seiner Augen. Sie drückte die Tür ganz auf, und nachdem sie ihn ein paar Sekunden lang inspiziert hatte, sagte sie: »Da bist du also, Henry! Nach dreißig Jahren! Kaum zu glauben!«

Priam war restlos verwirrt.

»Ich bin seine Frau, Madam«, fuhr die Besucherin traurig fort, zu Alice gewandt. »Es tut mir leid, Ihnen das sagen zu müssen. Ich bin seine Frau. Ich bin die rechtmäßige Frau von Henry Leek, und dies sind meine Söhne, die mit mir gekommen sind, um mir zu meinem Recht zu verhelfen.«

Alice erholte sich sehr rasch von dem Schock der Überraschung. Sie war eine Frau, die sich nicht leicht von den Launen der menschlichen Natur schrecken ließ. Sie hatte oft von Bigamie gehört, und dass ihr Mann sich als Bigamist erweisen könnte, ließ sie nicht in Ohnmacht fallen. Sie begann im Stillen sofort Entschuldigungen für ihn zu suchen. Sie sagte sich, während sie die echte Mrs. Henry Leek musterte, dass die echte Mrs. Henry Leek gewiss aus jenem Stoffe war, der Bigamisten schafft. Sie verstand, wie jemand in die Bigamie schliddern konnte. Und nach dreißig Jahren …! Sie dachte an Bigamie nicht als ein Verbrechen, und es wäre ihr auch nicht im Traum eingefallen, hinauszulaufen und sich aus Schande, dass sie nicht richtig mit Priam verheiratet war, zu ertränken!

Nein, zugunsten von Alice muss gesagt werden, dass sie die Dinge zu nehmen wusste, wie sie kamen.

»Ich glaube, Sie sollten jetzt alle in Ruhe hereinkommen und sich setzen«, meinte sie.

»Ah! Das ist sehr freundlich von Ihnen«, sagte die Mutter der Hilfsgeistlichen schwach. Sich in Ruhe hinzusetzen war das Letzte, was die beiden Hilfsgeistlichen wollten. Doch sie mussten sich setzen. Alice platzierte sie nebeneinander auf dem Sofa. Der kräftigere ältere Bruder, der noch kein Wort gesprochen hatte, setzte sich auf einen Stuhl zwischen der Anrichte und der Tür. Ihre Mutter nahm auf einem Stuhl neben dem Tisch Platz. Priam ließ sich in seinen Sessel neben dem Kamin fallen. Alice allein blieb stehen; bis auf die Art, wie sie die Toastgabel handhabe, verriet sie keine Nervosität. Es war ein bedeutender Augenblick. Doch unglücklicherweise sind normale Menschen so ungewohnt an bedeutende Augenblicke, dass sie, wenn wirklich einmal einer eintritt, sich seiner nicht würdig erweisen können; jemand, der die Sachlage nicht kannte und zufällig durchs Fenster blickte, hätte meinen können, es handle sich um eine Teegesellschaft, zu der die Gäste zu früh eingetroffen waren und wo niemand sich auf die Kunst der belanglosen Unterhaltung verstand.

Die Hilfsgeistlichen schienen jedoch dazu entschlossen zu sein, ihr Bestes zu tun.

»Also bitte, Mutter!«, drängte einer von ihnen. Die Mutter, als wäre ein Mechanismus in ihr ausgelöst, begann: »Er hat mich vor genau dreißig Jahren geheiratet, Madam; und vier Monate nach der Geburt meines ältesten Sohnes – das ist John dort« (sie deutete auf die Ecke neben der Tür), »ging er einfach aus dem Haus und verließ mich. Es tut mir leid, dass ich das sagen muss; ja, es tut mir leid! Aber so ist es nun einmal. Und nie hatte ich ein böses Wort zu ihm gesagt! Und acht Monate später wurden meine Zwillinge geboren – das sind Henry und Matthew« (sie deutete auf das Sofa). »Henry habe ich nach seinem Vater genannt, weil ich glaubte, dass er ihm ähnlich sähe, und weil ich zeigen wollte, dass ich ihm nichts übelnähme, und hoffte, dass er zurückkäme! So saß ich nun da mit drei kleinen Kindern! Und nie ein Wort der Erklärung von ihm! Ich hörte fünf Jahre später wieder etwas von Henry – als Johnnie fast fünf Jahre alt war –, doch er befand sich auf dem Kontinent, und ich konnte nicht mit drei kleinen Kindern durch die Gegend reisen. Außerdem, wenn ich gefahren wäre …! Es tut mir leid, dass ich das sagen muss, Madam; aber wie oft hat er mich geschlagen, ja, geschlagen mit Händen und Fäusten! Er hat mich manchmal ganz schön verprügelt. Und ich habe ihm nie widersprochen. Er war mein Mann, in guten und in schlechten Tagen, und ich vergab ihm und vergebe ihm auch heute noch. Vergeben und vergessen, das ist meine Devise. Wir haben erst durch Matthew von ihm gehört, der zweiter Hilfsgeistlicher an St.Paul's ist und für die Mission Hall verantwortlich. Ihr Milchmann war es, der Matthew gegenüber zufällig erwähnte, dass er einen Kunden gleichen Namens wie ihn hätte. Und Sie wissen ja, wie eins zum andern führt. So sind wir dann hergekommen!« »Ich habe diese Dame nie in meinem Leben gesehen«, erklärte Priam aufgeregt, »und ich bin absolut sicher, dass ich sie nie geheiratet habe. Ich habe überhaupt nie jemanden außer dir geheiratet, Alice!«

»Und wie erklären Sie sich dann dies, Sir?«, rief Matthew, der jüngere Zwilling, sprang auf und zog ein blaues Papier aus seiner Tasche.

»Seien Sie so gut und geben Sie dieses Papier meinem Vater«, sagte er und überreichte es Alice.

Alice studierte das Dokument. Es war ein Zertifikat der Heirat von Henry Leek, Kammerdiener, mit Sarah Featherstone, ledig, auf einem Standesamt in Paddington. Auch Priam sah es sich an. Das war eine von Leeks Eskapaden! Keine Enthüllung in Bezug auf die Vergangenheit von Henry Leek hätte ihn noch überraschen können. Man konnte nichts anderes tun, als wahrheitsgetreu die Identität zu leugnen und darauf zu bestehen. Sinnlos, der Besucherin zum Trost zu sagen, dass sie die Witwe eines Mannes sei, der in Westminster Abbey zur letzten Ruhe gebettet war!

»Davon weiß ich nichts«, erklärte Priam verbissen.

»Ich nehme doch an, Sir, Sie werden nicht bestreiten, dass Ihr Name Henry Leek ist!«, sagte Henry, sprang auf und trat neben Matthew.

»Ich bestreite alles«, sagte Priam hartnäckig. Wie konnte er es erklären? Wenn er schon Alice nicht hatte davon überzeugen können, dass er nicht Henry Leek war, wie konnte er dann hoffen, diese Besucher zu überzeugen?

»Ich nehme an, Madam«, fuhr Henry fort, Alice in eindrucksvollem Ton anredend, als spräche er vor einer überfüllten Versammlungshalle, »dass Sie und mein Vater – äh – hm – hier jedenfalls unter dem Namen Mr. und Mrs. Henry Leek zusammenleben?«

Alice hob lediglich ihre Augenbrauen.

»Das ist alles ein Missverständnis«, sagte Priam ungeduldig. Dann hatte er eine brillante Eingebung: »Als ob es nur einen Henry Leek auf der Welt gäbe!«

»Erkennen Sie meinen Mann wirklich wieder?«, fragte Alice.

»Ihren Mann, Madam!«, protestierte Matthew schockiert.

»Ich würde nicht sagen, dass ich ihn wiedererkenne, wie er war«, sagte die echte Mrs. Henry Leek. »Nicht mehr, als er mich wiedererkennt. Nach dreißig Jahren ...! Als ich ihn das letzte Mal sah, war er erst zwei- oder dreiundzwanzig. Aber er ist die gleiche Art Mann, und er hat die gleichen Augen. Und sehen Sie Henrys Augen an. Außerdem erfuhr ich vor fünfundzwanzig Jahren, dass er sich in den Dienst eines Mr. Priam Farll begeben hätte, eines Malers oder so etwas, der in Westminster Abbey beigesetzt wurde. Und jedermann in Putney weiß, dass dieser Gentleman ... «

»Gentleman!«, murmelte Matthew abschätzig.

»... Kammerdiener von Mr. Priam Farll war. Überall hat man uns das erzählt.«

»Ich nehme an, Sie wollen nicht bestreiten«, sagte Henry, der jüngere, »dass Priam Farll wohl kaum zwei Kammerdiener namens Henry Leek gehabt haben kann?«

Überwältigt von dieser sokratischen Logik schwieg Priam, knetete seine Knie und starrte ins Kaminfeuer.

Alice trat an die Kredenz, wo sie ihr bestes Porzellan aufbewahrte, und holte vier zusätzliche Tassen und Untertassen heraus.

»Ich glaube, wir sollten jetzt alle lieber eine Tasse Tee trinken«, sagte sie mit heiterer Gelassenheit. Und dann nahm sie die Teebüchse und tat sieben Teelöffel voll Tee in eine der beiden Teekannen.

»Das ist wirklich sehr freundlich von Ihnen«, sagte die authentische Mrs. Leek in klagendem Ton.

»Also bitte, Mutter, nicht nachgeben!«, ermahnten die Hilfsgeistlichen sie.

»Erinnerst du dich nicht, Henry«, fuhr sie klagend und an Priam gewandt fort, »wie du gesagt hast, du würdest nie in der Kirche heiraten, für nichts und niemanden? Und wie ich dir nachgab, wie ich das immer getan habe? Und erinnerst du dich nicht, wie du den armen kleinen Johnnie nicht taufen lassen wolltest? Ich hoffe nur, du hast deine Ansichten inzwischen geändert. Ach, es ist schon seltsam, wirklich seltsam, dass zwei deiner Söhne, und gerade die beiden, die du bis heute noch nie gesehen hast, sich für den Kirchendienst entschieden haben. Und dank Johnnie konnten sie das. Wenn ich dir all unsere Kämpfe beschreiben wollte, du würdest mir nicht glauben. Sie waren Kanzleiangestellte und würden es heute noch sein, wenn es Johnnie nicht gegeben hätte. Denn Johnnie konnte immer Geld verdienen. Er ist eben Techniker! Und jetzt ist Matthew zweiter Kurat an St. Paul's und verdient fünfzig Pfund im Jahr, und Henry wird im nächsten Monat eine Kuratenstelle in Bermondsey bekommen – sie ist ihm fest zugesagt, und alles nur dank Johnnie!« Sie weinte.

Johnnie in seiner Ecke, der bisher außer dem Anklopfen noch nichts beigesteuert hatte, blieb eisern bei seiner Politik der Nichteinmischung. Priam, ärgerlich, gereizt und völlig unberührt von ihrem Vortrag, zuckte nur die Schultern. Ihn beherrschte nur der eine Wunsch, vor der Witwe und Nachkommenschaft seines verstorbenen Kammerdieners zu fliehen. Aber er konnte nicht entkommen. Der herkulische John saß zu dicht neben der Tür. Also zuckte er ein zweites Mal mit den Schultern.

»Ja, Sir«, sagte Matthew, »Sie dürfen gern mit den Schultern zucken, aber Sie können uns damit nicht wegzucken. Wir sind hier, und Sie können uns nicht übersehen. Sie sind unser Vater, und ich nehme an, dass wir Ihnen einen gewissen Respekt entgegenbringen müssen. Doch wie können Sie auf unsere Achtung hoffen? Haben Sie sie verdient? Haben Sie sie verdient, als Sie unsere arme Mutter misshandelten? Haben Sie sie verdient, als Sie sie mit der unmenschlichsten Grausamkeit sich selbst überließen? Haben Sie sie verdient, als Sie Ihre geborenen und ungeborenen Kinder im Stich ließen? Sie sind ein Bigamist, Sir! Ein Frauenbetrüger! Weiß der Himmel –«

»Würde es Ihnen etwas ausmachen, dies Brot zu toasten, während ich den Tee zubereite?«, unterbrach Alice seinen leidenschaftlichen Diskurs, indem sie ihm die besteckte Toastgabel in die Hand drückte.

Es war eine ungewöhnliche Art, einen Mustang in vollem Lauf zu stoppen, aber sie hatte Erfolg.

Während er die Gabel ziemlich uninteressiert ans Feuer hielt, blickte Matthew mit funkelnden Augen um sich, um damit seinen ehrlichen Abscheu und andere Gefühle zu dokumentieren.

»Verbrennen Sie's nicht«, mahnte ihn Alice freundlich. »Vielleicht setzen Sie sich dazu auf diesen Fußschemel.« Dann goss sie kochendes Wasser auf den Tee, tat den Deckel auf die Teekanne und schaute auf die Uhr, um genau die Sekunde festzuhalten, in welcher der Prozess des Ziehens begonnen hatte.

»Natürlich müssen wir Ihnen nicht sagen, Madam«, platzte Henry, der Zwillingsbruder von Matthew, heraus, »dass Sie unsere volle Sympathie besitzen. Sie sind in ...«

»Meinen Sie mich?« fragte Alice.

Dazwischen hörte man, wie Priam mit sehr leiser Stimme wiederholte: »Ich habe sie noch nie zuvor zu sehen bekommen! Ich habe diese Frau noch nie zuvor zu sehen bekommen!«

»Aber sicher, Madam«, antwortete Henry, der sich weder einschüchtern noch von seinem Kurs ablenken ließ. »Ich spreche für uns alle. Sie besitzen unsere Sympathie. Sie konnten den Charakter des Mannes nicht kennen, den Sie geheiratet, oder besser, mit dem Sie sich der Heiratszeremonie unterzogen haben. Wir haben bei unseren Erkundigungen erfahren, dass Sie seine Bekanntschaft über eine Ehevermittlung gemacht haben; und wer das tut, muss eben auf sein Glück vertrauen. Sie befinden sich in einer äußerst delikaten Lage; aber ich behaupte wohl nicht zu viel, wenn ich sage, sie ist gewissermaßen selbst verschuldet. Bei meiner Arbeit bin ich vielen traurigen Beispielen als Resultat laxer Moralprinzipien begegnet. Aber ich habe kaum gedacht, dass ich dem traurigsten von allen in meiner eigenen Familie würde begegnen müssen. Diese Entdeckung ist für uns ein genauso harter Schlag wie für Sie. Wir haben gelitten; meine Mutter hat gelitten. Und jetzt, fürchte ich, werden auch Sie leiden müssen. Sie sind nicht die Ehefrau dieses

Mannes. Nichts kann Sie zu seiner Frau machen. Dennoch leben Sie mit ihm unter demselben Dach – unter Umständen – äh – ohne eine Anstandsdame. Ich zögere, Ihre Situation mit einfachen, offenen Worten zu beschreiben. Es würde mir, oder meinesgleichen, kaum zustehen, das zu tun. Aber wirklich, keine Dame könnte sich in einer unkorrekteren Situation befinden, als – es tut mir leid, aber es gibt nur eine Bezeichnung dafür – in dieser offenen Unmoralität, und – äh – wenn Sie Ihre Lage mit der Gesellschaft wieder ins rechte Lot bringen wollen, bleibt Ihnen nur eines, wirklich nur eines zu tun übrig – äh – ich spreche für die Familie, und ich – äh –«

»Zucker?«, fragte Alice die Mutter der Hilfsgeistlichen.

»Ja, bitte.«

»Ein oder zwei Stück?«

»Zwei, bitte.«

»Ich spreche für die Familie –«, nahm Henry den Faden wieder auf.

»Würden Sie bitte diese Tasse Ihrer Mutter reichen?«, forderte Alice ihn freundlich auf.

Henry sah sich verpflichtet, die Tasse anzunehmen. Geschüttelt vom Fieber seiner Beredsamkeit, kippte er sie jedoch unglücklicherweise um, ehe seine Mutter sie in die Hand nehmen konnte.

»Oh, Henry!«, murmelte die Dame traurig und entsetzt. »Du warst immer schon so ungeschickt! Und auf das saubere Tischtuch!«

»Machen Sie sich nichts draus, bitte«, sagte Alice, und dann zu ihrem Henry: »Lauf doch rasch in die Küche, Lieber, und hol mir was, womit ich dies aufwischen kann. Muss gleich hinter der Tür hängen – du siehst es schon.«

Mit erstaunlicher Behändigkeit sprang Priam auf. Und da die Angelegenheit keine Verzögerung duldete, musste der Türwächter ihn vorbeilassen. Einen Augenblick später knallte die Haustür. Priam kehrte nicht zurück. Und Alice tupfte die Teeflut mit einer sauberen gestärkten Serviette aus der Kredenzschublade auf.

Ein Abgang

Die Familie des verstorbenen Henry Leek, jedes Mitglied mit einer Teetasse in der Hand, fand es ein bisschen schwierig, die Unterhaltung in der von Matthew und Henry angeschlagenen Tonlage fortzusetzen. Mrs. Leek, ihre Mutter, gab ihren Tränen freien Lauf, während sie Butterbrote und Marmelade und zebragestreiften Toast aß. John nahm alles, was Alice ihm anbot, in finsterem und verlegenem Schweigen.

»Wird er eigentlich zurückkommen?«, fragte Matthew schließlich. Er hatte sich von dem Fußschemel erhoben.

»Wer?«, fragte Alice.

Matthew zögerte und sagte dann heftig und bewusst gezielt: »Vater!«

Alice lächelte. »Ich fürchte, nein. Ich fürchte, er ist spazieren gegangen. Er ist ein recht eigenartiger Mann, wissen Sie. Es hat keinen Zweck, wenn ich versuche, ihn zu irgendetwas zu zwingen. Man kann ihn nur leiten. Er hat seine guten Seiten. Ich kann offen sprechen, da er ja nicht hier ist – und ich will offen sein –, er hat seine guten Seiten. Aber als Mrs. Leek, wie sie sich nennt, von seiner Grausamkeit zu ihr erzählte – nun, ich habe das verstanden. Es liegt mir fern, ein Wort gegen ihn zu sagen; er ist oft sehr gut zu mir, aber – noch eine Tasse Tee, Mr. John?«

John trat an den Tisch und hielt wortlos seine Tasse hin.

»Sie wollen doch nicht sagen, Madam«, entsetzte sich Mrs. Leek, »dass er –«

Alice nickte kummervoll.

Mrs. Leek brach in Tränen aus. »Als Johnnie knapp fünf Wochen alt war«, sagte sie, »hat Henry mir den Arm umgedreht. Und er hat mir nie Geld gegeben. Und einmal hat er mich im Keller eingesperrt. Und eines Tages, als ich gerade bügelte, riss er mir das heiße Eisen aus der Hand und –«

»Nicht doch! Nicht doch!« begütigte Alice sie. »Ich weiß. Ich weiß. Ich weiß alles, was Sie mir erzählen können. Ich weiß es, weil ich es durchgemacht habe –«

»Wollen Sie etwa sagen, er hat auch Sie mit dem Bügeleisen bedroht?«

»Wenn es bloß Drohen gewesen wäre!«, sagte Alice wie eine Märtyrerin.

»Dann hat er sich in all diesen Jahren nicht geändert!«, schluchzte die Mutter der Hilfsgeistlichen.

»Wenn er sich geändert hat, dann nur zum Schlechteren«, erklärte Alice. »Wie konnte ich das wissen?« Sie sah die Hilfsgeistlichen an. »Wie sollte ich? Und doch, manchmal konnte niemand, niemand netter sein als er!«

»Das stimmt, das stimmt«, erwiderte die authentische Mrs. Leek. »Er war immer so wankelmütig, so sonderbar.«

»Sonderbar!« Alice nahm das Wort auf.

»Das ist es. Sonderbar! Ich glaube, er ist nicht ganz richtig im Kopf, nicht ganz richtig. Er leidet unter den seltsamsten Einbildungen. Ich nehme sie nie zur Kenntnis, aber sie sind da. Ich stehe kaum einen Morgen auf, ohne zu denken: ›Ach, vielleicht wird man ihn heute fortbringen müssen.‹«

»Fortbringen?«

»Ja, nach Hanwell oder in irgendeine andere Anstalt. Und Sie müssen bedenken«, fuhr sie fort, fest die Hilfsgeistlichen ansehend, »dass sein Blut in Ihren Adern fließt. Vergessen Sie das nicht. Sicher wollen Sie, Mrs. Leek, dass er zu Ihnen zurückkommt, wie er das sicher sollte.«

»J-ja«, murmelte Mrs. Leek schwach.

»Nun, wenn Sie ihn dazu überreden können«, sagte Alice, »wenn Sie ihn dazu bringen, seine Pflicht zu erkennen, bin ich froh. Aber Sie tun mir leid. Ich glaube, ich sollte Ihnen noch sagen, dass dies mein Haus und meine Möbel sind. Er besitzt überhaupt nichts. Ich glaube, er konnte nie etwas sparen. Wie oft hat er mich im Zorn geschlagen, aber ich bedaure ihn. Ich bedaure ihn trotzdem. Ich würde ihn nicht gern im Stich lassen. Vielleicht würden diese drei jungen, kräftigen Männer irgendwie mit ihm fertig werden. Aber ich bin nicht sicher. Er ist sehr stark. Und seine Ausbrüche erfolgen manchmal ganz plötzlich und unvermutet.«

Mrs. Leek schüttelte den Kopf, als die Erinnerungen an die Vergangenheit in ihr hochkamen.

»Tatsache ist aber«, sagte Matthew streng, »dass er wegen Bigamie angeklagt werden müsste. Das wäre das einzig Richtige.«

»Ganz entschieden«, stimmte Henry ihm bei.

»Sie haben völlig recht! Völlig recht!«, stimmte auch Alice zu. »Das ist nur gerecht. Natürlich würde er abstreiten, dass er derselbe Henry Leek ist. Er würde alles abstreiten. Aber am Ende werden Sie es vielleicht schaffen, den Beweis zu erbringen. Das Schlimme an diesen Prozessen ist nur, dass sie so schrecklich teuer sind. Man braucht Privatdetektive und alles Mögliche, glaube ich. Natürlich würde es auch einen Skandal geben. Aber auf mich brauchen Sie dabei keine Rücksicht zu nehmen! Ich bin unschuldig. In Putney kennt mich jedermann, und das seit zwanzig Jahren. Ich weiß allerdings nicht, wie das für Sie wäre, Mr. Henry und Mr. Matthew, so als Geistliche mit dem eigenen Vater im Gefängnis. Denn so könnte es kommen. Doch Gerechtigkeit muss sein, und viel zu viele Männer laufen frei herum und betrügen Frauen, einfache, ehrliche Frauen. Ich habe oft solche Geschichten gehört, und jetzt weiß ich, dass sie alle wahr sind! Gott sei Dank, dass meine arme Mutter das mit mir nicht mehr durchmachen muss, dass sie das nicht erlebt hat. Und erst mein Vater, so alt er auch war, wenn der noch lebte, er hätte ganz bestimmt zur Reitpeitsche gegriffen.«

Nach ein paar nichtssagenden und unzusammenhängenden Bemerkungen von den Hilfsgeistlichen kam ein Laut aus der Ecke neben der Tür. Es war John, der sich räusperte.

»Am besten hauen wir hier schleunigst ab!«, rief John aus. Dies war sein erster und letzter mündlicher Beitrag zu dem ganzen Auftritt.

Im Badezimmer

Priam Farll wanderte durch das auf keiner Landkarte verzeichnete Gehölz von Wimbledon Common und führte Selbstgespräche in einer höchst unfeinen Ausdrucksweise. In seiner Hast war er ohne Mantel losgerannt, und das Wetter meinte es entsetzlich ungnädig mit ihm. Doch er spürte die Kälte nicht; er spürte nur den scharfen Wind der Tatsachen.

Bald nachdem der verrückte Wirt eines zum Alkoholausschank konzessionierten Gasthauses sein Bild gekauft hatte, hatte er entdeckt, dass der Rahmenmacher in der High Street einen Mann kannte, der nicht abgeneigt war, alle Bilder zu kaufen, die er malen konnte, und die Transaktionen zwischen ihm und dem Rahmenmacher hatten sich zu einem regelmäßigen Handel entwickelt. Der übliche Preis für ein Bild war zehn Pfund in bar. Auf diese Weise hatte er ungefähr zweihundert Pfund im Jahr verdient. Von keiner Seite wurden Fragen gestellt. Die Bilder wurden in regelmäßigen Abständen geliefert, das Geld dafür empfangen; und mehr wusste Priam nicht. Viele Wochen hatte er täglich in der Erwartung eines Aufruhrs gelebt, eines Skandals in der Welt der Kunst, des Besuchs der Polizei oder anderer Unannehmlichkeiten; denn man konnte kaum glauben, dass seine Bilder nie einem erstklassigen Experten unter die Augen kommen würden. Doch nichts war geschehen, und er hatte sich nach und nach in einem Gefühl der Sicherheit gewiegt. Er war glücklich; glücklich in der unbehelligten Ausübung seiner Begabung, glücklich über all das Geld, das seine und Alices Bedürfnisse stillte; glücklicher als unstet umherreisend in den Tagen seines Ruhms und Reichtums. Alice hatte über seine Fähigkeit des Geldverdienens gestaunt; und nach und nach schien sie auch ihren Argwohn in Bezug auf seinen Geisteszustand und seine Aufrichtigkeit verloren zu haben. Mit einem Wort, das Schicksal hatte geschlafen, und er hatte sich die größte Mühe gegeben, es nicht aufzuwecken. Er hatte jenen behüteten Winkel gefunden, der für das Glück eines schüchternen, reizbaren Künstlers, wie groß er auch sein mag, absolut lebensnotwendig ist.

Und jetzt dieses gewaltsame Eindringen, diese unheilvolle Wiederauferstehung der frühen Sünden des wirklichen Leek! Er war verletzt; er war verwirrt; er war wütend. Aber er war nicht überrascht. Es war nur ein Wunder, dass die frühen Sünden von Henry Leek ihn nicht schon eher eingeholt hatten. Was konnte er tun? Nichts. Das war die Tragödie: Er konnte nichts tun. Er konnte sich nur auf Alice verlassen. Alice war erstaunlich. Je mehr er darüber nachdachte, um so meisterlicher erschien ihm, wie sie diese unmöglichen Kuraten abgefertigt hatte. Und dieser unvergleichlichen Frau sollte er wegen der lächerlichen Anklage der Bigamie beraubt werden? Er wusste, dass Bigamie in England Gefängnis bedeutete. Diese Ungerechtigkeit war ungeheuerlich. Er sah schon, wie diese beiden Hilfsgeistlichen und ihr stummer Bruder samt der leidgeprüften Mutter ihn entweder ins Gefängnis oder auf sein Totenbett brachten! Und wie konnte er Alice das erklären? Unmöglich, Alice das zu erklären! Doch es war immerhin denkbar, dass Alice gar keine Erklärung verlangte. Aus irgendeinem Grunde verlangte Alice eigentlich nie eine Erklärung. Sie sagte immer: »Ich verstehe das vollkommen« und machte sich an die Vorbereitung des jeweiligen Essens. Sie war das angenehmste Pufferkissen, das die Evolution des Universums je als ihr Geschöpf hervorgebracht hatte.

Der böige Wind legte sich, und es begann zu regnen. Er achtete nicht auf den Regen. Aber ein Dezemberregen hat eine eigentümlich schreckliche, eiskalte Beharrlichkeit. Er kann auch die hartnäckigste, ernsthafteste innere Absicht überwinden, und er überwand die von Priam. Er zwang ihn zu dem Eingeständnis, dass seine gequälte Seele eine fleischliche Hülle besaß und dass diese fleischliche Hülle bis aufs Mark durchtränkt war. Und seine Seele hielt der Attacke des Regens nicht lange stand, und er ging nach Hause.

Mit äußerster Behutsamkeit, um ja keinen Lärm zu machen, schob er den Schlüssel ins Schloss, schlich sich wie ein Dieb hinein und tat ganz leise die Tür wieder zu. In der Diele angelangt, lauschte er intensiv. Kein Laut! Das heißt, kein Laut außer dem Tropfen von seinem Hut auf das Linoleum. Die Wohnzimmertür stand einen Spalt offen. Furchtsam schob er sie auf und trat ein. Alice saß da und stopfte Socken.

»Henry!«, rief sie aus. »Wie, du bist ja pudelnass!« Sie stand auf.

»Sind sie abgehauen?«, fragte er.

»Und du bist ohne Mantel aus gewesen! Henry, wie konntest du nur? Ich muss dich sofort ins Bett stecken, auf der Stelle – sonst liegst du mir morgen mit einer Lungenentzündung oder so etwas auf der Nase!«

»Sind sie abgehauen?«, wiederholte er seine Frage.

»Ja, natürlich«, antwortete sie.

»Und wann kommen sie zurück?«, wollte er wissen.

»Ich glaube nicht, dass sie zurückkommen werden«, meinte sie. »Ich glaube, sie haben genug. Ich glaube, ich habe ihnen klargemacht, dass es am besten ist, die Sache ruhen zu lassen. Hast du je so einen Toast gesehen, wie dieser Kurat ihn gemacht hat?«

»Alice, ich versichere dir«, sagte er später, als er in einem dampfenden Bad lag, »ich versichere dir, dass alles ein Missverständnis ist. Ich habe diese Frau noch nie zuvor gesehen.«

»Natürlich nicht«, sagte sie beruhigend. »Natürlich nicht. Und auch wenn es so gewesen wäre, wie sie sagt, geschieht es ihr recht. Jeder kann doch sehen, dass sie ein zänkisches Weib ist. Und es scheint ihnen recht gut zu gehen. Sie sind nur hysterisch – das ist das ganze Problem mit ihnen, ihnen allen – außer dem ältesten Sohn, der nie den Mund aufgemacht hat. Er hat mir ganz gut gefallen.«

»Aber ich habe sie noch nie zuvor gesehen!«, protestierte er, seinen Widerspruch mit einem platschenden Schlag aufs Wasser unterstreichend.

»Ich weiß, mein Lieber, ich weiß.«

Er begriff, dass sie ihm nachgab, um ihn aufzuheitern. Er begriff auch, dass sie entschlossen war, ihn unter allen Umständen zu behalten.

Und er hatte einen bestürzenden Einblick in die Abgründe völliger Skrupellosigkeit getan, die sich bisweilen in dem Gemüt einer guten und liebevollen Frau auftun.

»Ich hoffe nur, dass nicht noch mehr von dieser Sorte aufkreuzen!«, fügte sie trocken hinzu.

Ah! Das war das Entscheidende! Er stellte sich die Möglichkeit vor, dass Leek, dieser Schuft, Dutzende und Dutzende von Sünden begangen hatte, die jetzt alle auf ihn zurückfallen würden. In seiner angsterfüllten Vision sah er ganze Gegenden voller untröstlicher Witwen von Henry Leek samt ihren Sprösslingen, geistlicher und anderer Profession. Er wusste, wie Leek gewesen war. Westminster Abbey war ein eigenartiges Ziel, das dieser Leek erreicht hatte.

9

Ein hocheleganter Mann

Das Fahrzeug war eine dieser elektrischen Maschinen, die ihre Arbeit geräuschlos und wirkungsvoll tun wie eine Garrotte oder die Guillotine. Kein Gestank, kein Knirschen oder ohrenbetäubendes Knattern, kein Auspuffdröhnen bei dieser Maschine! Sie fuhr so geräuschlos an der Gartenpforte vor, dass Alice, obwohl sie im Vorderzimmer Staub wischte, sie nicht hörte. Sie hörte nichts, bis die Glocke leise anschlug. Da sie Grund zu der Annahme hatte, es sei der Schlachterjunge, ging sie zur Tür, ohne die Schürze auszuziehen und mit dem Staubwedel in der Hand. Ein gut aussehender, überaus eleganter Mann stand auf der Vortreppe, und der elektrische Wagen bildete den angemessenen Hintergrund für ihn. Er hatte lockiges schwarzes Haar und einen dazu passenden Schnurrbart sowie schwarze Augen. Sein seidener Zylinder, neu und von unbeschreiblicher Eleganz, schimmerte über seinem glänzenden Haar und seinen glänzenden Augen. Sein Umhang war mit Astrachanfell gefüttert, und dieser wichtige Umstand ging beiläufig aus den Kragen- und Ärmelaufschlägen hervor. Er trug eine schwarzseidene Krawatte mit einer kleinen Perle im genauen, mathematischen Zentrum des perfekten Parallelogramms des Oberteils eines Matrosenknotens. Seine Handschuhe waren schieferfarben. Das Hauptmerkmal seiner fein gestreiften Hosen war die Bügelfalte von tödlich schneidender Schärfe. Seine Schuhe waren aus Glacéleder und glatt wie seine Wangen. Diese Wangen hatten eine frische, jungenhafte Farbe, und zwischen ihnen, über wunderbar weißen Zähnen, ragte der gebogene Schlüssel zu seinem Wesen hervor. Es wäre möglich, dass Alice aus reiner Unbesonnenheit das vulgäre Vorurteil gegen Juden teilte; aber gewiss spürte sie jetzt nichts davon. Der persönliche Charme des Mannes, seine äußerst geschmackvolle Kleidung hatten dieses Vorurteil, wann immer es auftrat, stets besiegt. Überdies war er erst ungefähr fünfunddreißig Jahre alt, und noch nie hatte so ein prachtvoller, schöner Mann auf Alices Türschwelle gestanden.

Sie verglich ihn im Stillen sofort mit den Hilfsgeistlichen von voriger Woche, was der Staatskirche nicht zum Vorteil gereichte. Sie wusste nicht, dass dieser Mann gefährlicher war als tausend Kuraten.

»Bin ich hier richtig bei Mr. Leek?«, fragte der Besucher lächelnd und lüftete seinen Hut.

»Ja«, bestätigte Alice und lächelte zurück.

»Ist er zu Hause?«

»Nun, er arbeitet gerade«, antwortete Alice.

»Sehen Sie, er kann bei diesem Wetter nicht viel ausgehen – nicht zum Arbeiten jedenfalls – und deshalb –«

»Dürfte ich ihn in seinem Atelier besuchen?«, fragte der hochelegante Mann in einem Ton, als wollte er damit sagen: »Könnten Sie mir diese höchste Gunst erweisen?«

Es war das erste Mal, dass Alice die Bodenkammer ein Atelier genannt hörte. Sie zögerte.

»Es handelt sich um seine Bilder«, erklärte der Besucher.

»Oh«, sagte Alice. »Wollen Sie bitte eintreten?«

»Ich bin nur hergeeilt, um Mr. Leek zu sehen«, betonte der Besucher.

Alices Meinung über die Seriosität der Begabung ihres Mannes zum Malen hatte sich im Lauf von zwei Jahren natürlich geändert. Ein Mann, der zwei- bis dreihundert Pfund im Jahr damit verdienen kann, dass er Farbe irgendwie, rein zufällig, auf Leinwand verteilt – und damit sogenannte Bilder produziert, die zwar nach Alices unausgesprochener Ansicht nur eine entfernte, komische

Ähnlichkeit mit allem Abgebildeten aufwiesen –, dieser Mann musste in seiner Bodenkammer als Handwerker ernst genommen werden. Es stimmt, dass Alice die Bezahlung, die er erhielt, als erstaunlich hoch für die Qualität seiner Arbeiten betrachtete; doch mit diesem gefälligen Juden in der Diele und dem Coupé vor der Pforte sah sie plötzlich die Möglichkeit noch größerer Wunder in Bezug auf die Preise voraus. Sie sah schon den Durchschnittspreis von zehn auf fünfzehn oder sogar zwanzig Pfund steigen, vorausgesetzt, ihr Mann bekam keine Gelegenheit, dies mit seiner absurden, ängstlichen Schüchternheit zu vereiteln.

»Würden Sie bitte hier entlangkommen?«, bat sie knapp.

Und all diese Eleganz stieg hinter ihr die Treppe zur Bodenkammer empor, die sie aufstieß, indem sie einfach sagte: »Henry, hier ist ein Herr, der dich wegen Bildern sprechen möchte.«

Ein Connaisseur

Priam erholte sich rascher von diesem Schock als erwartet. Sein erster Gedanke war natürlich, dass Frauen unerklärliche, ja unberechenbare Geschöpfe sind und dass die besten von ihnen unmögliche Dinge – ja, bis zu ihrem tatsächlichen Eintreten unvorstellbare Dinge tun! Wenn man sich vorstellte, dass sie einen Fremden ohne ein Wort der Warnung direkt zu ihm in die Bodenkammer brachte! Als er sich jedoch erhob und die Nase des Besuchers sah, deren Löcher sich im Dunst des Petroleumofens kaum wahrnehmbar weiteten und wieder verengten, war er sofort wieder beruhigt. Er wusste, dass er es weder mit Unhöflichkeit noch mit Dummheit oder Mangel an Phantasie zu tun bekommen würde, und auch nicht mit fehlender Sympathie. Außerdem gab der Besucher mit zielbewusster Selbstsicherheit sofort den Ton für die Unterhaltung an.

»Guten Morgen, Maître«, begann er geradeheraus, »ich muss mich für mein Eindringen bei Ihnen entschuldigen: Aber ich bin

gekommen, um zu sehen, ob Sie irgendwelche Arbeiten zu verkaufen haben. Mein Name ist Oxford, und ich handle im Auftrag
eines Kunstsammlers.« Er sagte dies mit einer sehr angenehmen
Mischung von Offenheit, Ehrerbietung und merkantiler Direkt-
heit – unterstützt von einem strahlenden, bewundernden Lächeln.
Er zeigte sich von dem Innern der Bodenkammer nicht überrascht.

Maître!

Nun, es wäre müßig vorzugeben, dass die größten Künstler es
nicht genießen, Maître genannt zu werden. »Meister« ist das gleiche Wort, aber keineswegs dasselbe. Es war lange her, dass jemand
Priam Farll Maître genannt hatte. In der Tat hatte er wegen seiner
zurückgezogenen Lebensweise überhaupt selten mit Maître ange-
redet werden können.

Ein gerade beendetes Gemälde stand auf der Staffelei am Fenster; es zeigte eine der wunderbarsten Szenen Londons: die High
Street in Putney bei Nacht; zwei Pferde vor einem Omnibus trabten
gerade stark und willig aus einer dunklen Nebenstraße, und unter
dem kalt gleißenden Licht der Hauptstraße nahmen sie fast die
Qualität einer Skulptur an. Die Lichtabstufung war in höchstem
Grade vielschichtig. Priam erkannte sofort an dem ruhigen Blick
des Mannes auf das Bild sowie aus der Position, die er instinktiv
zum Anschauen einnahm, dass er das Betrachten von Gemälden
gewohnt war. Der Besucher zuckte nicht zurück, stürzte nicht vorwärts, stieß keine hysterischen Laute aus und benahm sich auch
nicht, als stände er dem Geist eines Ermordeten gegenüber. Er
sah lediglich unverwandt das Bild an, beherrschte sich und hielt
seinen Mund. Dabei war es nicht leicht, dieses Bild anzuschauen.
Es war das Produkt fortgeschrittenen Experimentierens und hätte
bei jemand anderem als einem Connaisseur nur an dessen Sinn für
Humor appellieren können.

»Verkaufen!«, rief Priam aus. Wie alle schüchternen Männer
konnte er seine Schüchternheit hinter übertriebener Vertraulich-
keit verbergen.

»Was würde das wohl bringen?«, und er deutete auf das Bild.

Es gab kein weiteres Vorgeplänkel.

»Es ist wirklich ganz ausgezeichnet«, murmelte Mr. Oxford im Ton fachmännischer Anerkennung. »Ganz ausgezeichnet. Darf ich fragen, wieviel?«

»Das frage ich Sie ja gerade«, erklärte Priam, mit einem terpentingetränkten Lappen seine Finger abwischend.

»Hm!«, bemerkte Mr. Oxford und starrte schweigend auf das Bild. Und dann: »Zweihundertfünfzig?«

Priam hatte so gut wie versprochen, das Bild am nächsten Tag dem Rahmenmacher abzuliefern, und nicht erwartet, einen Penny mehr als zwölf Pfund dafür zu bekommen. Doch Künstler sind sonderbare Wesen.

Er schüttelte den Kopf. Obwohl zweihundertfünfzig Pfund so viel war, wie er in den vorangegangenen zwölf Monaten verdient hatte, schüttelte er seinen grauen Kopf.

»Nein?«, meinte Mr. Oxford freundlich und respektvoll, die Hände hinter seinem Rücken verschränkend. »Übrigens«, sagte er, sich eifrig zu Priam umdrehend, »ich nehme an, Sie haben das Porträt von Ariost von Tizian gesehen, das die Nationalgalerie angekauft hat? Was halten Sie davon, Maître?« Erwartungsvoll und glühend vor Interesse stand er da.

»Abgesehen davon, dass es nicht ein Porträt von Ariost und schon gar nicht von Tizian gemalt ist, halte ich es für ein ziemlich hochklassiges Stück«, antwortete Priam.

Mr. Oxford lächelte anerkennend und zufrieden und nickte. »Ich hoffte, dass Sie das sagen würden«, bemerkte er. Und rasch ging er über zu Segantini, dann zu J. W. Morrice und weiter zu Bonnard, die Ansichten des Maître erfragend. Im Handumdrehen diskutierten sie tatsächlich über Bilder. Und es war Jahre her, dass Priam einen sachverständigen, vernünftigen Menschen über Malerei hatte sprechen hören. Es war Jahre her, dass er etwas anderes als kindisches Zeug über Bilder gehört hatte. Er hatte sich in der

Tat daran gewöhnt, nicht zuzuhören; er hatte für derartige Bemerkungen einen direkten Durchgang von einem Ohr zum anderen geschaffen. Und jetzt sog er förmlich die Unterhaltung mit Mr. Oxford ein und entdeckte, wie lange er danach gedürstet hatte. Und er sagte, was er dachte. Er erwärmte sich, wurde begeisterter, leidenschaftlicher. Und Mr. Oxford hörte mit größter Verzückung zu. Mr. Oxford war offenbar von Natur aus klug. Er nahm Priam einfach so, wie er da vor ihm stand, als einen großen Maler. Keinerlei Anspielung darauf, wieso ein großer Maler in so einer Bodenkammer in der Werter Road in Putney arbeitete! Keine unbequemen Fragen nach der Vergangenheit und den früheren Werken des großen Malers! Nur die freimütige, volle Anerkennung seines Genies! Es war merkwürdig, aber sehr angenehm.

»Sie wollen also zweihundertfünfzig nicht akzeptieren?«, fragte Mr. Oxford, zum Geschäftlichen zurückspringend.

»Nein«, erklärte Priam stur. »Die Wahrheit ist«, fügte er hinzu, »dass ich das Bild am liebsten für mich behalten würde.«

»Würden Sie dann vielleicht fünfhundert Pfund akzeptieren, Maître?«

»Nun ja, ich glaube schon«, seufzte Priam. Ein echter Seufzer! Denn er hätte das Bild wirklich am liebsten behalten. Er wusste, dass er nie ein besseres gemalt hatte.

»Und darf ich es gleich mitnehmen?«, fragte Mr. Oxford.

»Ich glaube schon«, erwiderte Priam.

»Ich frage mich, ob ich es wagen darf, Sie zu bitten, mich in die Stadt zu begleiten?«, fuhr Mr. Oxford mit freundlicher Ehrerbietung fort.

»Ich habe zu Hause ein oder zwei Bilder, die ich Ihnen furchtbar gern zeigen möchte, und ich stelle mir vor, dass Sie Freude daran haben würden. Und wir könnten über künftige Geschäfte reden. Wenn Sie vielleicht eine Stunde oder so erübrigen könnten? Wenn ich Sie bitten dürfte –«

Ein sehnlicher Wunsch stieg in Priams Brust hoch und kämpfte gegen seine Schüchternheit an. Der Ton, in dem Mr. Oxford gesagt hatte:»Ich stelle mir vor, dass Sie Freude daran haben würden«, schien etwas ganz Außergewöhnliches anzudeuten. Und Priam konnte sich kaum noch daran erinnern, wann seine Augen zuletzt auf einem Bild geruht hatten, das gleichzeitig unbekannt und großartig war.

Parfitts' Galleries

Ich habe schon angedeutet, dass das Fahrzeug kein ganz gewöhnliches war. Es war in der Tat sehr außergewöhnlich. Es war viel größer, als Elektrofahrzeuge das normalerweise sind. Es hatte, wie es in den Rubriken für Automobilsport, in Zeitschriften von Reichen für Reiche, so gern heißt, einen »Limousinenaufbau«. Und von außen wie von innen sah es wunderbar neu und makellos aus. An den Elfenbeingriffen seiner Türen, an seinen weichen gelben Lederpolstern, an seinen Zedernholzbeschlägen, an seinen Patentjalousien, an seinen Silberverzierungen, an seinen Lampen, seinen Fußstützen und seidenen Halteschlingen – nirgendwo die kleinsten Gebrauchsspuren! Mr. Oxfords Automobil schien zu zeigen, dass Mr. Oxford ein Auto nie zweimal benutzte, sondern sich jeden Morgen ein neues kaufte wie Börsenmakler ihre Zylinder oder der Herzog von Selsea seine Hosen. In dem »Aufbau« befand sich ein Tisch zum Schreiben, überall Taschen zur Aufnahme von Dokumenten, außerdem zwei Sessel und ein pendelnd aufgehängtes Kombinationsgerät, das die Uhrzeit, die Temperatur und die Barometerschwankungen anzeigte; es gab auch ein Sprachrohr. Man hatte das Gefühl, dass dieser Wagen mittels drahtloser Telegraphie mit der Börse, den bekanntesten Ateliers und den beiden Häusern des Parlaments verbunden sein und vielleicht noch ein kleines Restaurant im rückwärtigen Teil enthalten könnte, so dass

Mr. Oxford es nie nötig haben würde, diesen Wagen zu verlassen; dass er seinen ganzen Tag vom Morgen bis zum späten Abend darin verbringen könnte.

Die Vollkommenheit dieses Fahrzeugs und von Mr. Oxfords Aufzug und Haltung ließ Priam daneben ziemlich schäbig erscheinen. Er war tatsächlich recht schäbig gekleidet. Die Schäbigkeit war in Putney über ihn gekommen. Früher einmal war er ein Dandy gewesen; doch das war zur Zeit des verstorbenen Leek. Und während der Wagen geruchlos und geräuschlos durch die gedrängt vollen Prachtstraßen Londons glitt und sich dem Zentrum näherte, hier rasch ein einfaches, schwerfälliges Vehikel umrundend und überholend, dort mit sanftem Ruck anhaltend, dann wieder vorwärtsschießend wie ein Stern, wurde es Priam immer unbehaglicher. Er war in Putney in eine tägliche Routine versunken. Er hatte Putney nie verlassen, es sei denn, um sich gelegentlich in der Nationalgalerie zu erfrischen, und dorthin fuhr er immer nur mit Eisenbahn und U-Bahn, denn die U-Bahn erfüllte ihn immer von Neuem mit Staunen und Romantik und spie ihn stets an der Ecke des Trafalgar Square mit einem eigenartigen Hochgefühl in seiner Brust wieder an die Oberfläche der Erde. Daher hatte er die breiten Hauptstraßen von London lange Zeit nicht mehr gesehen. Er hatte Reichtum und Luxus vergessen, ebenso die orientalischen Zigarettengeschäfte, deren Besitzernamen mit »opoulos« endeten, und das arrogante Auftreten der Angehörigen der herrschenden Klassen und das noch arrogantere Auftreten ihrer Bediensteten. Und jetzt hatte er Alice in Putney zurückgelassen. Und ein geheimnisvoller Dämon ergriff ihn, packte ihn und wollte ihn zurückziehen in die Einfachheit von Putney, kämpfte schrecklich mit ihm und ließ ihn sich winden und zurückzucken vor dem glanzvollen Erscheinungsbild des Londoner Zentrums und stieß ihn tatsächlich beinahe aus dem Wagen, um ihn, so schnell seine Füße ihn trugen, nach Putney zurückzujagen. Es war der Dämon, den wir Gewohnheit nennen. Er hätte ein Bild dafür gegeben, wieder in Putney zu sein, statt hier an Hyde Park Corner in Begleitung von Mr. Oxfords zuvorkommender, taktvoller und ehrerbietiger Konversation vorbeizuschweben.

Jedoch sein anderer Dämon, seine Schüchternheit, hielt ihn davon ab, gebieterisch den Wagen anzuhalten.

Der Wagen blieb von selbst in der Bond Street vor einem Gebäude mit einem breiten Bogeneingang und der über seinem Dach flatternden Flagge des Empires stehen. Auf Tafeln stand, dass der Eintritt durch diesen Torbogen einen Shilling kostete; doch Mr. Oxford, der Priams letztes Bild vor sich hertrug, als hätte es fünftausend statt nur fünfhundert Pfund gekostet, schritt einfach, ohne zu zahlen, hindurch, und Priam akzeptierte seine eindrucksvolle Geste, ihm zu folgen. Militärveteranen in hohem Alter, die Brüste voller Ordensspangen, salutierten Mr. Oxford beim Eintreten, und innen im Allerheiligsten zogen Wesen mit Zylinderhüten, die so makellos waren wie der von Mr. Oxford, diese Hüte vor ihm, der dies vor ihnen jedoch nicht in Erwiderung tat, sondern lediglich nickte. Napoleonisch! Sein Betragen hatte sich mächtig verändert. Man erblickte hier einen Mann mit unbeugsamem Willen, der es gewohnt war, Menschen wie Bauern auf dem Schachbrett seiner Karriere umherzuschieben. Kurz darauf erreichten sie ein Privatbüro, wo Mr. Oxford mit Hilfe eines Pagen seine Handschuhe, Pelzmantel und Hut ablegte und einen Mann herbefahl, der sogleich mit einem passenden Rahmen für Priams Bild erschien.

»Nehmen Sie doch eine Zigarre«, nötigte Mr. Oxford Priam, rasch sein früheres Gehabe wieder annehmend, indem er ihm eine Kiste hinhielt, in der jede Zigarre einzeln in Goldpapier eingewickelt war. Es waren Zigarren, deren jede fünf Shilling in einem Restaurant, zweieinhalb Shilling im Zigarrenladen und Twopence in Amsterdam kosten würde. Es waren fürstliche Zigarren, mit dem Duft des Paradieses und einer Asche weiß wie Schnee. Aber Priam konnte sie nicht recht genießen. Nein! Er hatte auf einer gehämmerten Kupferplatte unter dem Torbogen die Worte gelesen: »Parfitts'

Galleries«. Er befand sich in der berühmten Gemäldegalerie seines ehemaligen Händlers, den er übrigens nie zu Gesicht bekommen hatte. Und er hatte Angst. Ihm schwante das Schlimmste, und ein Gefühl der Übelkeit breitete sich in seinem Magen aus.

Nachdem sie das Bild durch die Schwaden ihres Räucherwerks aufs Genaueste betrachtet hatten, schrieb Mr. Oxford einen Scheck über fünfhundert Pfund aus und überreichte ihn, die Zigarre im Mund, Priam, der ihn mit gelassener Miene anzunehmen versuchte, was ihm jedoch misslang: Der Scheck war mit »Parfitts« unterzeichnet.

»Ich darf wohl annehmen, Sie haben schon gehört, dass ich jetzt der einzige Eigentümer dieses Hauses bin?«, sagte Mr. Oxford durch seinen Zigarrenrauch.

»Tatsächlich!«, sagte Priam, der sich so unsicher fühlte wie ein unerfahrener Jüngling.

Dann führte Mr. Oxford Priam über dicke Teppiche in einen Salon, wo elektrisches Licht von Reflektoren auf eine kleine, aber unvergleichliche Reihe von Bildern geworfen wurde. Mr. Oxford hatte nicht übertrieben. Sie bereiteten Priam Freude. Es waren nicht Bilder, wie man sie täglich, ja nicht einmal jährlich zu sehen bekommt. Da war der schönste Delacroix dieses Formats, dem Priam je begegnet war; auch ein Vermeer, der es überflüssig machte, das Reichsmuseum in Amsterdam zu besuchen. Und an einer entfernteren Wand, zu der Mr. Oxford zuletzt kam, hing an einem erkennbaren Ehrenplatz eine Abendlandschaft von Volterra, einer italienischen Hügelstadt. Priam wurde in seinem Innersten aufgewühlt, als er dieses Bild erblickte. Auf dem unteren Rand des kostbaren Rahmens standen zwei Worte in schwarzen Buchstaben: »Priam Farll«. Wie lebhaft er sich daran erinnerte, als er es gemalt hatte! Und wie meisterhaft schön es war!

»Nun, dies hier«, sagte Mr. Oxford, »ist nach meiner bescheidenen Meinung einer der besten Farlls, die es gibt. Was meinen Sie dazu, Mr. Leek?«

Priam zögerte ein wenig. »Ich stimme Ihnen zu«, sagte er schließlich.

»Farll«, erklärte Mr. Oxford, »ist so ungefähr der einzige moderne Maler, der sich in Gesellschaft der anderen Bilder in diesem Raum sehen lassen kann, wie?«

Priam errötete. »Ja«, sagte er schlicht.

Zwischen Putney und Volterra gibt es in verschiedenster Hinsicht beträchtliche Unterschiede; aber das Bild von Volterra wie das Bild von Putney High Street waren ganz offensichtlich, verblüffend und unbestreitbar von derselben Hand; man musste einfach denselben Pinselstrich bemerken, die gleichen einfarbigen größeren Flächen, dieselbe Art des Sehens und Erfassens, mit einem Wort: dieselbe erstaunliche und strenge Umsetzung der Natur. Die Ähnlichkeit sprang einem ins Gesicht und rüttelte einen an den Schultern. Nicht einmal ein Auktionator hätte sie übersehen können. Doch Mr. Oxford spielte nicht darauf an. Er schien völlig blind dafür zu sein. Alles, was er sagte, als sie den Raum verließen und Priam sein ziemlich einsilbiges Lob ausgesprochen hatte, war: »Ja, dies ist nun meine kleine Sammlung, die ich gerade zusammenbekommen und Ihnen zu meinem großen Stolz habe zeigen können. Und jetzt wäre ich glücklich, wenn Sie mich zum Lunch in meinen Club begleiten würden. Ich bitte Sie darum. Ich wäre untröstlich, wenn Sie ablehnten.«

Priam kümmerte die Untröstlichkeit von Mr. Oxford nicht einen Pfifferling; und ein Lunch in Mr. Oxfords Club war ihm zutiefst zuwider. Aber er sagte: »Ja«, weil das für seine Schüchternheit am einfachsten war, gegenüber einem so entschlossenen Mann wie Mr. Oxford. Priam hatte Angst, hinzugehen. Er war beunruhigt, alarmiert, erschrocken von dem Geheimnis von Mr. Oxfords Schweigen.

Sie fuhren mit dem Wagen zum Club.

Der Club

Priam war noch nie in einem Club gewesen. Diese Feststellung mag Erstaunen hervorrufen, vielleicht sogar Ungläubigkeit, doch sie ist wahr. Er hatte die Welt der Clubs schon früh im Leben verlassen. Was die Englischen Clubs in europäischen Ländern betraf, so kannte er sie nur von außen, und das liebenswürdige Geschwätz ihrer Befürworter an den Hoteltafeln hatte ihn genauso wenig zur Aufgabe seiner Bequemlichkeit zu veranlassen vermocht wie sein Wunsch nach näherer Kenntnis. Daher wusste er nichts über Clubs.

Mr. Oxfords Club erschreckte und verängstigte ihn; er war so groß und so finster. Von außen glich er dem Rathaus einer großen Industriestadt. Wenn man auf dem Trottoir am Fuße der gewaltigen Treppe stand, die zu dem ersten Paar Pendeltüren hinaufführte, befand man sich mit dem Kopf bestimmt tiefer als die Füße einer Kreatur, die einen streng von der anderen Seite der Glasscheibe musterte. Der Kopf war auch noch weit unter den Simsen der gewaltigen Fenster im Erdgeschoss. Über dem Erdgeschoss gab es zwei weitere Stockwerke und über diesen eine überhängende Kante aus behauenen Steinen, die wie eine dunkle Drohung über dem nach oben gerichteten Auge schwebte. Der zehnte Teil eines solchen Steinblocks, schon ein Bruchstück von einer Kante würde beim Sturz aus dieser Höhe des Gebäudes einen Elefanten erschlagen haben. Und die ganze Fassade war schwarz, schwarz vom Kohlenruß ganzer Zeitalter. Die Vorstellung eines in die falsche Umgebung geratenen Rathauses wich langsam, während man es anstarrte. Man erkannte seine Falschheit. Man erkannte, dass Mr. Oxfords Club ein Denkmal war, ein Relikt aus jenen Tagen, da es noch Riesen auf der Erde gab, das unverändert an eine Rasse von Pygmäen gefallen war, die nun das Beste daraus zu machen versuchten. Der einzige Abkömmling der Riesen war der Wächter hinter der Tür. Als Mr. Oxford und Priam zu ihm hinaufstiegen, riss dieser einmalige Riese mit Riesenkraft die riesige Tür auf, Mr. Oxford und Priam gingen verschwindend klein hindurch, und die Tür schwang zu, eine gewaltige Menge Luft verdrängend. Priam befand sich in einer riesigen Innenhalle unter einer fernen, geschnitzten Decke, so hoch oben wie der ferne Himmel. Er sah, wie Mr. Oxford seinen Namen in einen gewaltigen Folioband unter einer gewaltigen Uhr einschrieb. Dann führte Mr. Oxford ihn durch enorme Korridore in einen sehr langen Raum, dessen Wände links und rechts mit Tausenden und Abertausenden von Büchern bestückt waren – und hier und da hingen Mäntel und Zylinder an Kleiderhaken. Mr. Oxford wählte ein Paar Kleiderhaken ganz am Ende, und nachdem sie sich genügend entkleidet hatten, führte er Priam in einen weiteren weiten Raum, der augenscheinlich an die Bäder von Caracalla erinnern sollte. In riesigen, aus massivem Granit gehauenen Becken schrubbten sie sich die Fingernägel mit Handbürsten, wie Priam sie noch nie so groß gesehen hatte, nicht einmal in Alpträumen, und ein Bediensteter bürstete seinen Überrock mit einem Utensil, das einer Angriffswaffe ähnelte, die einstmals Eigentum der Enakiter gewesen war.

»Wollen wir gleich ins Speisezimmer gehen?«, fragte Mr. Oxford, »oder möchten Sie zuerst einen Gin mit Angostura trinken?«

Priam lehnte den Gin mit Angostura ab, und sie stiegen auf einer überwältigenden Treppe aus dunklem Marmor nach oben und schritten durch weitere Zimmerfluchten zum Speisesaal, der eine ausgezeichnete Reitschule abgegeben hätte. Hier waren sechs der riesenhaften Fenster in einer Reihe, jedes mit mächtigen Vorhängen, die in schweren Falten aus dem Unsichtbaren ins Blickfeld fielen. Wahrscheinlich existierte eine Decke. An jeder Wand hingen gigantische Bilder in reichverzierten Rahmen, und zwischen den Fenstern standen heroische Büsten aus Marmor auf Basaltsäulen. Die Sessel wären nicht zu bewegen gewesen, wenn sie nicht auf gewichtsresistenten Laufrollen aus Stein gelaufen wären, doch gegen die Tafeln sahen sie aus wie unbedeutende Spielzeuge. Am Ende des Saales stand eine Kredenz, die unter einem ganzen Ochsen nicht gewankt hätte, und am anderen Ende befand sich ein Kaminfeuer, über dem ebenfalls ein ganzer Ochse geröstet werden konnte, das unter einem Kaminsims loderte, auf das selbst Goliath nicht seine Ellbogen hätte stützen können.

Alles war stumm und schwer; die Fußböden waren über und über mit dicken Teppichen belegt, die alle Echos erstickten. Man hörte nicht den leisesten Laut. Laute schienen in der Tat unerwünscht zu sein. Priam hatte bereits einen anderen, grenzenlosen Raum durchquert, an dessen Wänden in übergroßen Lettern Mahnschilder mit dem Wort »Ruhe« hingen. Und er hatte bemerkt, dass alle Sessel und Couches dick gepolstert und mit weichem Leder überzogen waren, das auch das leiseste Quietschen und Knarren unmöglich machte. Auf einen beiläufigen Blick schien der Raum unbevölkert zu sein, aber bei sorgfältigerer Inspektion sah man Liliputaner umherkriechen oder in Lehnsesseln sitzen, die für zwei von ihnen gemacht zu sein schienen. Diese Zwerge waren die Clubmitglieder, von den gewaltigen Ausmaßen zu Spielzeug verkleinert. Eine eigenartige und finstere Rasse! Sie sahen wie im Endstadium des Verfalls aus, und wo auch immer ihre Köpfe ausruhten, war ein weißes Tuch ausgebreitet, damit ihre Köpfe nicht die Stellen entweihten, auf denen die Häupter der großen Entschlafenen geruht hatten. Sie redeten kaum miteinander, sondern tauschten nur Blicke gegenseitigen Misstrauens und gegenseitiger Verachtung aus; und wenn sie sich doch einmal unterhielten, dann im Ton müder, kurz angebundener Desillusionierung. Sie konnten einander bestenfalls undeutlich in dem vorherrschenden Dämmerlicht wahrnehmen – einem Dämmerlicht, das die matt brennenden elektrischen Kerzen in den mächtigen Lüstern kaum durchdrangen. Die ganze Anlage war in der Vergangenheit vergraben, träumte von ihrem titanischen Einst, als es zweifellos Giganten gegeben hatte, die diese Fauteuils ausfüllen und ihre Füße auf die Kaminsimse stützen konnten.

In einer derartigen Umgebung war es, wo Mr. Oxford Priam zu essen und zu trinken gab von normalen kleinen Tellern und aus normalen kleinen Gläsern. Nichts erinnerte an die unsterbliche Vergangenheit dieses Clubs in diesem exzellenten, modernen Imbiss – außer vielleicht der Stilton-Käse, der aus den schönen, derben Tagen einer homerischen Zeit zu stammen schien, ein Käse, den Odysseus erfunden haben mochte. Ich brauche kaum zu sagen, dass die Gesamtwirkung auf Priam Farlls Natur verhängnisvoll war. (Doch wie hätte der diplomatische Mr. Oxford wissen können, dass Priam Farll noch nie einen Club von innen gesehen hatte?) Es verursachte in ihm eine sprachlose Angst, und er hätte eine Summe, genauso gigantisch wie dieser Club, gezahlt – er würde den Scheck in seiner Tasche dafür gegeben haben –, wenn er diesem Mr. Oxford nie begegnet wäre. Er war ein viel zu sensibler Mensch für einen Club, und seine Stimmungen waren unberechenbar. Gewiss hatte Mr. Oxford die Wirkung seines Clubs auf Priam falsch kalkuliert; er sah seinen Irrtum bald ein.

»Was halten Sie davon, wenn wir im Rauchzimmer unseren Kaffee einnehmen?«, fragte er. Das belebte Rauchzimmer war der einzige Raum im Club, wo das Reden mit natürlicher Lautstärke kein Verbrechen war. Mr. Oxford fand eine von Zwergen ziemlich freie Ecke, wo sie sich niederließen; Likör und Zigarren begleiteten ihren Kaffee. Man konnte hier tatsächlich die Zwerge laut inmitten des Rauches lachen sehen; ihr Geplauder ging in dem allgemeinen Lärm unter; und von Zeit zu Zeit erschien ein winziger Knabe und rief so laut er konnte den Namen eines der Zwerge aus. Priam war plötzlich wie elektrisiert, und Mr. Oxford, der sehr wachsam war, bemerkte diese Veränderung. Mr. Oxford trank ziemlich rasch seinen Kaffee aus, beugte sich dann ein wenig über den Tisch, näherte sein mondgleiches Gesicht Priam, arrangierte seine Beine unter dem Tisch in einer bequemen Position und stieß eine große Rauchwolke von seiner Zigarre aus. Es war deutlich das Vorspiel zu einer vertraulichen Szene, der

Auftakt zu dem Höhepunkt, auf den er seit etlichen Stunden hingearbeitet hatte.

Priams Herz bebte.

»Was ist Ihre Meinung, Maître, über den endgültigen Wert von Priam Farlls Bildern?«, fragte er.

Priam war elend zumute. Mr. Oxfords Benehmen war ehrerbietig, freundlich und erwartungsvoll. Doch Priam wusste nicht, was er antworten sollte. Er wusste nur, was er tun würde, wenn er den Mut dazu aufbrächte: fortlaufen, rücksichtslos und unhöflich aus diesem Club ausbrechen.

»Ich – ich weiß nicht«, brachte Priam schließlich erbleichend über die Lippen.

»Ich habe nämlich in der Vergangenheit einige Farlls gekauft«, fuhr Mr. Oxford fort, »und ich muss sagen, ich habe sie gut weiterverkauft. Ich habe nur noch diesen einen übrig, den ich Ihnen heute Morgen zeigte, und ich frage mich, ob ich ihn im Vertrauen auf einen weiteren Anstieg behalten oder sofort verkaufen sollte.«

»Für wieviel können Sie ihn denn verkaufen?«, fragte Priam leise.

»Ich will Ihnen gegenüber kein Geheimnis daraus machen«, erklärte Mr. Oxford, »dass ich ihn für zweitausend loswerden könnte. Er ist ziemlich klein, aber einer der besten, die es gibt.«

»Ich würde ihn verkaufen«, sagte Priam kaum hörbar.

»Das würden Sie? Nun, vielleicht haben Sie recht. In Gedanken frage ich mich nämlich, ob nicht eines Tages ein anderer Maler auftauchen könnte, der diese Art noch besser beherrschte als Farll selbst. Ich könnte mir die Möglichkeit vorstellen, dass ein wirklich gerissener Mann daherkäme und Farll so hervorragend imitierte, dass nur Leute wie Sie, Maître, und vielleicht ich selbst den Unterschied bemerken würden. Es ist genau die Art Werk, die man hervorragend imitieren könnte, vorausgesetzt, der Imitator ist begabt genug, meinen Sie nicht auch?«

»Aber wie meinen Sie das?«, fragte Priam, dem der Schweiß den Rücken hinunterlief.

»Nun«, meinte Oxford vage, »man kann doch nie wissen. Sein Stil könnte imitiert und der Markt mit Bildern überschwemmt werden, die praktisch genauso gut wie die von Farll sind. Eine lange Zeit würde es vielleicht niemand bemerken, doch dann könnte eine Verwirrung in der Öffentlichkeit einsetzen, der ein rapider Verfall der Preise folgte. Und das Schöne dabei ist, dass die Allgemeinheit dann nicht einmal schlechter dran wäre. Denn eine Imitation, die so gut ist, dass niemand sie vom Original unterscheiden kann, ist natürlich genauso viel wert wie das Originalkunstwerk. Verstehen Sie mich? Darin liegt sicher eine gewaltige Chance für einen Mann, der sie zu ergreifen versteht, und deshalb bin ich geneigt, Ihren Rat anzunehmen und den einen mir noch verbliebenen Farll zu verkaufen.«

Er lächelte immer vertraulicher. In seinem Blick lag eine vielsagende Anspielung. Er schien Priam unaussprechliche Dinge andeuten zu wollen. Dieses strahlende Gesicht hatte einen Ausdruck, den solche Gesichter bei solchen Gelegenheiten zeigen – einen Ausdruck, der fröhlich unterstellte, dass es letztlich kein Recht oder Unrecht gäbe – oder dass zumindest viele Dinge, die der normale Sklave der gesellschaftlichen Konvention für unrecht halten würde, in Wirklichkeit recht sind. So las Priam jedenfalls diesen Gesichtsausdruck.

»Dieser schäbige Halunke will, dass ich für ihn Fälschungen von mir selbst herstelle!«, dachte Priam voll plötzlicher, heimlicher Empörung. »Er weiß bereits die ganze Zeit, dass es zwischen dem Bild, das ich ihm verkauft habe, und dem Bild, das er schon besitzt, keinen Unterschied gibt. Er will darauf hinaus, dass wir uns einigen sollten. Er hat die ganze Zeit nur mit mir gespielt.« Und laut sagte er: »Ich glaube nicht, dass ich Ihnen einen Rat geben kann. Ich bin kein Kunsthändler, Mr. Oxford.«

Er sagte es in einem feindseligen Ton, der Mr. Oxford für immer hätte zum Schweigen bringen müssen, doch er tat es nicht. Mr. Oxford schlug einen Bogen, wie ein Eiskunstläufer zu einer neuen

Figur ansetzt, und begann sich lang und breit über die Vorzüge des Volterra-Bildes auszulassen. Er analysierte es so detailliert und lobte es so gerecht und begründet, als hinge das Bild jetzt hier vor ihren Augen. Priam staunte über sein sicheres Urteil. »Dieser gerissene Hund! Er weiß wirklich Bescheid!«, dachte Priam grimmig.

»Sie glauben hoffentlich nicht, dass ich es zu sehr lobe, cher Maître, oder?«, beendete Mr. Oxford, immer noch lächelnd, seine Ausführungen.

»Ein wenig«, erwiderte Priam.

Wenn Priam nur hätte fortlaufen können! Aber er konnte nicht! Oxford hatte ihn fest in die Ecke gedrängt. Keine Chance, sich zu befreien! Außerdem war er über fünfzig und wohlbeleibt.

»Ah! Genau diese Antwort hatte ich von Ihnen erwartet! Würde es Ihnen etwas ausmachen, mir zu verraten, in welcher Periode Sie es gemalt haben?«, fragte Mr. Oxford sehr sanft, obgleich seine Hände so krampfhaft ineinander verschränkt waren, dass die Knöchel an den Gelenken ganz blutleer und weiß erschienen.

Dies war der Höhepunkt, auf den Mr. Oxford geduldig hingearbeitet hatte! Die ganze Zeit über hatte Mr. Oxfords blendendes Lächeln das Wissen um Priams Identität verschleiert!

10

Das Geheimnis

»Was meinen Sie damit?«, fragte Priam Farll. Doch seine Stimme klang matt, und er hätte genauso gut gesagt haben können: »Ich weiß wohl, was Sie meinen, und ich würde eine Million Pfund oder so dafür zahlen, wenn ich im Boden versinken könnte.« Ein paar Minuten früher hätte er nur fünfhundert Pfund oder so dafür gezahlt, einfach davonlaufen zu können. Jetzt aber hätte ihm nur noch ein Wunder helfen können. Das Universum schien über Priam Farll zusammenzustürzen.

Mr. Oxford lächelte immer noch; er lächelte jedoch wie ein Mann, der seinen Atem für den letzten Einsatz spart. Man spürte, dass er sich nicht länger zurückhalten konnte.

»Sie sind Priam Farll, nicht wahr?«, sagte Mr. Oxford mit sehr leiser Stimme.

»Was bringt Sie auf die Idee, dass ich Priam Farll bin?«

»Ich glaube, dass Sie Priam Farll sind, weil Sie das Bild gemalt haben, das ich heute Morgen von Ihnen gekauft habe, und weil ich sicher bin, dass niemand anders als Priam Farll es gemalt haben könnte.«

»Dann haben Sie also den ganzen Vormittag über nur mit mir gespielt!«

»Bitte, versuchen Sie das anders zu sehen, cher Maître«, bat Mr. Oxford im Flüsterton. »Ich wollte nur ganz sichergehen. Ich weiß, dass Priam Farll in Westminster Abbey beigesetzt sein soll. Aber für mich ist die Existenz dieses offensichtlich gerade erst gemalten Bildes von Putney High Street der unumstößliche Beweis, dass er nicht in Westminster Abbey beigesetzt, sondern weiter am Leben ist. Es ist doch erstaunlich, dass man bei der Beerdigung einem Irrtum unterlegen sein soll – einem ganz erstaunlichen Irrtum, aus dem man alle möglichen Schlussfolgerungen ziehen kann! Aber das geht mich nichts an. Natürlich muss es triftige Gründe für das Geschehene geben. Ich bin an ihnen nicht interessiert – beruflich, meine ich. Ich stelle nur fest, wenn ich ein bestimmtes Bild sehe, auf dem die Farbe noch feucht ist: ›Dies Bild wurde von einem bestimmten Maler gemalt. Ich bin Experte und stehe mit meinem Ruf dafür ein.‹ Es hat keinen Sinn, mir vormachen zu wollen, dass der fragliche Maler vor einigen Jahren gestorben und in Westminster Abbey mit allen nationalen Ehren beigesetzt worden sei. Ich sage, das kann nicht so gewesen sein. Ich bin ein Connaisseur. Und wenn die Fakten seines Todes und seiner Beisetzung nicht mit den Erkenntnissen meines Wissens als Kunstexperte übereinstimmen, sind sie keine Fakten. Ich sage, es hat eine – eine Verwechslung stattgefunden, was den – eh – den Leichnam betrifft. Nun, cher Maître, was halten Sie von meiner Behauptung?« Mr. Oxford trommelte leicht mit den Fingern auf dem Tisch.

»Ich weiß nicht«, sagte Priam. Was wiederum eine Lüge war.

»Sie sind Priam Farll, nicht wahr?«, beharrte Mr. Oxford.

»Also, wenn Sie darauf bestehen«, zischte Priam wütend, »bin ich's eben. Und nun wissen Sie's!«

Mr. Oxford gab sein Lächeln auf. Er hatte es eine unglaubliche Zeitlang durchgehalten. Er gab es auf und seufzte leise, aber abgrundtief. Er hatte sich auf sehr dünnem Eis bewegt und das Ufer nur unter gefahrvollem Knistern und Knacken erreicht; und jetzt ging ihm erst das Ausmaß des bestandenen Wagnisses auf. Er war seines Wissens als Kunstexperte absolut sicher gewesen. Doch wenn jemand sagt, dass er ganz sicher sei, bedeutet das immer, besonders wenn er es mit ungeheurem Nachdruck sagt, dass er in Wirklichkeit eben »nicht ganz sicher« ist. So war es auch mit Mr. Oxford. Und wirklich, aus der bloßen Existenz eines Bildes zu schließen, dass die gewaltigste aller Nationen so gewaltig hatte hinters Licht geführt werden können, setzt normalerweise mehr als bloße Tollkühnheit von Seiten des Schlussfolgerers voraus.

»Aber ich möchte nicht, dass es bekannt wird«, erklärte Priam, immer noch in wütendem Flüsterton. »Und ich möchte nicht darüber sprechen.« In dem Verdacht, sie könnten womöglich lauschen, sah er sich aufgebracht nach den Zwergen um, die sich in der Nähe befanden.

»Sehr richtig«, sagte Mr. Oxford, aber in einem Ton, dem die Überzeugung fehlte.

»Es ist schließlich eine Angelegenheit, die nur mich etwas angeht«, bekräftigte Priam.

»Sehr richtig«, wiederholte Mr. Oxford. »Zumindest sollte sie nur Sie etwas angehen. Und ich kann Ihnen nur mit Nachdruck versichern, dass ich der letzte Mensch auf der Welt bin, der seine Nase da hineinstecken möchte; aber –«

»Sie wollen sich bitte daran erinnern«, unterbrach Priam ihn, »dass Sie dieses Bild heute Morgen einfach als Bild gekauft haben, nur seiner Güte wegen. Sie haben kein Recht, es mit meinem Namen zu versehen, und ich muss Sie entschieden bitten, das nicht zu tun.«

»Gewiss«, stimmte Mr. Oxford zu. »Ich habe es als ein Meisterwerk gekauft, und ich bin völlig zufrieden mit meinem Geschäft. Ich brauche keine Signatur.«

»Ich habe meine Bilder seit zwanzig Jahren nicht mehr signiert«, erklärte Priam.

»Verzeihen Sie bitte«, meinte Mr. Oxford.

»Jeder Quadratzentimeter eines jeden Ihrer Bilder trägt unmissverständlich Ihre Handschrift. Sie könnten keinen Pinsel auf eine Leinwand setzen, ohne sie gleichzeitig zu signieren. Nur die größten Maler genießen dieses Privileg, keine Buchstaben in die Ecken ihrer Bilder setzen zu müssen, ohne Gefahr zu laufen, dass andere Maler später ihren Ruhm für sich in Anspruch nehmen. Für mich sind alle Ihre Bilder signiert. Aber es gibt Leute, die mehr Beweise sehen wollen, als ein Kunstexperte ihnen geben kann, und da beginnen nun einmal die Unannehmlichkeiten.«

»Unannehmlichkeiten?«, fragte Priam, während sein elendes Gefühl sich noch weiter verstärkte.

»Ja«, sagte Mr. Oxford. »Ich musste es Ihnen sagen, damit Sie die Situation verstehen können.« Er wurde sehr ernst und zeigte damit, dass er endlich zur Sache gekommen war. »Vor einiger Zeit ist ein Mann, ein kleiner Händler, bei mir erschienen und hat mir ein Bild angeboten, das ich sofort als eines von Ihnen erkannt habe. Ich habe es gekauft.«

»Wieviel haben Sie dafür bezahlt?«, knurrte Priam.

Nach kurzem Überlegen antwortete Mr. Oxford: »Warum soll ich es Ihnen nicht sagen: Ich habe fünfzig Pfund dafür bezahlt.«

»Tatsächlich!«, rief Priam aus, dem bewusst wurde, dass einer – oder einige – gut vierhundert Prozent an seiner Arbeit verdient hatten, bis sie bei einem großen Händler angekommen war.

»Wer war der Bursche?«

»Oh, ein kleiner Händler. Ein Niemand. Ein Jude, natürlich.« Wie Mr. Oxford das Wort »Jude« aussprach, war von unbeschreiblicher Ironie. Da der Händler ein Jude war, wusste Priam, dass es nicht sein Rahmenmacher gewesen sein konnte, ein reinrassiger Yorkshire-Mann aus Ravensthorpe. Mr. Oxford fuhr fort: »Ich habe das Bild weiterverkauft und dafür garantiert, dass es ein Priam Farll ist.«

»Den Teufel haben Sie!«

»O doch. Ich hatte genügend Vertrauen in mein Urteil.«

»Wer hat es gekauft?«

»Whitney C. Witt aus New York. Er ist natürlich bereits ein alter Mann. Ich nehme an, dass Sie sich an ihn erinnern, cher Maître?« Mr. Oxford zwinkerte mit den Augen. »Ich habe es ihm verkauft, und natürlich akzeptierte er meine Garantie. Bald darauf wurden mir weitere Bilder angeboten, offensichtlich von Ihnen, und von demselben Händler. Und ich kaufte sie. Ich kaufte eins nach dem andern. Insgesamt, möchte ich sagen, vierzig Stück.«

»Hat Ihr kleiner Händler erraten, wer die Bilder gemalt hat?«, fragte Priam argwöhnisch.

»Der doch nicht! Glauben Sie, er hätte sie mir sonst für fünfzig Pfund pro Stück verkauft? Hören Sie, zuerst glaubte ich, dass ich Bilder kaufte, die vor Ihrem angenommenen Tod gemalt wurden. Ich dachte wie die ganze übrige Welt, dass Sie – in der Abtei ruhen. Dann kamen mir langsam Zweifel. Und als eines Tages ein wenig Farbe an meinem Daumen kleben blieb, war ich entsetzt, kann ich Ihnen sagen. Dennoch blieb ich bei meiner Ansicht und garantierte weiterhin die Echtheit der Bilder als Farlls.«

»Und Sie kamen nie auf den Gedanken, Nachforschungen anzustellen?«

»O doch«, sagte Mr. Oxford. »Ich tat mein Bestes, aus dem Händler herauszuholen, woher er die Bilder bezog, aber er wollte es mir nicht sagen. Ich roch so etwas wie ein Geheimnis. Und da ich keine berufliche Verwendung für Geheimnisse habe, beschloss ich, dieses Geheimnis ruhen zu lassen. Das tat ich dann auch.«

»Ja, warum lassen Sie es nicht dabei bewenden?«, fragte Priam.

»Weil die Umstände es mir nicht gestatten. Ich habe praktisch alle diese Bilder an Whitney C. Witt verkauft. Das war in Ordnung. Jedenfalls dachte ich, dass es in Ordnung sei. Ich bürgte mit Parfitts' Namen und Ruf dafür, dass sie von Ihnen seien. Und dann hörte ich eines Tages von Mr. Witt, dass sich auf der Rückseite der Leinwand eines der Bilder ein Stempel mit dem Namen des Leinwandherstellers und ein Datum befänden und dass dieses ein Datum nach Ihrem angeblichen Tod sei; außerdem hätten seine Anwälte in London bei den Herstellern nachgefragt, und diese Leute seien bereit zu beweisen, dass diese Leinwand erst nach der Beisetzung von Farll hergestellt worden sei. Sehen Sie jetzt die Klemme, in der ich stecke?«

Priam nickte.

»Meine Reputation – Parfitts' – steht auf dem Spiel. Wenn diese Bilder nicht von Ihnen sind, bin ich ein Betrüger. Der Name Parfitts' ist für immer dahin, und es gibt den größten Skandal aller Zeiten. Witt droht mit gerichtlichen Schritten. Ich habe ihm angeboten, alles zum gleichen Preis zurückzunehmen, den er mir gezahlt hat, ohne jede Kommission. Er will aber nicht. Er ist ein alter Mann, schon ein bisschen verrückt, nehme ich an, und er will einfach nicht. Er ist verärgert. Er glaubt, einem Betrug aufgesessen zu sein, und er sagt, dass er der Sache auf den Grund gehen will. Ich muss ihm also beweisen, dass die Bilder von Ihnen stammen. Ich muss ihm klarmachen, welche Gründe ich für meine Echtheitsgarantie hatte. Um diese lange Geschichte zu beenden: Ich habe Sie gefunden, und ich bin sehr froh darüber!« Er seufzte erneut erleichtert auf.

»Sagen Sie mal«, fragte Priam, »wieviel hat Witt Ihnen insgesamt für meine Bilder bezahlt?«

Nach kurzem Zögern antwortete Mr. Oxford: »Ich sehe keinen Grund, es Ihnen zu verheimlichen. Er hat mir etwas über zweiundsiebzigtausend Pfund gezahlt.« Er lächelte entschuldigend.

Als Priam Farll überlegte, dass er nur ungefähr vierhundert Pfund für diese Bilder erhalten hatte – weitaus weniger als ein Prozent von dem, was dieser glänzende, wohlhabende Händler schließlich dafür herausgeschlagen hatte, loderte die traditionelle Wut des Künstlers gegen den Kunsthändler – des Erschaffers gegen den parasitischen Vermittler in seinem Herzen auf. Bislang hatte er nie einen ernsten Grund zur Klage gegen seine Händler gehabt. (Überaus erfolgreiche Künstler haben auch selten einen.) Jetzt aber sah er Kunsthändler, wie der durchschnittliche Maler sie sieht, als die Verursacher allen Übels! Jetzt erkannte er, mit welchen Methoden Mr. Oxford seinen kostbaren Wagen, seine Kleider, seinen Club und seine unterwürfige Dienerschar erworben hatte. All dies war nicht von Mr. Oxford, sondern für Mr. Oxford verdient worden, in schäbigen Ateliers, ja sogar in Bodenkammern, von schäbigen, fleißigen Malern! Mr. Oxford war weiter nichts als ein reicher, verschwenderischer Dieb, ein Schmarotzer am Glanz des Genies. Mr. Oxford war, mit einem Wort, des Teufels, und Priam stellte ihn im Stillen, aber entschieden, auf den ihm gebührenden Platz.

Priam dachte äußerst ungerecht. Niemand hatte Priam gebeten zu sterben. Niemand hatte ihn gebeten, seine Identität aufzugeben. Wenn er in letzter Zeit nur Zehner statt Tausender für seine Bilder bekommen hatte, war das allein seine Schuld. Mr. Oxford hatte lediglich gekauft und verkauft; und das entsprach nur seiner wahren Funktion. Doch Mr. Oxfords Sünde war für Priam in Wirklichkeit die Sünde, recht gehabt zu haben.

Es hätte weniger Scharfblick benötigt, als Mr. Oxford ihn besaß, um zu erkennen, dass Priam Farll diese Neuigkeiten sehr schlecht aufnahm.

»Um unser beider Vorteil willen, cher Maître«, sagte Mr. Oxford in überredendem Ton, »halte ich es für ratsam, dass Sie mich in die Lage versetzen, Mr. Witt die Echtheit meiner Garantie zu beweisen.«

»Warum zu unser beider Vorteil?«

»Nun, weil ich mit Freuden, sagen wir, sechsunddreißigtausend Pfund an Sie zahlen würde als Anerkennung für – eh – « Er unterbrach sich plötzlich.

Wahrscheinlich war ihm in diesem Augenblick aufgegangen, dass er einen verhängnisvollen Fauxpas begangen hatte. Entweder hätte er überhaupt nichts oder die ganze Summe, die er erhalten hatte, anbieten müssen, abzüglich vielleicht einer kleinen Kommission. Priam vorzuschlagen, mit ihm halbe-halbe zu machen, war der instinktive Impuls, die fatale Dummheit eines geborenen Händlers. Und Mr. Oxford war ein geborener Händler.

»Ich werde keinen Penny annehmen«, erklärte Priam. »Und ich kann Ihnen auf keine Weise helfen. Es tut mir leid, aber ich muss jetzt gehen. Ich bin schon sehr spät dran.«

Seine kalte, unwiderstehliche Wut trieb ihn voran, und ohne Rücksicht auf die gesellschaftlichen Umgangsformen in einem Club verließ er den Tisch.

Mr. Oxford, der immer mehr wieder zum Händler wurde, stand ebenfalls auf und folgte ihm, führte ihn sogar zu dem riesigen Garderobenraum – auf dem ganzen Wege beschwichtigend und überredend auf Priam einflüsternd.

»Es könnte zu einer Gerichtsverhandlung kommen«, erklärte Mr. Oxford in der großen Eingangshalle, »und Ihre Zeugenaussage würde dann für mich unentbehrlich sein.«

»Damit kann ich nichts zu tun haben. Guten Tag!«

Der Riese an der Tür konnte das gigantische Portal kaum schnell genug für ihn öffnen. Er floh – floh, verfolgt von Alptraumvisionen entsetzlicher öffentlicher Auftritte in einem Gerichtssaal. Unvorstellbare Qualen! Er verwünschte Mr. Oxford an die schlimmsten Orte und schwor, dass er keinen Finger rühren würde, um Mr. Oxford vor lebenslanger Zuchthausstrafe zu bewahren.

Geldeinzug

Er stand auf dem Trottoir vor dem gewaltigen Gebäude und sprach wütend mit sich selbst. Auf jeden Fall war er sicher aus diesem Monument mit seinen wimmelnden, über die Teppiche kriechenden und sich auf den Couches räkelnden, unbedeutenden Zwergen heraus. Er konnte sich nicht klar erinnern, was sich seit seinem Aufstehen vom Tisch ereignet hatte; er konnte sich nicht erinnern, irgendetwas oder irgendjemand auf seinem Weg nach draußen gesehen zu haben; nur an die überredende, unterwürfige Stimme von Mr. Oxford, die ihm bis zu dem riesenhaften Türsteher ins Ohr geklungen hatte, konnte er sich erinnern. Und in dieser Erinnerung war der Club für ihn ein Hort schwarzer Magie; er machte einen so abscheulich lebendigen Eindruck in seiner Leblosigkeit, und die Vorgänge darin waren so absurd und unverständlich. »Ruhe! Ruhe!« befahlen weiße Plakate in einem riesigen Raum, während in einem anderen das reine Babylon herrschte! Und dann dieser schrecklich totenstille Speisesaal mit seinen hohen, unerreichbaren Kaminsimsen, die kein Zwerg je erklimmen konnte!

Er stieß weiterhin die fürchterlichsten Urteile über den Club und über Mr. Oxford aus, laut genug zum Mithören, ohne zu bedenken, dass er auf der Straße stand. Er wurde aufgestört von einem ziemlich verschüchterten Mann, der ihn grüßte. Es war Mr. Oxfords Chauffeur, der geduldig darauf wartete, dass sein Herr seinen Salon auf Rädern wieder beträte. Der Chauffeur hielt ihn entweder für verrückt geworden oder betrunken, doch er hatte nur die Pflicht zu salutieren, und nichts anderes tat er.

Völlig außer Acht lassend, dass dieser Chauffeur nur ein Mitmensch war, machte Priam auf dem Absatz kehrt und hastete die Straße hinunter. An der nächsten Ecke befand sich eine große Bank, und Priam, den der verwegene Mut des Soldaten in der Schlacht beflügelte, ging hinein. Er hatte noch nie eine Londoner Bank betreten.

Zuerst erinnerte sie ihn an den Club, in dem zusätzlich eine riesige Tafel mit dem Datum des Tages hing, der mystischen Zahl -14-, sowie weitere Schilder, auf denen einzelne Buchstaben des Alphabets standen. Dann sah er, dass er sich in einer großen Menagerie befand, in der bestens dressierte junge Männer aller Größen und Altersklassen in solide Käfige aus Drahtgittern und Mahagoni eingesperrt waren. Er stampfte entschlossen auf einen der Käfige mit einem Loch darin zu und schob trotzig den Scheck über fünfhundert Pfund hindurch.

»Nächster Schalter, bitte«, sagte ein Mund über einem hohen Kragen und einer grünen Krawatte hinter dem Gitter, und mit einer verächtlichen Handbewegung wurde der Scheck zurückgeschoben.

»Nächster Schalter!«, wiederholte Priam, verwirrt, aber immer noch wütend.

»Dieser Schalter ist für A bis M«, erklärte der Mund.

Jetzt verstand Priam, was die einzelnen Buchstaben zu bedeuten hatten, und er eilte mit erneuerter Wut zum nächsten Käfig weiter, wo eine andere hochmütige Hand den Scheck aufnahm und umwendete, als wollte sie sagen: »Scheint faul zu sein, wie!«

Und: »Er muss noch unterschrieben werden!«, sagte ein anderer Mund über einem anderen hohen Kragen mit grüner Krawatte. Die zweite hochmütige Hand schob den Scheck wieder zu Priam hin, als handelte es sich um einen Bettelbrief.

»Oh, wenn das alles ist!«, sagte Priam, der vor Ärger kaum sprechen konnte. »Haben Sie so etwas wie einen Federhalter?«

Er benahm sich wirklich äußerst unvernünftig. Er hatte kein Recht, seine schlechte Laune an einer vollkommen unschuldigen Bank auszulassen, die fünfundzwanzig Prozent an ihre Aktionäre und einen Tausender pro Jahr an ihre Direktoren zahlte und die Kleinigkeit, die dann noch übrigblieb, an ihre Männer in den Käfigen verteilte. Aber Priam war nicht wie Sie oder ich. Er handelte nicht immer nur nach Vernunftgründen. Er konnte nicht bloß mit einem Menschen aufs Mal zornig sein, noch gar mit nur einem Gebäude. Wenn er einmal zornig war, war er es umfassend und ohne einen Unterschied zu machen; und die Sonne, der Mond und die Sterne blieben auch nicht verschont.

Nachdem er den Scheck auf der Rückseite unterschrieben hatte, zog die hochmütige Hand ihn erneut an sich und unterzog ihn auf Vorder- und Rückseite einem Trommelfeuer argwöhnischer Untersuchungen; danach musterte ein Augenpaar mit kritischem Misstrauen so viel von Priams Person, wie davon sichtbar war. Dann wandten die Augen sich nach rückwärts, der Mund öffnete sich zu einem kurzen Wort, und ha! auf einmal beugten sich vier Augen und zwei Münder über den Scheck, und vier Augen musterten für einen Augenblick Priam. Priam erwartete fast, dass jemand einen Polizisten rufen würde; ohne zu wollen, fühlte er sich schuldig – oder irgendwie verdächtig. Er empfand es als die schändlichste Beleidigung, den Scheck anzuzweifeln und ihn auf diese kalte, schamlose und desillusionierende Weise zu mustern.

»Sie sind doch Mr. Leek?«, formulierte ein Mund.

»Ja.« (Sehr langsam.)

»Wie möchten Sie es?«

»Oh, geben Sie es mir bitte in Scheinen«, antwortete Priam von oben herab.

Nachdem die hochmütige Hand zum zweiten Mal jede Ecke eines Banknotenstapels gezählt und Schein für Schein mit einem eigentümlich schnippenden Geräusch vor Priam hingeblättert hatte, knüllte Priam sie zusammen und stopfte sie völlig unfeierlich und ohne ein Dankeswort in seine rechte Hosentasche. Und mit Verwünschungen auf den Lippen stampfte er aus dem Gebäude.

Nichtsdestoweniger fühlte er sich jetzt besser, etwas besänftigt. Einen Groll zu nähren und zu pflegen, wenn man fünfhundert Pfund in bar in der Tasche trägt, ist die schwierigste Sache der Welt.

Ein Besuch beim Schneider

Das Gehen beruhigte ihn mehr und mehr – ein zielloses, rasches Ausschreiten mit einem entrückten Blick in den Augen, der ihm auf belebten Trottoirs wirksamer freie Bahn verschaffte als ein voraneilender Ausrufer. Unvermutet sah er sich plötzlich am Embankment. Die Dämmerung fiel bereits über den berühmten Themsebogen, und das gewaltige Panorama breitete sich auf eine so rätselhaft beeindruckende Weise vor ihm aus, wie sie schon weniger poetisch veranlagte Männer als Priam Farll zu Poeten gemacht hat. Grand Hotels, Büros von Millionären und Regierungsämter, Grand Hotels, Rasenflächen und mit vergitterten Fenstern versehene Gerichtsgebäude, Grand Hotels, die mächtigen Bogenkonstruktionen der Kopfbahnhöfe, Kathedralenkuppeln, die Häuser des Parlaments und wieder Grand Hotels stiegen dunkel um ihn herum am geschwungenen Flussufer auf und hoben sich gegen den dunkelvioletten Dunst des Himmels ab. Große Straßenbahnen schwammen wie Glashäuser an ihm vorbei, Hansoms überholten die Straßenbahnen, und Automobile schossen an den Hansoms vorbei; Phantomkähne glitten bei voller Ebbe den Strom hinunter, fädelten sich durch die Brückenöffnungen wie ein Baumwollfaden durch ein Nadelöhr. Das war London und der Lärm von London, majestätisch, imperial, Rom übertreffend. Und schaut nur! Noch vor dem Erglimmen der ersten städtischen Straßenlaterne schrieb eine unsichtbare Hand, die Hand des Schicksals, eine Schrift an die Wand verschwommenen Dunkels, die das gegenüberliegende Ufer zu verbergen begann. Und diese Schrift verkündete, dass Shipton's Tea der beste sei. Und dann wischte die Hand mit einem Streich diese Botschaft aus und schrieb im nächsten Augenblick, dass Macdonnell's Whisky der beste sei; und so fuhren diese beiden Doktrinen fort sich in abwechselnder Pyrotechnik bei zunehmender nächtlicher Dunkelheit der Lüge zu zeihen. Ganze fünf Minuten verstrichen, ehe Priam zwischen den widerstreitenden Doktrinen die hohe, eingerüstete Spitze eines Gebäudes bemerkte, das ihm unbekannt war. Im abendlichen Zwielicht machte es einen feierlichen Eindruck immaterieller Schönheit, und da er sich in der Nähe der Waterloo Bridge befand, zog seine Neugier auf alles Schöne ihn hinüber zum südlichen Ufer der Themse.

Nachdem er sich erst in der Umgebung der Waterloo Station verlaufen hatte, entdeckte er schließlich die Rückseite des Gebäudes. Ja, es war ein schönes Ding; sein Turm schwang sich in verschiedenfarbigen Stockwerken empor und wurde immer schlanker, bis er in einer geflügelten Figur im Himmel endete. Das Gebäude darunter war breit und massiv mit einer Vorderfront von Säulen über hohen Bogenfenstern. Zwei Baukräne reckten ihre Arme aus der übrigen Masse hervor, und das gesamte Unternehmen wurde von einem hohen Bauzaun umgeben. Durch eine schmale Pforte in diesem Bauzaun drang das helle Licht und das Zischen einer Karbidlampe. Furchtsam blickte Priam hindurch. Der Innenraum hatte riesige Ausmaße. In einer Art Ehrenhof war eine Gruppe muskulöser, behaarter Männer, die sich als Silhouette vor einem beleuchteten Gerüst abhoben, damit beschäftigt, große Steinblöcke zu behauen. Es war ein Sujet für einen Rembrandt. Ein dicker, schlampiger Mann kam gedankenversunken auf die Pforte zu. In der Hand hielt er eine Rolle Pauspapier und zwischen den Zähnen das Ende eines langen, dicken Bleistiftes. Er war der Mann, der die Träume des Architekten dem verträumten britischen Handwerker interpretierte. Lebenserfahrung hatte ihn ein wenig schroff gemacht.

»Hören Sie mal«, redete er Priam an, »was, zum Teufel, suchen Sie hier?«

»Was, zum Teufel, ich hier suche?«, erwiderte Priam, dessen gegen alles und jeden gerichtete Trotzstimmung noch nicht völlig gewichen war. »Ich möchte lediglich wissen, was, zum Teufel, dieses Gebäude hier zu bedeuten hat?«

Der dicke Mann war ein wenig überrascht. Er nahm den Bleistift aus dem Mund und spuckte aus.

»Das ist die neue Gemäldegalerie, die nach dem Testament dieses Priam Farll errichtet wird. Ich hätt' gedacht, dass Sie das wüssten.« Priams Lippen bebten und unterdrückten einen Ausruf. »Seh'n Sie das?«, fuhr der dicke Mann fort und deutete auf eine kleine Tafel an dem Bretterzaun. Auf der Tafel stand: »Keine Hilfskräfte gesucht«.

Der dicke Mann musterte kalt Priams Äußeres, von seinem grünlichen Hut bis zu den ausgebeulten, knittrigen Schuhen.

Priam ging weiter.

Er war wie vor den Kopf geschlagen. Und dann packte ihn wieder die Wut. Er erkannte genau das Komische an dieser Situation, aber es war nicht jene Art Komik, die ungezwungenes Lachen hervorruft. Er war wütend und machte sich mit saftigen Ausdrücken Luft, wie man sie gebraucht, wenn keiner zuhört. Versunken in seine Malerei wie in früheren Zeiten auf dem Kontinent, hatte er es schon lange aufgegeben, Zeitungen zu lesen, und wenn er auch sein Erbe an die Nation nicht vergessen hatte, so hatte er doch nie daran gedacht, dass es je architektonische Gestalt annehmen würde. Er wusste nichts von den Aktivitäten seines Vetters Duncan zur Verewigung des Familiennamens. Die Sache verblüffte ihn. Die Probabilitäten und seltsamen Folgen längst abgetaner Handlungen brandeten gegen ihn an und überwältigten ihn. Einmal, vor vielen, vielen Jahren, hatte er in gereizter Stimmung ein paar Zeilen auf einen Bogen Papier geschrieben und in Gegenwart von Zeugen unterzeichnet. Und dann nichts – absolut nichts – zwanzig Jahre lang! Das Papier schlief ... und jetzt dies – dieses gewaltige, konkrete Ergebnis im Herzen von London! Es war unglaublich. Es überstieg selbst die Grenzen gesetzlich erlaubter Magie.

Sein Palast! Sein Museum! Die Frucht einer überschlau kritteligen Stunde!

Ah! Aber er war wütend. Wie jeder alternde Künstler, der eine echte Leistung hervorgebracht hat, wusste er – so gut wie kein anderer –, dass es keine Zufriedenheit gibt außer der Zufriedenheit in der Ermüdung nach ehrlicher Arbeit. Er wusste – so gut wie kein anderer –, dass Reichtum und Ruhm und prächtige Kleider nichts bedeuten und dass stetes Sichbemühen alles ist. Er war nie glücklicher gewesen als in den letzten beiden Jahren. Doch auch die edelsten Seelen haben ihre Reaktionen, ihr Rebellieren gegen weise Erkenntnisse. Und Priams Seele befand sich gerade im Aufstand. Er wollte wieder Reichtum und Ruhm und prächtige Kleider. Es kam ihm so vor, als befände er sich außerhalb der eigentlichen Welt und müsse wieder in sie zurückkehren. Die versteckten Beleidigungen von Mr. Oxford nagten und stachen. Und der dicke Bauführer hatte ihn für eine arbeitsuchende Hilfskraft gehalten.

Er ging raschen Schrittes zur Brücke zurück und nahm sich ein Taxi zur Conduit Street, wo sich eine bekannte Maßschneiderei befand, deren Dienste er bei ihrer Pariser Niederlassung während seiner dandyhaften Vergangenheit beansprucht hatte.

Ein sonderbarer Impuls vielleicht, aber verständlich.

Eine beleuchtete Turmuhr – weit zu seiner Linken, während das Taxi über die Brücke rollte – zeigte an, dass eine Gesetze stiftende Vorsehung über dem auserwählten Volke wachte.

Alice über die Situation

»Ich wette, dass allein der Bau mehr als siebzigtausend Pfund kosten wird«, sagte er.

Er war wieder zurück bei Alice in der vertrauten Umgebung der Werter Road und berichtete ihr, wenigstens zum Teil, die Erlebnisse des letzten Abschnitts dieses Tages. Er war erst lange nach der Teezeit nach Hause gekommen, und sie hatte mit ihrem angeborenen Scharfsinn nicht mit dem Tee auf ihn gewartet. Jetzt hatte sie einen ganz besonderen Tee für den Abenteurer bereit, und während sie ihm am Tisch gegenübersaß, hatte sie weiter nichts zu tun, als zuzuhören und seine Tasse nachzufüllen.

»Also weißt du«, sagte sie milde und ohne die geringste Überraschung über seine Zahlen, »ich weiß nicht, was er sich dabei gedacht hat – dein Priam Farll! Ich nenne das schlicht dumm. Als ob es nicht schon genug Gemäldegalerien gäbe. Wenn die, die es schon gibt, erst einmal überfüllt sein werden, so dass man nicht mehr hineinkann – dann ist immer noch Zeit, an neue zu denken. Ich bin zweimal in der Nationalgalerie gewesen, und auf mein Wort, ich war fast der einzige Mensch darin! Und dabei noch ist der Eintritt frei! – Die Leute wollen keine Gemäldegalerien. Sonst würden sie ja hingehen. Wer hat schon einmal eine Kneipe oder Peter Robinson's leer gesehen? Und dort muss man bezahlen! Es ist wirklich dumm! Warum konnte er sein Geld nicht dir hinterlassen, oder wenigstens Krankenhäusern oder solchen Einrichtungen? Nein es ist nicht dumm – es ist skandalös! Man soll dem Einhalt gebieten!«

Priam hatte an diesem Abend beschlossen einen ernsthaften, kühnen Versuch zu unternehmen, seine Frau von seiner wahren Identität zu überzeugen. Er näherte sich gerade dem kritischen Punkt. Diese Ansprache von ihr schüchterte ihn wieder ein, komplizierte die Dinge, aber er blieb entschlossen, tapfer fortzufahren.

»Hast du schon den Zucker hineingetan?«, fragte er.

»Ja«, antwortete sie. »Aber du hast noch nicht umgerührt. Ich werde für dich umrühren.« Eine bezaubernde frauliche Aufmerksamkeit! Sie ermutigte ihn.

»Hör mal, Alice«, begann er, »erinnerst du dich noch, wie ich dir zum ersten Mal erzählte, dass ich malen könnte?«

»Ja«, antwortete sie.

»Nun, zuerst hast du mich für plemplem gehalten. Du dachtest, ich wäre nicht ganz richtig im Kopf, stimmt's?«

»Nein«, meinte sie, »ich dachte nur, dass du einen kleinen Vogel hättest.« Sie lächelte zurückhaltend.

»Nun, ich hatte keinen, oder?«

»Wenn ich sehe, wieviel Geld du damit gemacht hast, kann ich nur sagen, du hast recht«, gab sie unumwunden zu. »Ich weiß nicht, wo wir ohne das gelandet wären.«

»Also hattest du unrecht, und ich habe die Wahrheit gesagt?«

»Aber natürlich«, strahlte sie ihn an.

»Und du erinnerst dich daran, wie ich dir damals sagte, dass ich in Wirklichkeit Priam Farll sei?«

Sie nickte widerstrebend.

»Du hieltest mich für komplett verrückt. Oh, du brauchst es nicht abzustreiten! Ich konnte deutlich genug deine Gedanken lesen.«

»Ich dachte, dass es dir nicht ganz gut ginge«, sagte sie freiheraus.

»Aber doch, mein Kind. Und nun muss ich dir wieder sagen, dass ich Priam Farll bin. Ich wünschte, ich wäre es nicht, aber ich bin's. Das Vertrackte daran ist nur, dass der Bursche, der heute Morgen hier gewesen ist, es herausgefunden hat, und jetzt wird es Ärger geben. Zumindest hat es schon Ärger gegeben, und ich fürchte, es gibt noch mehr.«

Sie war beeindruckt und wusste nicht, was sie sagen sollte. »Aber, Priam –«

»Er hat mir fünfhundert Pfund für das Bild gezahlt, das ich gerade fertig hatte.«

»Fünfhun...«

Priam riss die Geldscheine aus seiner Hosentasche, hielt sie ihr mit einer verzeihlich dramatischen Geste hin und bat sie, nachzuzählen.

»Zähl sie«, wiederholte er, als sie zögerte.

»Stimmt es?«, fragte er, als sie fertig war.

»O ja, es stimmt«, sagte sie. »Aber, Priam, ich mag dies viele Geld nicht im Hause haben. Du hättest hingehen und es auf die Bank bringen sollen.«

»Zum Kuckuck mit der Bank!«, rief er aus. »Du sollst jetzt nur weiter zuhören und versuchen, dich zu überzeugen, dass ich nicht verrückt bin. Ich gebe zu, dass ich ein bisschen schüchtern bin, und nur diese Schüchternheit ist schuld daran, dass ich diesen verflixten Leek, meinen Kammerdiener, als mich beisetzen ließ.«

»Du brauchst mir nicht zu erzählen, dass du schüchtern bist«, meinte sie lächelnd. »Ganz Putney weiß, dass du schüchtern bist.«

»Da bin ich gar nicht so sicher!« Er warf den Kopf in den Nacken.

Dann begann er ganz von vorn und erzählte ihr in allen Einzelheiten die Ereignisse der historischen Nacht und des folgenden Morgens in Selwood Terrace mit einer psychologischen Erläuterung seiner Empfindungen. In weniger als zehn Minuten hatte er sie mit der kräftigen Unterstützung von fünfhundert Pfund in

Banknoten davon überzeugt, dass er in Wahrheit Priam Farll war.

Und er wartete darauf, dass sie übergroßes Staunen und Genugtuung bezeigen würde.

»Also, wenn du das bist, bist du's halt«, stellte sie einfach fest, während sie ihn über den Tisch hinweg mit wohlwollenden, besitzergreifenden Blicken betrachtete. Tatsache war, dass Namen auf sie keinen Eindruck machten; sie hielt sich nur an die Realitäten. Er war ihre Realität, und solange er sich nicht sichtbar oder dem Wesen nach veränderte – solange er eben er blieb –, spielte es für sie keine große Rolle, wer er war. Sie fügte hinzu: »Aber ich weiß wirklich nicht, was du dir dabei gedacht hast, Henry, so etwas zu tun!«

»Ich eben auch nicht«, murmelte er.

Dann enthüllte er ihr die ganze Gemeinheit des Mr. Oxford.

»Nur gut, dass du dir diesen neuen Anzug bestellt hast«, war ihre Reaktion.

»Wieso?«

»Wegen der Gerichtsverhandlung.«

»Was kümmert mich der Prozess zwischen Oxford und Witt?«

»Sie werden deine Zeugenaussage verlangen.«

»Aber ich werde nicht als Zeuge aussagen. Ich habe Oxford erklärt, dass ich mit der ganzen Angelegenheit nichts zu tun haben will.«

»Angenommen, sie zwingen dich dazu? Sie können das mit einer sogenannten Zwangs… – ach, ich habe den Namen vergessen; jedenfalls unter Strafandrohung, musst du wissen. Dann musst du in den Zeugenstand treten.«

»Ich in den Zeugenstand!«, murmelte er erschüttert.

»Ja«, sagte sie. »Ich nehme an, dass das sehr unangenehm für dich sein wird. Aber du brauchst einen neuen Anzug dafür. Und deshalb bin ich froh, dass du einen bestellt hast. Wann wirst du zur Anprobe gehen?«

11

Eine Flucht

In einer Nacht im folgenden Juni gingen Priam und Alice nicht zu Bett. Alice döste eine Stunde oder so auf dem Sofa, und Priam las neben ihr in einem Lehnsessel, und gegen zwei Uhr, kurz vor Beginn der Morgendämmerung, trieben sie sich zu fieberhafter Aktivität unter der Gaslampe des Wohnzimmers an. Alice machte Tee, Butterbrote, kochte Eier und lief lebhaft von einem Zimmer ins andere. Alice lief auch die Treppe hoch, warf noch ein paar Dinge in einen Koffer und eine Reisetasche, die schon zum Teil gepackt waren, machte beide zu und trug sie nach unten. Inzwischen brauchte Priam seine ganze Energie, um ein Bad zu nehmen und sich zu rasieren. Es floss Blut, was zu dieser unmöglichen Stunde nur natürlich war. Während Priam das Essen verzehrte, das Alice zubereitet hatte, flitzte sie ständig im Haus hin und her. In diesem Augenblick trat sie nach kurzer Abwesenheit ins Wohnzimmer, lauter Haarnadeln zwischen den Lippen; im nächsten schon eilte sie hinaus, um sich zu vergewissern, dass die unentbehrlichen Schlüssel für Koffer und Reisetasche mitsamt ihrer Geldbörse auf dem Schirmständer lagen, wo sie nicht vergessen werden konnten. Und zwischen ihren Exkursionen trank sie durstig etwas Tee.

»Nun, Priam«, fragte sie schließlich, »bist du noch nicht fertig? Das Wasser ist heiß. Es wird bald hell werden.«

»Wasser heiß?«, fragte er verwirrt.

»Ja«, entgegnete sie, »zum Geschirrabwaschen natürlich. Du glaubst doch nicht, dass ich fortgehe und einen Haufen schmutziges

Geschirr zurücklasse, oder? Während ich abwasche, kannst du Adressschildchen am Gepäck befestigen.«

»Wir brauchen keine Adressschilder am Gepäck«, sagte er. »Wir nehmen es mit in unser Abteil.«

»Oh, Priam«, protestierte sie, »du bist wirklich mühsam!«

»Ich bin mehr umhergereist als du.« Er versuchte zu lachen.

»Ja, und ein schönes Reisen muss das gewesen sein! Aber wenn es dir auch nichts ausmacht, wenn das Gepäck verlorengeht, mir schon.«

Während dieses Gesprächs hatte sie das Geschirr auf einem Tablett eingesammelt, mit dem sie jetzt aus dem Zimmer eilte.

Zehn Minuten später stand sie behandschuht und mit Hut und dichtem Schleier an der Haustür, öffnete sie vorsichtig und spähte nach links und rechts auf die im Lampenlicht liegende Straße. Dann ging sie bis zur Gartenpforte und spähte erneut umher.

»Alles in Ordnung?«, flüsterte Priam, der hinter der Tür stand.

»Ja, ich glaube schon«, antwortete sie, ebenfalls flüsternd.

Priam kam aus dem Haus, den Koffer in der einen, die Reisetasche in der anderen Hand, die Pfeife im Mund, einen Stock unter den Arm geklemmt und einen Mantel über der Schulter. Alice rannte die Stufen hoch, warf noch einen Blick ins Haus, zog leise die Tür zu und schloss sie ab. Dann hastete sie mit Priam unter dem Sommersternenhimmel so verstohlen davon, als enthielte ihr Gepäck Diebesbeute, die Werter Road hinunter in Richtung Oxford Road. Als sie um die Ecke gebogen waren, fühlten sie sich sehr erleichtert.

Sie waren entkommen.

Es war ihr zweiter Versuch. Der erste, bei Tage unternommen, war völlig fehlgeschlagen. Ihrer Droschke zum Bahnhof Paddington waren drei andere Droschken gefolgt, besetzt mit Journalisten und Photographen von drei Sonntagszeitungen. Ein Journalist hatte Priam ganz ungezwungen bis zum Fahrkartenschalter begleitet, hatte gehört, wie Priam zweimal Zweiter nach Weymouth verlangte, und ebenfalls einmal Zweiter nach Weymouth für sich selbst gekauft. Sie waren nach Weymouth gefahren, aber nachdem Weymouth innerhalb von zwei Stunden nach ihrer Ankunft sogar noch unmöglicher als die Werter Road geworden war, hatten sie schmählich, aber weise, die Heimreise angetreten.

Die Werter Road hatte sich zu der berühmtesten Durchgangsstraße Londons entwickelt. Photos von ihr waren in allen Zeitungen erschienen, mit einem Kreuz, das die Wohnung von Priam und Alice bezeichnete. Ihr Haus war vom Morgen bis zum späten Abend belagert und überschwemmt von Journalisten verschiedener Nationalitäten. Photoapparate waren hier schon genauso alltäglich wie Laternenpfähle. Und ein für seine farbigen Schilderungen bekannter Reporter der *Sunday News* hatte zu einem hohen Preis direkt gegenüber von Nummer 29 Quartier bezogen. Priam und Alice konnten nichts tun, was dem Auge der Öffentlichkeit entgangen wäre. Und wenn es auch übertrieben gewesen wäre zu behaupten, dass die Abendzeitungen mit der nach Redaktionsschluss eingegangenen Meldung: »Mrs. Leek ist um 5.40 Uhr nachmittags einkaufen gegangen« erschienen, hätte es sich nicht einmal um eine ausgefallene Übertreibung gehandelt. Seit vierzehn Tagen war Priam bei Tageslicht nicht mehr aus dem Haus gegangen. Alice war es gewesen, die, alarmiert von Priams bleichen Wangen und gespannten Nerven, den Plan zur Flucht vor Morgengrauen entworfen hatte.

Als sie den U-Bahnhof East Putney erreichten, waren die Gitter noch geschlossen, da der erste Arbeiterzug noch nicht fällig war. Und da standen sie nun. Weit und breit kein Mensch zu sehen. Nur die Turmuhr von St. Bude's störte zuverlässig alle Viertelstunden jede Menschenseele im Umkreis von zweihundert Metern mit ihren Schlägen auf. Dann kam ein Gepäckträger und öffnete die Tore – es war immer noch viel zu früh –, und Priam kaufte triumphierend Fahrkarten zum Waterloo-Bahnhof.

»Oh«, rief Alice, als sie auf der Treppe waren, »ich habe ganz vergessen, die Jalousien an den Vorderfenstern hochzuziehen.«

Und sie blieb wie angewurzelt stehen.

»Warum wolltest du denn die Jalousien aufziehen?«

»Wenn sie unten sind, weiß doch jeder sofort, dass wir verschwunden sind. Aber wenn ich –«

Sie war schon im Begriff umzukehren.

»Alice!«, rief er scharf und mit eigenartiger Stimme. Die Muskeln in seinem weißen Gesicht verkrampften sich.

»Was ist?«

»Zum Teufel mit den Jalousien! Komm sofort zurück, oder, bei meiner Seele, ich bring' dich um!«

Sie erkannte, dass seine Nerven sich in völligem Aufruhr befanden und dass der geringste Anlass den Sturz der Regierung verursachen konnte.

»Oh, wie du meinst!«, beschwichtigte sie ihn mit bewunderungswürdiger, liebenswerter Folgsamkeit.

In einer Viertelstunde waren sie sicher in dem Durcheinander des Waterloo-Bahnhofs verlorengegangen, und der Frühzug trug sie für eine Gnadenfrist von einigen Tagen nach Bournemouth.

Die Neugier der Nation

Das Interesse des Vereinigten Königreiches an dem Fall Witt gegen Parfitts schien bereits den höchstmöglichen Grad erreicht zu haben. Und es gab genügend Grund für die leidenschaftliche Neugier des Königreiches. Whitney C. Witt, der Kläger, war persönlich nach England gekommen, mit seinen Launen, seinem Gefolge, seinem ungeheuren Reichtum und seiner schwindenden Sehkraft, um gegen Parfitts anzutreten. Eine schon fast bedauernswerte Gestalt, dieser weißhaarige Mann, einst ein Connaisseur, der aus reiner Gewohnheit weiter kostbare Gemälde kaufte, die er selbst kaum noch anschauen konnte! Whitney C. Witt stand Parfitts unversöhnlich gegenüber, weil er überzeugt war, dass Mr. Oxford aus seiner Sehschwäche Vorteil zu ziehen versucht hatte. Da stand er nun und führte den Prozess, ohne Rücksicht auf die Kosten. Seine Zimmerfluchten und sein fürstliches Leben im Grand Babylon kosteten allein ein Vermögen, dessen genaue Höhe man aus den bebilderten Artikeln der Tagespresse entnehmen konnte. Und Mr. Oxford, der junge Jude, der Parfitts übernommen hatte, der Parfitts war, stellte ebenfalls eine pittoreske Gestalt in der Londoner Welt dar. Auch er gab mit vollen Händen Geld aus, denn Parfitts selbst stand auf dem Spiel. Zuletzt und am verwirrendsten war da noch jener geheimnisvolle Mensch im Hintergrund, der undeutbare Mann in der Werter Road, dessen Identität durch das Urteil im Prozess Witt gegen Parfitts bestimmt werden sollte. Wenn Witt den Prozess gewann, könnte Parfitts sich wahrscheinlich vom Geschäft zurückziehen. Mr. Oxford müsste wahrscheinlich dafür ins Gefängnis, dass er Dinge unter Vorspiegelung falscher Tatsachen verkauft hatte, und der Name Henry Leek, Kammerdiener, würde die Liste abenteuerlicher Halunken verlängern, die sich als ihre Herren ausgegeben hatten. Sollte Witt jedoch verlieren – was für eine Verwicklung, und wie viele weitere Rätsel wären noch zu lösen! Sollte Witt verlieren, wäre das Nationalbegräbnis von Priam Farll eine betrügerische Farce gewesen! Ein gemeiner Kammerdiener läge unter den geheiligten Platten der Abtei, und ganz Europa hätte vergebens getrauert! Wenn Witt verlieren sollte, wäre die Nation auf einen gigantischen, beispiellosen Schwindel hereingefallen. Und dann würde sich die Frage stellen: Warum?

Daher war es nicht überraschend, dass das öffentliche Interesse, genährt von einer unermüdlichen und sehr rührigen Presse, sich so weit gesteigert hatte, dass niemand mehr an eine weitere Steigerungsmöglichkeit glaubte. Doch die Flucht aus der Werter Road an jenem Junimorgen intensivierte das Interesse enorm. Auf Grund der heruntergelassenen Jalousien wurde sie natürlich bald bekannt, und die Bluthunde der Sonntagszeitungen schnüffelten auf den Bahnsteigen aller Kopfbahnhöfe in London. Priams

Abreise gereichte von vornherein zum großen Nachteil von Mr. Oxford, und mehr noch, als die Bluthunde versagten und Priam weiterhin unsichtbar blieb. Wenn ein Mann ein ehrlicher Mensch war, warum sollte er dann vor dem Auge der Öffentlichkeit fliehen und in der Nacht verschwinden? Von dieser Frage war es nur noch ein Schritt zu der unvermeidlichen Annahme, dass Mr. Oxfords Verteidigung wirklich zu phantastisch sei, um glaubwürdig zu sein. Presseorgane mit sehr hoher Auflage, die zwar wiederholten, dass sie nichts über die Sache zu sagen hätten, da es sich um einen noch nicht gerichtlich entschiedenen Fall handle, hatten den Fall schon mehrmals in ihren unparteiischen Spalten breitgeschlagen und holten ihn nun von Neuem hervor, mit der gesamten Öffentlichkeit als Jury. Und in drei Tagen war Priam in den Augen der Öffentlichkeit als Verbrecher abgestempelt, als ein vor der Gerechtigkeit flüchtiger Verbrecher. Zwecklos zu versichern, dass man ihn lediglich unter Strafandrohung vorgeladen hatte, als Zeuge bei der Verhandlung auszusagen! Er hatte das ungeschriebene Gesetz der englischen Verfassung übertreten, dass eine prominente Person in einem aufsehenerregenden Prozess, einer cause célèbre, während dieser Zeit nicht mehr sich selbst gehört, sondern der gesamten Nation. Er hatte kein Recht auf ein Privatleben. Mit seinem heimlichen Verschwinden beraubte er lediglich die Öffentlichkeit und die Presse der Öffentlichkeit ihres unveräußerlichen Rechtes.

Wer konnte jetzt noch die wiederholte Behauptung bestreiten, Priam sei ein Bigamist?

Es wurde gemunkelt, er sei bereits auf dem Weg nach Südamerika. Darauf verschlang die Öffentlichkeit gierig Artikel von speziell damit in Bereitschaft gehaltenen Rechtsgelehrten über die Auslieferungsverträge mit Brasilien, Argentinien, Ecuador, Chile, Paraguay und Uruguay. Die Hilfsgeistlichen Matthew und Henry predigten in überfüllten Kirchen in Putney und Bermondsey und wurden wörtlich im Christian Voice Sermon Supplement und anderen Boten des Heils nachgedruckt.

Und nach und nach steckte England seine Nase immer tiefer in die tägliche Morgenzeitung. Und der Kaffee wurde kalt, und das Fett des Eierspecks gerann, von der Isle of Wight bis nach Rexham, während die neuesten Gerüchte verschlungen wurden. Der Fall Witt gegen Parfitts versprach, beispiellos zu werden. Er versprach einer jener Fälle zu werden, die allein das Leben lebenswert machen, die allein für die Unbill des schrecklichen englischen Klimas entschädigen. Und dann kam der Tag der Verhöre, und die Abendzeitungen, die um neun Uhr vormittags erscheinen, verkündeten, dass Henry Leek (oder Priam Farll, wenn Sie wünschen) mit seiner Frau (oder seiner Begleiterin und willigem Opfer) in die Werter Road zurückgekehrt sei. Und England hielt den Atem an; selbst Schottland legte eine Pause ein; und sogar Irland regte sich in seinem keltischen Traum.

Die Erwähnung von zwei Muttermalen

Das Theater, in dem das gefühlsbeladene Drama Witt gegen Parfitts stattfinden sollte, ermangelte der üblichen Merkmale einer modernen Vergnügungsstätte. Es war viel zu hoch für seine Länge und Breite; es war schlecht beleuchtet; es war zugig im Winter und stickig im Sommer, da es über keinerlei Belüftung verfügte. Wenn es unter der Kontrolle des Gemeinderates gestanden hätte, wäre es sofort wegen Feuergefährlichkeit geschlossen worden, denn seine Gänge zwischen den Sitzreihen waren zu schmal und seine Ausgänge von mittelalterlicher Verschlungenheit. Es besaß keine Bühne, kein Rampenlicht, und alle Sitze bis auf einen waren aus nacktem Holz.

Dieser einzige besondere Sitz wurde von dem Hauptdarsteller eingenommen, der eine wunderliche Perücke und ein hervorragendes und teures, leuchtend scharlachrotes Kostüm trug. Er war ein ziemlich begabter Richter, hatte aber seinen Beruf verfehlt; sein seltenes Talent für drittklassige Witze hätte ihm in der Welt des musikalischen Lustspiels ein Vermögen eingebracht. Sein Gehalt betrug einhundert die Woche; bessere Komödianten haben weniger verdient. Bei der gegenwärtigen Vorstellung saß er mitten in einer Doppelreihe modischer Hüte, und unter den Hüten befanden sich die Gesichter von vierzehn weiblichen Verwandten und Bekannten. Diese Hüte dienten der »Ausstattung« des Hauses. Der Hauptdarsteller versuchte sich so zu benehmen, als umgäbe ihn nur sein eigener Glorienschein, hatte damit jedoch keinen Erfolg.

Es gab noch vier weitere Protagonisten: Mr. Pennington, Kronanwalt, und Mr. Vodrey, Kronanwalt, beide vom Kläger engagiert; und auf der anderen Seite, vom Beklagten engagiert, Mr. Cass, Kronanwalt, und Mr. Crepitude, Kronanwalt. Diese Künstler waren die Stars ihrer Profession, rangmäßig weniger, ihren Auftritten nach aber noch viel schillernder als der Darsteller in Scharlachrot. Ihre Perücken waren von minderer Qualität als die seine und ihre Kostüme schäbiger, aber daraus machten sie sich nichts, denn während er hundert die Woche bekam, erhielten sie hundert pro Tag, und zwar ein jeder. Drei Juniordarsteller verdienten zehn Guineen pro Tag: Einer von ihnen hatte den Auftrag, im Interesse des Dekans und des Kapitels der Abtei den Prozess zu verfolgen, da diese als Angehörige einer christlichen Bruderschaft von der Andeutung des Beklagten, sie hätten einen Kammerdiener bei sich bestattet, entsetzt und gepeinigt und fest entschlossen waren, sich einer Exhumierung unter allen Umständen zu widersetzen. Die Statisten in diesem Schauspiel, deren Aufgabe darin bestand, miteinander und mit den Hauptdarstellern zu flüstern, waren mindere Anwälte, deren Kanzleiangestellte und Sachverständige; und die Vergütung für deren Dienste betrug insgesamt einhundertfünfzig Pfund pro Tag. Zwölf hervorragende Männer auf der Geschworenenbank bekamen alle zusammen etwa so viel, wie es einen Kronanwalt fünf Minuten am Leben erhalten hätte. Die gesamten Produktionskosten des Stückes beliefen sich demnach auf eine Summe zwischen sechs- und siebenhundert Pfund pro Tag. Die Vorausgaben hatten bereits etliche tausend Pfund verschlungen. Man hätte ein einträgliches Unternehmen daraus machen können, indem man das Covent Garden Theatre mietete und Sitzplätze wie für Tetrazzini und Caruso verkaufte; aber bei dem gewählten lächerlichen Vorstellungsraum, so vollgestopft er auch bis hin zu den gefährlichen Ausgängen war, musste der Verlust notwendigerweise kolossal sein. Glücklicherweise wurde die Vorstellung subventioniert; nicht nur vom Staat, sondern auch von den wohlhabenden Kapitalisten Whitney C. Witt und Mr. Oxford; deshalb sah sich die Direktion in der glücklichen Lage, schnöde finanzielle Erwägungen außer Acht zu lassen und Kunst um der Kunst willen zu praktizieren.

Bei der Prozesseröffnung gab Mr. Pennington, Kronanwalt, sofort einen Beweis für seine erstaunlichen dramatischen Fähigkeiten. Er begann in ruhigem, gesprächsweisem Tonfall, behandelte die Geschworenen wie Freunde aus seiner Knabenzeit und den Richter wie einen reichen Onkel und konstatierte in einfachen Worten, dass Whitney C. Witt zweiundsiebzigtausend Pfund von dem Beklagten forderte, Geld, das dieser für wertlose Bilder erhalten hätte, die er dem verehrungswürdigen, kurzsichtigen Kläger als Meisterwerke unterschoben habe. Er erzählte eingehend vom Leben und Tod des großen Malers Priam Farll und seiner feierlichen Beisetzung unter den Tränen der ganzen Welt. Er verweilte bei dem Genie von Priam Farll und schilderte dann das vertrauensselige Wesen des Klägers. Dann fragte er, wer wohl dem Kläger sein Vertrauen in eine so angesehene Firma wie Parfitts zum Vorwurf machen könnte? Darauf erklärte er, wie es durch die zufällige Entdeckung eines Datumstempels auf der Leinwand eines Bildes zu der Feststellung kam, dass die als echte Farlls garantierten Bilder erst nach Priam Farlls Tod entstanden waren.

Er fuhr in unverändertem Tonfall fort: »Die Erklärung dafür ist von schlichter Einfalt. Priam Farll ist in Wirklichkeit gar nicht tot. Es ist sein Kammerdiener, der gestorben ist. Völlig natürlich, völlig verständlich, denn das große Genie Priam Farll wünschte den Rest seiner Tage als einfacher Kammerdiener zu verbringen. Er täuschte alle: den Arzt, seinen Vetter, Mr. Duncan Farll, die Behörden, den Dekan und das Kapitel der Abtei, die ganze Nation – in der Tat die ganze Welt. Als Henry Leek heiratete er, und als Henry Leek nahm er sich der Kunst des Malens wieder an – in Putney. Diese Beschäftigung übte er mehrere Jahre aus, ohne bei irgendjemandem Verdacht zu erregen; bis er dann – seltsamerweise zufällig unmittelbar nachdem mein Klient rechtliche Schritte gegen den Beklagten angekündigt hatte – seine wahre Identität als Priam Farll zu erkennen gab! So simpel ist die Erklärung«, sagte Mr. Pennington, Kronanwalt, und fügte hinzu, »die Sie gleich von dem Beklagten zu hören bekommen werden. Zweifellos wird er an Sie als erfahrene Männer von Welt appellieren. Ihnen kann ja nicht entgangen sein, dass dergleichen Dinge laufend passieren, dass es praktisch alltägliche Ereignisse sind. Ich schäme mich fast, vor Sie zu treten und es zu wagen, eine so plausible und überaus überzeugende Geschichte zu bestreiten. Ich nehme an, dass meine Bemühungen nahezu hoffnungslos sind. Dennoch werde ich mein Bestes tun müssen.« Und so weiter.

Es war eine seiner Glanzvorstellungen in jener Art von Ironie, die bei einer Jury Anklang findet. Und die Zuhörer glaubten, dass damit der Fall beinahe schon entschieden sei.

Nachdem Whitney C. Witt und sein Sekretär aufgerufen worden waren und den Saal mit ihrem widerhallenden New Yorker Näseln erfüllt hatten (der gebändigte, unterdrückte Zorn des hochbetagten Witt war äußerst beeindruckend), wurde Mrs. Henry Leek in den Zeugenstand gebeten. Sie wurde dorthin von ihren beiden Kuraten geleitet und gestützt, die allerdings auch nicht verhindern konnten, dass sie bei der strengen Stimme des Gerichtsdieners in Tränen ausbrach. Sie berichtete über ihre Ehe.

»Ist das Ihr Ehemann?«, fragte Vodrey, Kronanwalt, der jetzt die Hauptrolle von Pennington übernommen hatte, der zurzeit in einem anderen Stück in einem anderen Theater auftreten musste, und deutete mit einer seiner gut einstudierten dramatischen Gesten auf Priam Farll.

»Das ist er«, schluchzte Mrs. Henry Leek.

Die unglückliche Kreatur glaubte, was sie sagte, und die Kuraten machten, obwohl sie schwiegen, einen tiefen Eindruck auf die Geschworenen. Als Crepitude, Kronanwalt, sie im Kreuzverhör zu dem Eingeständnis zwang, dass sie Priam bei der ersten Begegnung in seinem Hause in der Werter Road nicht mit absoluter Sicherheit als ihren Mann erkannt hätte, erwiderte sie: »Seither ist mir das alles wieder in den Sinn gekommen. Sollte denn eine Frau nicht den Vater ihrer Kinder kennen?«

»Das sollte sie«, schaltete sich der Richter ein. Es gab verschiedene Meinungen, ob seine Worte als Witz gemeint waren oder nicht.

Mrs. Henry Leek war ein rührendes Geschöpf, aber nicht zum Lachen. Es war Mr. Duncan Farll vorbehalten, wenn auch unabsichtlich, für die erste Erheiterung zu sorgen. Duncan wies entrüstet die Möglichkeit von sich, dass Priam sein Vetter Priam sein könnte. Er schilderte genau alle Einzelheiten, die dem Todesfall in Selwood Terrace folgten, und bewies auf fünfzig verschiedene Arten, dass Priam nicht Priam sein konnte. Der Mann, der sich jetzt als Priam ausgebe, sei nicht einmal ein Gentleman, während der echte Priam immerhin Duncans Vetter gewesen sei! Duncan war ein ausgezeichneter Zeuge, trocken, präzise, unerschütterlich. Im Kreuzverhör durch Crepitude musste er insbesondere seine Begegnung mit Priam in der Knabenzeit beschreiben. Mr. Crepitude war nicht weiter neugierig.

»Erzählen Sie uns, was geschah«, forderte Crepitude ihn auf.

»Nun, wir haben gekämpft.«

»Oh! Sie haben gekämpft! Und worum habt ihr zwei ungezogenen Jungen denn damals gekämpft?« (Großes Gelächter.)

»Um einen Rosinenkuchen, glaube ich.«

»Ach! Nicht um einen Gewürz-, sondern um einen Rosinenkuchen?« (Großes Gelächter.)

»Ich glaube, es war ein Rosinenkuchen.«

»Und was war das Ergebnis dieser blutigen Begegnung?« (Großes Gelächter.)

»Mein Vetter hat mir einen Zahn krumm geschlagen.« (Großes Gelächter, in das auch das Gericht einstimmte.)

»Und was haben Sie ihm angetan?«

»Leider nicht viel. Ich kann mich nur erinnern, dass ich ihm die Kleider halb vom Leibe gerissen habe.« (Tosendes Gelächter, in das alle außer Priam und Duncan Farll einstimmten.)

»Oh! Und daran erinnern Sie sich genau? Sind Sie ganz sicher, dass nicht er es war, der *Ihnen* die Kleider vom Leibe gerissen hat?« (Hysterisches Gelächter.)

»Ja«, erklärte Duncan, dessen Gedanken grimmig in der Vergangenheit weilten. Seine Augen hatten einen in die Ferne gerichteten Blick, als er hinzufügte: »Ich erinnere mich jetzt, dass mein Vetter zwei kleine Muttermale am Hals unter dem Kragen hatte. Ich erinnere mich, sie gesehen zu haben. Es ist mir gerade wieder eingefallen.«

Wenn auf der Bühne ein Muttermal erwähnt wird, ist das schon eine äußerst spaßige Angelegenheit. Zwei Muttermale auf einmal aber ließen vor Gelächter fast die Decke einstürzen.

Mr. Crepitude beugte sich zu einem der Anwälte auf der Bank vor sich hinunter; der Anwalt beugte sich seitwärts zu einem Kanzleiangestellten, und der Kanzleiangestellte flüsterte Priam etwas ins Ohr, der mit dem Kopf nickte.

»Also –«, wollte Mr. Crepitude wieder beginnen, unterbrach sich jedoch und sagte zu Duncan Farll: »Ich danke Ihnen. Sie dürfen abtreten.«

Danach beschwor ein Zeuge namens Justini, Kassierer im Hôtel de Paris in Monte Carlo, dass der bekannte Maler Priam Farll vor sieben Jahren in einem heißen Mai vier Tage im Hôtel de Paris verbracht hätte und dass die Person, die der Beklagte als Priam Farll ausgäbe, nicht dieser Mann sei. Kein Kreuzverhör konnte Mr. Justini erschüttern. Nach ihm kam der Direktor des Hôtel Belvedere auf Mont Pèlerin bei Vevey in der Schweiz, der eine ähnliche Geschichte erzählte und ebenfalls nicht davon abzubringen war.

Dann wurden die Bilder in den Gerichtssaal gebracht, und die Experten kamen und begannen mit der Begutachtung. Sie hatten kaum angefangen, als die Glocke ertönte und die Vorstellung dieses Tages beendet war. Die Hauptakteure entledigten sich ihrer Kostüme und rissen sich um die Abendzeitungen, um sich zu vergewissern, dass die Kritiken über sie so wohlwollend wie stets ausgefallen waren. Der Richter, der Abonnent einer Zeitungsausschnitts-Agentur war, stellte am nächsten Morgen befriedigt fest, dass keiner seiner Scherze von einer der neunzehn wichtigsten Londoner Tageszeitungen ausgelassen worden war. Und Strand und Piccadilly quollen über von Witt gegen Parfitts – auf den Abendplakaten und aus den gellenden Mündern der Zeitungsjungen. Die Telegraphendrähte vibrierten von Witt gegen Parfitts. In den großen Industriestädten der Provinzen wurden Wetten zu sagenhaften Einsätzen abgeschlossen. England war, mit einem Wort, zufrieden, und die Hauptdarsteller hatten ebenfalls das Recht, zufrieden zu sein. Äußerst scharfsinnige Leute in Clubs und Salonbars unterhielten sich geheimnisraunend über die beiden Muttermale und Priams Nicken als Antwort auf das Flüstern des Kanzleiangestellten: Solche Einzelheiten konnten dem modernen Glossenschreiber für tausend im Jahr nicht entgehen! Den äußerst scharfsinnigen Leuten schienen die beiden Muttermale noch allerhand Schönes zu versprechen.

Priams Weigerung

Diese Schlagzeile fand ihren Weg in die Telegraphendrähte und auf die Plakate innerhalb weniger Minuten, nachdem Priam den Eid abgelegt hatte. Ein Schauer der Erwartung rann durch das ganze Land. Drei Tage waren seit Prozessbeginn verstrichen (denn Darsteller mit einer Gage von hundert Pfund pro Tag knallen nicht mit der Peitsche über Experten, die für zehn oder zwanzig pro Tag arbeiten; die Gangart war daher würdevoll gewesen), und England brauchte einen Anreiz.

Niemand außer Alice wusste, was von Priam zu erwarten war. Alice wusste Bescheid. Sie wusste, dass Priam sich in einem äußerst eigenartigen Zustand befand, der zu äußerst eigenartigen Ergebnissen führen konnte; und sie wusste auch, dass man nichts dagegen bei ihm erreichen konnte! Sie selbst hatte einen schwachen Versuch unternommen, ihn zum Licht der Vernunft zurückzubringen, hatte aber keinen Erfolg damit gehabt. Sie sah die Gefahren eines erneuten Versuchs voraus. Kronanwalt Pennington hatte im Übrigen verlangt, dass sie während Priams Aussage den Gerichtssaal verlassen müsste.

Priams Haltung gegenüber dem ganzen Fall war von bitterer Ablehnung geprägt, die einmal wild, dann wieder gelassen agierte. Er hasste Witt genauso tief wie Oxford. Alles, was er von der Welt verlangte, waren Ruhe und Frieden, und die Welt wollte ihm diese billigen Güter nicht gewähren. Er hatte nicht darum gebeten, in Westminster Abbey beigesetzt zu werden; die Beisetzung war ihm aufgezwungen worden. Und wenn er es vorzog, sich einen anderen Namen zuzulegen, warum sollte er das nicht? Wenn er beschlossen hatte, eine einfache Frau zu heiraten und in der Vorstadt zu leben und Bilder für zehn Pfund das Stück zu malen, warum sollte er das nicht? Warum musste man ihn aus dieser friedlichen Ruhe zerren, weil zwei Leute, die ihn nicht im Geringsten interessierten, sich über seine Bilder stritten? Warum musste ihm das Leben in Putney durch die übertriebene Neugier einer Horde von Journalisten unerträglich gemacht werden? Und außerdem, warum musste man ihn mit einem blauen Fetzen Papier dazu zwingen, dieses schreckliche Fegefeuer der Öffentlichkeit auf sich zu nehmen und in diesen Zeugenstand zu treten? Das war die alles übertreffende, unverdiente Qual, das undenkbare Entsetzen, das ihm seit vielen Nächten den Schlaf geraubt hatte.

Im Zeugenstand hatte er tatsächlich ganz das Aussehen eines ertappten Verbrechers, mit seinen fahrigen Bewegungen, seinen ruhelosen, niedergeschlagenen Augen und seiner leisen, heiseren Stimme, die er kaum aus seiner Kehle holen konnte. Nervosität gepaart mit Ressentiment ergibt ein ausgezeichnetes Material für die Formulierungskunst eines Gegenanwalts im Kreuzverhör, und Kronanwalt Pennington konnte es kaum erwarten, an die Arbeit zu gehen. Crepitude, der Anwalt von Oxford, war in weniger fröhlicher Stimmung. Priam war Crepitudes eigener Zeuge, aber was für einer! Ein Zeuge, der sich hartnäckig und erbittert geweigert hatte, seinen Mund vor dem Eintreten in den Zeugenstand zu öffnen. Sicher hatte er auf die geflüsterte Frage des Kanzleiangestellten genickt, aber er hatte das Nicken nicht bestätigt noch irgendein hilfreiches Wort während der bisherigen drei Prozesstage geäußert. Er hatte lediglich in stummer Wut dagesessen.

»Ihr Name ist Priam Farll?«, begann Crepitude.

»Jawohl«, bestätigte Priam finster und mit allen Anzeichen eines Lügners. Von Zeit zu Zeit blickte er verstohlen zum Richter hinüber, als sei dieser eine Bombe mit brennender Zündschnur.

Das Verhör begann schlecht und entwickelte sich von Frage zu Frage schlechter. Die Vorstellung, dass diese verzagte, Ausflüchte machende Gestalt im Zeugenstand der berühmte, weltbekannte Maler Priam Farll sein sollte, schien absolut lächerlich zu sein. Crepitude musste seine ganze Selbstbeherrschung zusammennehmen, um Priam nicht anzuschnauzen.

»Das wäre alles«, erklärte Crepitude, nachdem Priam seine unmöglich, immer wieder stockende Erklärung für sein eigenartiges Leben nach dem Tode von Leek abgegeben hatte. Keine seiner Aussagen war überzeugend. Er sagte lediglich, dass die Frau von Leek sich irren müsse, ihn als ihren Ehemann zu identifizieren; er vermutete, dass sie hysterisch sei. Diese Unterstellung machte ihm die gesamte Zuhörerschaft zu Feinden. Seine Erklärung, dass er keinen triftigen Grund für sein Auftreten als Leek habe – dass dies einer momentanen Eingebung entsprungen sei –, wurde mit offenem Spott entgegengenommen. Seine Erklärung zu den Zeugenaussagen der Hotelangestellten – dass sein Kammerdiener Leek sich mehr als einmal als sein Herr ausgegeben habe –, machte einen grotesk unglaubwürdigen Eindruck.

Die Leute wunderten sich, warum Crepitude die Muttermale überhaupt nicht erwähnt hatte. In Wirklichkeit hatte Crepitude Angst, die Muttermale zu erwähnen. Priam gegenüber konnte er damit zwar alles auf eine Karte setzen, aber auch alles verlieren.

Kronanwalt Pennington dagegen machte Gebrauch von den Muttermalen, aber erst, nachdem er dem Gericht in einem zweistündigen Kreuzverhör schlüssig nachgewiesen hatte, dass Priam nichts über Priams eigene Jugend wusste, nichts von der Malerei und nichts von der Welt der Maler. Er machte Priam zu einer noch traurigeren Figur, als er dies schon war. Und Priams Stimme wurde leiser und leiser, seine Gesten wurden immer selbstbelastender.

Kronanwalt Pennington gelangen ein oder zwei brillante kleine Effekte.

»Sie behaupten also, dass Sie mit dem Beklagten in seinen Club gingen und dass er Ihnen von seinen Schwierigkeiten erzählte?«

»Ja.«

»Hat er Ihnen Geld angeboten?«

»Ja.«

»Ah! Wieviel hat er Ihnen angeboten?«

»Sechsunddreißigtausend Pfund.« (Erregung im Gerichtssaal.)

»So! Und wofür sollten diese sechsunddreißigtausend Pfund sein?«

»Das weiß ich nicht.«

»Das wissen Sie nicht? Also hören Sie!«

»Ich weiß es nicht.«

»Haben Sie das Angebot angenommen?«

»Nein. Ich habe es abgelehnt.« (Erregung im Gerichtssaal.)

»Warum haben Sie es abgelehnt?«

»Weil ich keine Lust hatte, es anzunehmen.«

»Dann hat also kein Geld an jenem Tag zwischen Ihnen den Besitzer gewechselt?«

»Doch. Fünfhundert Pfund.«

»Wofür?«

»Für ein Bild.«

»Ein Bild der gleichen Art, wie Sie sie für zehn Pfund verkauften?«

»Ja.«

»So dass an demselben Tag, da der Beklagte Sie zu beschwören bat, dass Sie Priam Farll seien, der Preis für Ihre Bilder von zehn auf fünfhundert Pfund stieg?«

»Ja.«

»Kommt Ihnen das nicht merkwürdig vor?«

»Ja.«

»Und Sie behaupten immer noch – bedenken Sie, Leek, dass Sie unter Eid stehen! –, Sie behaupten immer noch, dass Sie sechsunddreißigtausend Pfund ablehnten, um dann fünfhundert anzunehmen?«

»Ich habe ein Bild für fünfhundert verkauft.«

(Auf den Plakaten in der City: SCHARFES KREUZVERHÖR VON LEEK.)

»Nun zu dem Streit mit Mr. Duncan Farll. Wenn Sie wirklich Priam Farll sind, werden Sie sich natürlich an alle Einzelheiten erinnern?«

»Natürlich.«

»Wie alt waren Sie damals?«

»Ich weiß nicht genau. Ungefähr neun.«

»Oh! Sie waren ungefähr neun. Ein passendes Alter für einen Rosinenkuchen.« (Großes Gelächter.) »Also, Mr. Duncan Farll sagt, Sie hätten ihm einen Zahn krumm geschlagen.«

»So ist es.«

»Und dass er Ihnen die Kleider zerrissen hätte.«

»Auch das stimmt.«

»Er sagt, er erinnere sich daran, weil Sie zwei Muttermale hätten.«

»Ja.«

»Haben Sie zwei Muttermale?«

»Ja.« (Gewaltige Erregung.)

Pennington machte eine Pause. »Wo befinden sie sich?«

»An meinem Hals, dicht unter dem Kragen.«

»Würden Sie bitte Ihre Hand auf diese Stelle legen?«

Priam tat es. Die Erregung war sensationell.

Pennington machte erneut eine Pause. Doch überzeugt, dass Priam ein Betrüger sei, fuhr er sarkastisch fort: »Falls ich nicht zu viel von Ihnen verlange, würde es Ihnen etwas ausmachen, Ihren Kragen abzunehmen und dem Gericht die beiden Muttermale zu zeigen?«

»Doch!«, erwiderte Priam beherzt, und zum ersten Mal sah er Pennington ins Gesicht.

»Vielleicht würden Sie es vorziehen, es im Zimmer Seiner Lordschaft zu tun, falls Seine Lordschaft damit einverstanden sind?«

»Ich werde es nirgendwo tun«, erklärte Priam.

»Aber gewiss –«, begann der Richter.

»Ich werde es gewiss nirgendwo tun, Eure Lordschaft«, wiederholte Priam laut. Sein ganzer Groll stieg wieder in ihm hoch, und besonders sein Groll gegen die kleine Armee von Experten, die seine Bilder zu gekonnten, aber wertlosen Fälschungen seiner eigenen Werke gemacht hatten. Wenn seine Bilder, zugegebenermaßen nach seinem angeblichen Tod gemalt, seine Identität nicht beweisen konnten, wenn sein Wort von beleidigenden, perückenbekleideten Aasgeiern verhöhnt wurde – dann würden auch seine Muttermale nicht seine Identität beweisen. Er beschloss, hartnäckig zu bleiben.

»Der Zeuge, Gentlemen«, wandte Pennington sich triumphierend an die Geschworenen, »hat zwei Muttermale an seinem Hals, genau an der von Mr. Duncan Farll beschriebenen Stelle, aber er will sie nicht zeigen!«

Elf rechtsgelehrte Köpfe befassten sich sofort mit dem Problem, ob Gesetz und Rechtsprechung in England einen freien Mann dazu zwingen könnten, seinen Kragen abzunehmen, wenn er sich weigerte, seinen Kragen abzunehmen. In der Zwischenzeit musste der Prozess natürlich weitergehen. Die sechs- oder siebenhundert Pfund pro Tag mussten verdient werden, und es gab noch verschiedene weitere Zeugen. Der nächste Zeuge war Alice.

12

Alices großer Auftritt

Als Alice aufgerufen wurde und in den Zeugenstand trat, nachsichtig den brabbelnden Gerichtsdiener anlächelte und die Bibel küsste, als sei sie ein pausbäckiger, molliger kleiner Neffe, änderte sich schlagartig die Atmosphäre im Gericht, da alle sich ebenfalls zu einem Lächeln genötigt fühlten. Alice hatte ihre besten Kleider angelegt, aber man konnte trotzdem nicht sagen, dass sie wie die Frau eines weltberühmten Malers aussah. Als Antwort auf eine Frage erklärte sie, dass sie vor ihrer Heirat mit Priam die Witwe eines Kleinunternehmers im Baugewerbe gewesen sei, der in Putney und auch Wandsworth gut bekannt war. Dies traf offensichtlich zu. Sie hätte nichts anderes sein können als die Witwe eines Kleinunternehmers im Baugewerbe, der in Putney und auch in Wandsworth gut bekannt war. Sie war es mit jedem Zoll.

»Wie haben Sie Ihren gegenwärtigen Ehemann kennengelernt, Mrs. Leek?«, fragte Mr. Crepitude.

»Mrs. Farll, wenn es Ihnen nichts ausmacht«, korrigierte sie ihn, heiter lächelnd.

»Schön, Mrs. Farll also.«

»Ich muss schon sagen«, bemerkte sie gesprächig, »dass es sich komisch anhört, wenn Sie mich Mrs. Leek nennen, wo Sie doch dafür bezahlt werden, dass Sie beweisen, dass ich Mrs. Farll bin, Mister – entschuldigen Sie bitte, aber ich habe Ihren Namen vergessen.«

Das reizte den Kronanwalt Crepitude natürlich. Es reizte ihn außerdem, dass da eine Zeugin im Zeugenstand war, die sich verhielt, als stände sie an ihrer Haustür und spräche mit einem Lieferanten. Er war so etwas nicht gewohnt. Und obwohl Alice seine Zeugin war, ärgerte er sich über sie, weil er sich über ihren Mann ärgerte. Er wurde rot. Die Junioren hinter ihm konnten sehen, wie die Röte wie eine Gezeitenwoge seinen Nacken über dem strahlendweißen Kragen überzog.

»Wenn Sie jetzt freundlicherweise antworten wollen –«, sagte er.

»Ich habe meinen Mann auf eine Verabredung hin vor der St. George's Hall kennengelernt«, antwortete sie.

»Aber davor, wie haben Sie seine Bekanntschaft gemacht?«

»Durch eine Ehevermittlung«, sagte sie.

»Oh!«, bemerkte Crepitude und entschied sich, nicht in dieser Richtung weiterzufragen. Alice hatte ihn überdies nicht gerade in eine Stimmung versetzt, in der er das Beste hätte aus ihr herausholen können. Und sie befand sich auch in einer schwierigen Lage, weil Priam ihr strengstens verboten hatte, irgendein Gespräch mit Anwälten oder deren Kanzleiangestellten zu führen, und deshalb wusste Crepitude nicht, welche Fußangeln ihre Zeugenaussage für ihn bergen mochte. Er holte aus ihr wenigstens die Überzeugung heraus, dass ihr Mann der richtige Priam Farll sei, aber sie konnte keine Gründe dafür nennen – schien nicht zu glauben, dass solche Gründe dafür notwendig waren.

»Hat Ihr Mann irgendwelche Muttermale?«, fragte er plötzlich.

»Irgendwelche was?«

Kronanwalt Vodrey sprang auf.

»Ich möchte Eure Lordschaft darauf aufmerksam machen, dass mein gelehrter Freund eine Suggestivfrage stellt«, sagte Vodrey.

»Mr. Crepitude«, sagte der Richter, »würden Sie bitte Ihre Frage anders formulieren.«

»Hat Ihr Mann irgendwelche unveränderlichen Kennzeichen an – eh – an seinem Körper?«, versuchte Crepitude es erneut.

»Oh! Sie meinen die Muttermale? Sie müssen sich nicht scheuen, das auszusprechen. Ja, er hat zwei Muttermale, dicht nebeneinander an seinem Hals. Hier.« Und sie legte lächelnd ihre Finger auf genau die richtige Stelle. Und als sie das Schweigen, das sich im Saal ausgebreitet hatte, bemerkte, fügte sie hinzu: »Von anderen weiß ich jedenfalls nichts.«

Crepitude beschloss, sein Verhör mit dieser beeindruckenden Note zu beenden, und setzte sich. Und Alice hatte sich mit Kronanwalt Vodrey zu befassen.

»Sie haben also Ihren Mann durch eine Ehevermittlung kennengelernt?«, fragte er.

»Ja.«

»Wer hat sich zuerst an die Ehevermittlung gewandt?«

»Ich.«

»Und zu welchem Zweck?«

»Natürlich, um einen Mann zu finden«, erwiderte sie lächelnd. »Warum sonst wenden Leute sich wohl an eine Ehevermittlung?«

»Sie sind nicht hier, um mir Fragen zu stellen«, erklärte Vodrey streng.

»Nun«, meinte sie, »ich hätte doch gedacht, dass Sie wüssten, warum Leute sich an Ehevermittlungen wenden. Aber man lernt eben nie aus.« Sie seufzte heiter.

»Halten Sie eine Ehevermittlung für die beste Art, einen –«

»Das hängt davon ab, wie Sie das meinen«, erklärte Alice.

»Als Frau, meine ich.«

»Ja«, sagte Alice knapp. »Das tue ich. Und wenn Sie sich hinstellen und mir sagen wollen, ich sei keine Frau, kann ich darauf nur antworten, dass Sie kein Mann sind.«

»Sie sagten, dass Sie Ihren Mann zum ersten Mal vor der St. George's Hall gesehen haben?«

»Ja.«

»Vorher haben Sie ihn nie gesehen?«

»Nein.«

»Wie haben Sie ihn dann erkannt?«

»Nach seiner Photographie.«

»Oh, er hatte Ihnen seine Photographie geschickt?«

»Ja.«

»Mit einem Brief?«

»Ja.«

»Mit welchem Namen war dieser Brief unterzeichnet?«

»Henry Leek.«

»War das vor oder nach dem Tod des Mannes, welcher in Westminster Abbey beigesetzt wurde?«

»Einen oder zwei Tage davor.« (Erregung im Gerichtssaal.)

»Folglich hat Ihr gegenwärtiger Mann sich schon vor diesem Todesfall ›Henry Leek‹ genannt?«

»Nein, das hat er nicht. Dieser Brief wurde von dem Mann geschrieben, der gestorben ist. Mein Mann fand meine Antwort darauf mitsamt meiner Photographie in der Reisetasche des Mannes; und da er ausgerechnet zufällig in dem Augenblick an der St. George's Hall vorbeispazierte ...«

»Na, ausgerechnet zufällig in dem Augenblick an der St. George's Hall vorbeispazierte ...« (Gekicher.)

» ... sah ich ihn und sprach ihn an. Damals dachte ich nämlich, müssen Sie wissen, dass er der Mann wäre, der den Brief geschrieben hat.«

»Und wieso dachten Sie das?«

»Weil ich die Photographie hatte.«

»Demnach hätte also der Mann, der gestorben ist und den Brief geschrieben hat, Ihnen nicht seine eigene Photographie geschickt, sondern eine andere – die Photographie Ihres jetzigen Mannes?«

»Ja, und das haben Sie nicht gewusst? Ich hätte gedacht, Sie wüssten das.«

»Erwarten Sie wirklich, dass die Geschworenen diese Geschichte glauben?«

Alice wendete sich lächelnd den Geschworenen zu. »Nein«, sagte sie, »da bin ich mir gar nicht so sicher. Ich habe es ja selbst lange Zeit nicht geglaubt. Aber es ist wahr.«

»Dann haben Sie also zuerst auch nicht geglaubt, dass Ihr Mann der echte Priam Farll sei?«

»Nein. Wissen Sie, er hat es mir nicht ausdrücklich gesagt. Er hat es nur so angedeutet.«

»Aber Sie haben es nicht geglaubt?«

»Nein.«

»Sie dachten, dass er lüge?«

»Nein, ich dachte, dass er nur so eine fixe Idee hätte. Sie müssen wissen, mein Mann ist nicht wie andere Männer.«

»Ja, das ist er wohl nicht«, sagte Vodrey. »Also, wann waren Sie nun vollkommen sicher, dass Ihr Mann der echte Priam Farll sei?«

»Das war am Abend jenes Tages, als Mr. Oxford ihn bei uns besuchen kam. Danach hat er mir alles erzählt.«

»Oh! An jenem Tag, als Mr. Oxford ihm fünfhundert Pfund gezahlt hat?«

»Ja.«

»Unmittelbar nachdem Mr. Oxford ihm die fünfhundert Pfund gezahlt hatte, waren Sie bereit zu glauben, dass Ihr Mann der echte Priam Farll sei. Kommt Ihnen das nicht selbst außerordentlich merkwürdig vor?«

»Genauso war es aber«, sagte Alice sanft.

»Nun zu diesen beiden Muttermalen. Sie haben auf die rechte Seite Ihres Halses gezeigt. Sind Sie sicher, dass es nicht die linke Seite ist?«

»Lassen Sie mich überlegen«, sagte Alice stirnrunzelnd. »Wenn er sich morgens rasiert – er steht jetzt früher auf, als er das sonst getan hat –, kann ich sein Gesicht im Spiegel sehen, und im Spiegel sind die Muttermale auf seiner linken Seite. Bei ihm müssen sie also auf der rechten Seite sein. Ja, so ist es, auf seiner rechten Seite.«

»Haben Sie sie denn niemals außer im Spiegel gesehen, meine gute Frau?«, schaltete sich der Richter ein.

Aus irgendeinem Grund errötete Alice. »Wahrscheinlich halten

Sie das für komisch«, sagte sie eingeschnappt und warf ein wenig den Kopf in den Nacken.

Das Publikum erwartete, dass die Decke einstürzen würde. Aber die Decke widerstand dieser Belastung dank einer weisen, plötzlichen Schwerhörigkeit des Richters. Es ist schwierig einzusehen, wie er diese Situation gehandhabt hätte, wäre ihm nicht diese unerwartete Schwerhörigkeit zustatten gekommen.

»Haben Sie eine Vorstellung«, fragte Vodrey, »warum Ihr Mann sich weigert, seinen Hals vom Gericht inspizieren zu lassen?«

»Ich weiß nicht, dass er sich geweigert hat.«

»Er hat sich aber geweigert.«

»Nun«, erwiderte Alice, »wenn Sie mich nicht für die Dauer seines Verhörs aus dem Saal gewiesen hätten, würde ich es Ihnen vielleicht sagen können. So, wie es ist, kann ich es nicht. Und das geschieht Ihnen nur recht.«

Damit endete Alices Auftritt.

Die öffentliche Tadelsucht

Das Gericht erhob sich, und wieder waren sechs- oder siebenhundert Pfund in die Taschen der engagierten berühmten Darsteller geflossen. Aus dem Ton in den Abendzeitungen und den Abendplakaten sowie aus den Bemerkungen in überfüllten U-Bahnzügen war sofort ersichtlich, dass der Prozess sich für die Öffentlichkeit in eine reine Muttermal-Affäre verwandelt hatte. Wenn Priam diese Muttermale am Hals hatte, war er der echte Priam Farll. Wenn er sie nicht hatte, war er ein gewöhnlicher Betrüger. Die Öffentlichkeit hatte die Angelegenheit nun selbst in die Hand genommen. Der robuste gesunde Menschenverstand der Öffentlichkeit wurde auf die Affäre angewandt. Im Großen und Ganzen kann man sagen, dass der robuste gesunde Menschenverstand gegen Priam eingestellt war. Für die große Mehrheit war die ganze

Geschichte unheimlich faul. Selbst dem Schwachsinnigsten musste doch klar sein, dass Priam, wenn er diese Muttermale hatte, sie auch vorzeigen würde. Die Minderheit, die von Psychologie und künstlerischem Temperament sprach, wurde als die Vettern der Little Englanders und als direkte Nachkommen der Burenfreunde diffamiert.

Aber die Sache musste erst einmal bewiesen oder widerlegt werden.

Warum sperrte der Richter ihn nicht einfach wegen Missachtung des Gerichtes ein? Dann konnte man ihn nach Holloway schicken und zwingen, sich zu entkleiden – und schon war's geschafft!

Oder warum heuerte Oxford nicht jemand an, einen Streit mit Priam auf der Straße vom Zaune zu brechen, mit dem Ziel, handgreiflich zu werden und dabei die Kleider zu zerreißen?

Eine feine Sache, diese englische Justiz – wenn sie nicht einmal die Mittel besaß, einen Mann zu zwingen, den Geschworenen seinen Hals zu zeigen! Aber was wollte man – schließlich wusste doch jeder, wie komisch die englische Rechtsprechung war.

Und ganze Zugladungen von Menschen machten sich über diese Institution ihres Landes auf eine Weise lustig, die, hätte ein Ausländer sie angewandt, Europa in einen Krieg gestürzt und die Theorie unserer Überlegenheit auf den Meeren ein für alle Male auf die Probe gestellt haben würde. Zweifellos wurden die uralten Traditionen englischer Rechtsprechung einer sehr rauen Kritik unterzogen, nur weil Priam nicht seinen Kragen abnehmen wollte.

Und dabei blieb er.

Am nächsten Morgen gab es Konsultationen in den Räumen der Anwälte, und das Gewohnheitsrecht des Reiches wurde nach einer legalen Methode durchstöbert, wie man Priams Muttermale inspizieren könnte, jedoch ohne Erfolg. Priam erreichte sicher mit seinem hohen Kragen das Gericht und wurde dreißigmal zwischen dem Betreten des Trottoirs und der Eingangshalle photographiert.

»Er hat damit geschlafen!«, schrien Spaßvögel.

»Wetten, dass das ein ganz Gerissener is'!«, riefen andere Spaßvögel.

»Seine Alte knöpft ihm persönlich den Kragen zu!«

Unter derart würdelosen Anwürfen musste der Mann, der dem Obersten Gerichtshof von England und Wales die Stirn geboten hatte, seinen Platz in diesem Theater aufsuchen. Als die Anwälte an seine Vernunft appellierten, antwortete er mit Schweigen. Es ging ein Gerücht um, dass er in seiner Hüfttasche einen Revolver trüge, mit dem er notfalls den Anstand seines Halses verteidigen würde.

Die gefeierten Darsteller, denen der Unfug, wegen Priams Widerborstigkeit sechs- oder siebenhundert Pfund zu verlieren, ein Dorn im Auge war, fuhren mit dem Prozess fort. Denn Mr. Oxford und eine weitere Armee von Experten warteten darauf, zu beweisen, dass die Bilder, die zugegebenermaßen nach der Beisetzung in der Walhalla der Nation entstanden waren, von Priam Farll gemalt wurden und von niemand anders gemalt werden konnten. Sie demonstrierten dies mit Hilfe innerer Beweise. Mit anderen Worten, sie bewiesen durch Schlussfolgerungen aus Quadratzentimetern bemalter Leinwand, dass Priam Muttermale an seinem Hals hatte. Und Priam saß da in seinem steifen Kragen und hörte dieser absolut rechtsgemäßen Beweisführung zu.

Die Experten brachten immerhin zwei Bravourstücke fertig, wenn auch unabsichtlich. Sie wiegten den Richter in festen Schlaf und langweilten das Publikum, das zu dem Schluss kam, dass der Prozess nicht halten würde, was er zuerst versprochen hatte. Diese Expertise zog sich zwei volle Tage hin und kostete erheblich mehr als weitere tausend Pfund. Und am dritten Tag erschien Priam wieder mit seinem geheimnisvollen Hals und entschlossener denn je. Er hatte in einer Zeitung, die sich im Übrigen mit Muttermalen und Experten befasste, eine vorsichtige Andeutung gelesen, dass die Polizei die notwendigen Beweise für Bigamie zusammengetragen hätte und seine Verhaftung unmittelbar bevorstünde. Jedoch sollte ihm etwas weit Merkwürdigeres zustoßen als eine Verhaftung wegen Bigamie.

Neue Beweise

Der Hauptgang vor dem Verhandlungssaal im Obersten Gerichtshof ist, wie die Hauptkorridore in anderen Gerichtshöfen auch, ein Ort eigenartiger Begegnungen und Unterredungen. Dort kann ein Mensch eine kleine Neuigkeit erfahren, die den ganzen Rest seines Lebens verändert; er kann aber auch nur eine Einladung zu einem mittelmäßigen Lunch im Restaurant im Untergeschoss erhalten; man kann das nie im Voraus wissen. Priam erhielt jedenfalls keine Einladung zum Lunch. Er durchquerte diese wimmelnden Hauptgänge – denn abgesehen von Streichholz- und Zahnstocherverkäufern ähnelt dieser Gang einem Trottoir auf der Strand am Vormittag –, als er Mr. Oxford erblickte, der mit einer Dame sprach. Nun, seit der historischen Szene im Club hatte er kein Wort mehr mit Oxford gewechselt und war entschlossen, weiterhin so zu verfahren; sie hatten es jedoch beide noch nicht zu einem offenen Bruch kommen lassen. Das Klügste wäre es daher gewesen, sich umzudrehen und einen anderen Gang zu wählen. Und Priam wäre auch geflohen, denn er konnte erstaunlich klug sein, wenn Klugheit darin bestand, unliebsame Begegnungen zu vermeiden; aber gerade als er sich umdrehte, erblickte ihn die Frau, die sich mit Mr. Oxford unterhielt, und eilte mit ausgestreckter Hand gedankenschnell auf ihn zu. Sie war groß, schlank und von steifer Würde mit den abgehackten Bewegungen einer Gliederpuppe. Ihr Mantel und ihr Kleid waren ganz ansehnlich, nur ihre Füße waren zu groß – nicht ihre Schuld, natürlich, aber man ist geneigt, zu große Füße als ein Verbrechen zu betrachten – und ihr Federhut womöglich noch größer. Ihr Alter versteckte sie hinter einem Schleier.

»Wie geht es Ihnen, Mr. Farll?«, redete sie ihn fest, aber mit dennoch bebender Stimme an.

Es war Lady Sophia Entwistle.

»Wie geht es Ihnen?«, entgegnete er, ihre dargebotene Hand ergreifend.

Was sollte er anderes tun oder anderes sagen?

Dann streckte Mr. Oxford ihm seine Hand entgegen. »Wie geht es Ihnen, Mr. Farll?«

Und Mr. Oxfords gehasste Hand ergreifend, wiederholte Priam: »Wie geht es Ihnen?«

Es hatte den Anschein, als hätte es nie eine Vergangenheit gegeben; die Vergangenheit schien von der Alltäglichkeit des belebten Korridors verschlungen worden zu sein. Nach allen menschlichen Verhaltensregeln hätte Lady Sophia mit dramatisch ausgestrecktem Finger Priam der Verachtung der ganzen Welt als Schürzenjäger und Herzensbrecher vertrauensseliger Frauen ausliefern müssen; und er hätte Mr. Oxford als einen ränkeschmiedenden Hebräer mit Fußtritten über den Korridor befördern müssen. Doch stattdessen schüttelten sie einander nur die Hände und erkundigten sich nach dem gegenseitigen Befinden, ohne überhaupt eine Antwort darauf zu erwarten. Das zeigt, in welchem Ausmaß die überlieferten Eigenschaften der menschlichen Rasse entartet sind.

Sie schwiegen.

»Ich nehme an, Mr. Farll, Sie wissen«, sagte Lady Sophia unvermittelt, »dass ich in diesem Prozess aussagen soll?«

»Nein«, erklärte er, »das wusste ich nicht.«

»Ja, anscheinend hat man den ganzen Kontinent vergeblich nach Leuten abgesucht, die Sie unter Ihrem richtigen Namen kannten und Sie mit Sicherheit identifizieren könnten – aber man fand keinen, zweifellos auf Grund Ihrer eigenartigen Reisegewohnheiten.«

»So, so!«, sagte Priam.

Er hatte diese Frau geliebt, hatte sie geküsst. Sie hatten einander die Ehe versprochen. Er hatte in wilder Torheit gehandelt; aber

in den Augen einer unparteiischen Person konnte Torheit nicht entschuldigen, dass er sie verlassen hatte, vor ihren intellektuellen Reizen geflohen war. Sein Blick durchdrang ihren Schleier. Nein, sie war nicht ganz so alt wie Alice. Sie war nicht unansehnlicher als Alice. Sie wusste gewiss mehr als Alice. Sie konnte über Bilder sprechen, ohne ihm ein Messer in die Seele zu bohren und in der Wunde umzudrehen. Sie war besser gekleidet als Alice. Und ihr Benehmen bei dieser Gelegenheit, offen, freundlich, korrekt, hätte auch von Alice nicht übertroffen werden können. Und doch …
Ihr Verhalten war fraglos überaus großzügig, indem sie alles ignorierte, was sie hatte durchmachen müssen. Und doch … Selbst in diesem Augenblick komplizierten Elends brachte er noch die Kraft auf, sie zu hassen, weil er so töricht gewesen war, sie zu lieben. Es gab keinerlei Entschuldigung für ihn!

»Ich war in Indien, als ich zum ersten Mal von diesem Prozess erfuhr«, berichtete Lady Sophia weiter. »Zuerst dachte ich, es müsste so eine Art neuer Tichborne-Fall sein. Doch dann, so wie ich Sie kannte, hielt ich das nicht mehr für sehr wahrscheinlich.«

»Und da Lady Sophia nun zufällig in London ist«, warf Mr. Oxford ein, »wird sie so gütig sein, ihre unschätzbare Zeugenaussage zu meinen Gunsten zu machen.«

»Das ist wohl kaum die richtige Deutung«, sagte Lady Sophia kalt. »Ich bin nur hier, weil Sie mich durch eine Vorladung unter Strafandrohung dazu gezwungen haben. Und alles nur, weil Sie mit meiner Tante bekannt sind.«

»Natürlich, natürlich!«, stimmte Mr. Oxford zu. »Natürlich kann es für Sie nicht sehr angenehm sein, in den Zeugenstand treten und sich einem Kreuzverhör unterziehen zu müssen. Gewiss nicht. Und umso mehr fühle ich mich Ihrer Güte verpflichtet, Lady Sophia.«

Priam verstand die Sachlage. Lady Sophia musste nach seinem angenommenen Tod ihren Verwandten von ihrer Verlobung mit ihm berichtet haben, und dieser skrupellose Schurke, Mr. Oxford, hatte davon Wind bekommen, sie ausfindig gemacht und nun gezwungen, zu seinen Gunsten auszusagen. Und nach ihrer Aussage würde man an allen Straßenecken darüber witzeln, dass Priam Farll lieber seinen Tod vorgetäuscht hatte, als diese hagere alte Jungfer zu heiraten.

»Sie müssen wissen«, erklärte ihm Mr. Oxford, »der wesentliche Punkt an Lady Sophias Aussage wird sein, dass sie Sie in Paris zusammen mit Ihrem Kammerdiener gesehen hat – der andere ganz offensichtlich der Diener und Sie offensichtlich sein Herr. Es kommt hier also überhaupt nicht in Frage, dass sie von dem Diener in der Rolle des Herrn getäuscht worden sein konnte. Es ist wirklich ein sehr glücklicher Umstand, dass ich durch puren Zufall noch rechtzeitig Lady Sophia gefunden habe. Im letzten Augenblick. Erst gestern Nachmittag!«

Keine Erwähnung von Priams Widersetzlichkeit in Bezug auf den Kragen! Mr. Oxford schien Priams Kragen als ein Naturereignis zu betrachten, so wie das Wetter oder einen Felsen im Meer, als etwas, das man mit Resignation zu akzeptieren hatte! Kein Anzeichen von Verärgerung über Priam! Er war der König aller Diplomaten, dieser Mr. Oxford!

»Könnte ich Sie einen Augenblick sprechen?«, sagte Lady Sophia zu Priam.

Mr. Oxford entfernte sich mit einer Verneigung.

Und Lady Sophia blickte Priam unverwandt in die Augen. Er musste erneut zugeben, dass sie großartig war. Sie war sein kapitaler Fehler – aber sie war großartig.

Bei ihrer letzten Unterredung hatte er sie umarmt. Sie war zu seiner Beisetzung in Westminster Abbey gekommen. Und all das konnte sie aus ihren Blicken verbannen! Sie konnte ruhig und höflich im Akzeptieren ihrer schrecklichen Vergangenheit ihm gegenüberstehen. Offensichtlich verzieh sie ihm.

Lady Sophia sagte einfach: »Also, Mr. Farll, werde ich nun aussagen müssen oder nicht? Sie wissen, das hängt von Ihnen ab.«

Ihr beiläufiger Ton war erhaben; er war heroisch; er machte ihre Füße klein.

Er hatte sich geschworen, sich eher in Stücke reißen zu lassen, als diesem skrupellosen Mr. Oxford zu helfen, indem er seinen Kragen in Gegenwart dieser Erzschauspieler abnähme. Man hatte ihn aufs Schändlichste beleidigt, verwirrt, malträtiert und ausgebeutet. Die ganze Welt hatte sich in seine Privatangelegenheiten gemischt, und er wollte sich eher in Stücke reißen lassen, als diese Muttermale vorzuzeigen, die diesen Fall in einem Augenblick entscheiden würden.

Nun, sie hatte ihn in Stücke gerissen.

»Machen Sie sich bitte keine Sorgen mehr«, antwortete er. »Ich werde die Sache in die Hand nehmen.«

In diesem Moment erschien Alice, die ihm mit einem späteren Zug gefolgt war.

»Guten Morgen, Lady Sophia«, sagte er, lüftete seinen Hut und verließ sie.

Gedanken über Gerechtigkeit

FARLL NIMMT SEINEN KRAGEN AB – WITT GEGEN PARFITTS. DAS ERGEBNIS. Diese und ähnlich lautende Plakate flatterten im Straßenwind. Noch nie in der Geschichte des Empires hatte die Abnahme eines gestärkten Leinenkragens (Größe 42) auch nur ein Tausendstel der Sensation erregt, wie dieser Kragen sie verursachte. Es war eine epochemachende Handlung. Sie beendete das Drama Witt gegen Parfitts. Die hierfür engagierten berühmten Schauspieler ließen natürlich nicht zu, dass der ganze Prozess mit einem Schlag zusammenfiel. Nein, er musste langsam und würdevoll zu Ende gebracht werden, mit den entsprechenden Formalitäten und Spesen. Neue Zeugen mussten hinzugezogen (zum Beispiel Ärzte) und alte erneut aufgerufen werden. Duncan Farll etwa gehörte zu den letzteren, und wenn diese Situation schon schimpflich für Priam war, so war sie es genauso auch für Duncan. Duncans einziger Gewinn in seiner Niederlage war, dass weder der Richter in seinem Resümee noch die Geschworenen in ihrem Urteil ihm bei lebendigem Leibe die Haut abzogen. England atmete freier, als diese Affäre endlich vorüber war, und die engagierten, berühmten Künstler ihres Faches hatten sich, eingehüllt in einen Glorienschein, zurückgezogen. In Wirklichkeit aber hatte England, das so stolz auf seine Einrichtungen war, einen Schock erlitten. Sein Rechtssystem hatte es fast nicht geschafft, einen Mann zu veranlassen, in der Öffentlichkeit seinen Kragen abzunehmen. Es hatte in der Tat versagt; aber da alles zu einem guten Ende gekommen war, spiegelte ganz England sich vor, dass es eben nur *beinahe* versagt hätte. Ein schweres Unrecht wäre verewigt worden, hätte Priam sich nicht freiwillig bereitgefunden, seinen Kragen abzunehmen. Natürlich, meinten die Leute, hätten seine Verhaftung und Einlieferung wegen Bigamie auch das Abnehmen des Kragens eingeschlossen; doch dann wurde gemunkelt, dass eine Anklage wegen Bigamie noch gar nicht so sicher gewesen wäre, da Mrs. Henry Leek seit dem Verlassen des Zeugenstandes in ihrer Identifizierung schwankend geworden sei. Wie dem auch sei, die englische Gerechtigkeit war unversehrt aus der Geschichte hervorgegangen. Und alles war erstaunlich und schockierend und nicht in Ordnung. Und alle waren hinterher äußerst klug und weise. Und die gesamte Presse schrie einstimmig, dass Priam Farll, was für ein großer Künstler er auch sein möge, einen empfindlichen Denkzettel erhalten müsse.

Die Frage war: Wie konnte man Priam im Netz der Gesetze fangen? Er hatte keine Bigamie begangen. Er hatte nichts verbrochen. Er hatte sich lediglich negativ verhalten. Er hatte nicht einmal dem Standesamt gegenüber falsche Angaben gemacht. Und Dr. Cashmore konnte kein Licht in die Angelegenheit bringen, da er gestorben war. Seine Frau und seine Töchter hatten es endlich geschafft, ihn unter die Erde zu bringen. Der Richter hatte angedeutet, dass der geistliche Zorn des Dekans und des Kapitels Priam Farll rasch und schrecklich treffen möge; doch das hörte sich für einen Laien zu vage und unbefriedigend an.

Kurz gesagt, die ganze Angelegenheit war merkwürdiger als alles Dagewesene. Und um des nationalen Seelenfriedens, der nationalen Würde und der nationalen Einbildung willen ließ man sie nach einigen Tagen der Vergessenheit anheimfallen. Und als die Zeitungen gar verkündeten, dass das Farll-Museum nach Priams Wunsch vollendet und formell der Nation übereignet werden sollte, beschloss die Nation, trotz allem Vorangegangenen diese öffentliche Buße und Abbitte anzunehmen und wie üblich in die Sommerferien an die See zu fahren.

Der Wille zum Leben

Alice bestand darauf, und deshalb gingen sie kurz vor ihrer endgültigen Abreise aus England gemeinsam hin. Priam tat so, als würde der Besuch nur unternommen, um sie zufriedenzustellen; in Wirklichkeit aber zog seine eigene morbide Neugier ihn in dieselbe Richtung. Sie fuhren mit einem Omnibus, vorbei am Putney Empire und dem Walham Green Empire, bis nach Walham Green, wo sie in einen anderen umstiegen, der sie am Chelsea Empire, den Army and Navy Stores und dem Hotel Windsor vorbeitrug und vor dem Portal der Westminster Abbey absetzte. Und sie verschwanden aus dem Oktobersonnenschein in das lichtstrahlendurchschossene Halbdunkel der Walhalla. Alice sah diese Walhalla zum ersten Mal, wenn sie natürlich auch davon gehört hatte. Früher einmal hatte sie Madame Tussauds Wachsfigurenkabinett und den Tower besucht, aber nie genügend Muße gehabt, auch noch bis zur Walhalla zu gehen. Sie war tief beeindruckt. Ein Kirchendiener wies sie zum Hauptschiff hin, aber sie trauten sich nicht, ihn eingehender zu befragen. Sie hatten nicht den Mut, sich danach zu erkundigen. Priam konnte nicht sprechen. Es gab Augenblicke, in denen er einfach nicht sprechen konnte, aus Furcht, seine Seele könnte ihm von der Zunge springen und unwiederbringlich davonfliegen. Und er konnte das Grab nicht finden. Bis auf das monströse Grabmal des gewaltigen Newton schien das Hauptschiff so nackt wie bei seiner Erschaffung zu sein. Doch er war sicher, dass man ihn hier in diesem Kirchenschiff beigesetzt hatte – und das sogar erst vor drei Jahren! Erstaunlich, nicht wahr, was in drei Jahren so alles geschehen konnte?

Er wusste, dass das Grab nicht aufgehoben worden war, denn erst am Vortag hatte ein Artikel im *Daily Record* gestanden, worin im Namen einer empörten Öffentlichkeit gefragt wurde, ob der Dekan und das Kapitel denn drei Monate nicht für länger als genug hielten, einen fundamentalen Irrtum in ihrer Bestattungsabteilung zu berichtigen. Er war schwermütig; eigentlich war er schon seit dem Ende des Prozesses immer etwas schwermütig. Vielleicht lastete der Schatten des Zorns des Dekans und des Kapitels auf ihm. Er hatte aufgehört, sich über die täglichen Lebensäußerungen auf den Straßen der Stadt zu freuen. Und sein Misserfolg bei der Suche des Grabes verstärkte die ruhige, angenehme Traurigkeit seines Gemütes.

Alice, deren Mund nie stillstand, sah sich um und fragte plötzlich: »Was ist denn das für eine Inschrift?«

Sie hatte die Inschrift auf einer der kleinen Steinplatten entdeckt, die den ausgedehnten Boden des Hauptschiffs bilden. Sie beugten sich darüber. PRIAM FARLL stand dort einfach, in schöner Antiquaschrift, und außerdem die Daten. Das war alles. Auf anderen Steinplatten in der Nähe entdeckten sie weitere, so geehrte Namen. Diese schlichte Methode, die Ruhestätte der Toten zu bezeichnen, gefiel ihm, erweckte in ihm Stolz auf sich selbst und dieses lächerliche England, das irgendwie immer unsere große Liebe bleibt. Seine Schwermut wich. Und wollen Sie wissen, was für ein

Einfall aus seinem Herzen in seinen Kopf stieg? »Donnerwetter! Ich werde noch schönere Bilder malen, als ich sie bis heute gemalt habe!« Und der Impuls, seine schöpferische Arbeit wieder aufzunehmen, ergriff übermächtig von ihm Besitz. Tränen traten ihm in die Augen.

»Das gefällt mir!«, murmelte Alice, den Stein anstarrend. »Ich glaube, das ist sehr anständig.«

Und er sagte, weil er das wirklich so empfand, weil der Wille zum Leben ihn wieder durchzuckte, vibrierend und schmerzlich zugleich: »Ich bin froh, dass ich nicht dort liege.«

Sie lächelten einander an, und instinktiv fanden sich ihre suchenden Hände.

An Bord

Ein paar Tage später, durch den überheblichen Rüffel des *Daily Record* angespornt, traten der Dekan und das Kapitel in Aktion, berichtigten den Irrtum am Boden der Walhalla und ließen die sterblichen Überreste des unsterblichen Wesens, bekannt unter dem Namen Henry Leek, bei Nacht in ein anderes Ruhebett legen. Ebenfalls ein paar Tage später legte ein Dampfer des Norddeutschen Lloyd von Southampton mit Kurs auf Algier ab, und unter seinen Passagieren befanden sich auch Priam und Alice. Es war eine fast sternenklare Nacht, und das aufgewühlte Wasser am Heck des Schiffes bildete einen schaumweißen Weg zu dem zurückbleibenden England. Priam hatte eine regelrechte Liebe zu den Uferhängen von Putney mit dem breiten Fluss an ihrem Fuße entwickelt; doch er zeigte, wie ich es nennen möchte, Feingefühl darin, England zu verlassen. Sein Aufenthalt in unserem Land hatte ihn nicht hervorragend ausgezeichnet. Er war nicht geschaffen für das Leben in der Gesellschaft, nicht zum Posieren und nicht dazu, sich taktvoll und klug aus einer Existenzkrise zu ziehen. Er konnte weder gut reden noch gut schreiben, noch sich durch eine jeweils genau richtige Handlungsweise auszeichnen. Er konnte sich nur mit dem Pinsel in der Hand ausdrücken. Er konnte nur überaus schöne Bilder malen. Das war der wesentliche Teil seines Lebens und seiner Lebenskraft. In unwesentlichen Dingen mag er sich gelegentlich wie ein Narr benommen haben. Doch auf der Leinwand zeigte er sich nie als Narr. Dort sagte er alles, was er zu sagen hatte, und er sagte es mit Vollkommenheit für alle, die lesen konnten, die lesen können und die in fünfhundert Jahren lesen können werden. Warum sollte man mehr von ihm erwarten? Warum von ihm enttäuscht sein? Man erwartet ja auch nicht von einem Seiltänzer, dass er ein hervorragender Billardspieler ist. Sie selbst, ein Muster an Klugheit, würden bestimmt all die vielen Fehler von Priam im Lauf seines Lebens in der Gesellschaft vermieden haben; aber Priam war eben auf andere Weise göttlich.

Während der Dampfer sich seinen immer länger werdenden Pfad weg von England pflügte, kam Priam immer wieder eine Frage in den Sinn: »*Ich möchte wissen, was sie nächstes Mal mit mir anstellen?*«

Glauben Sie nicht, dass er und Alice über das Heck auf diese einzigartige Insel starrten. Nein! Es gab zwingende Gründe, die beide davon abhielten. Nur in den Augenblicken der relativen Stille, wie sie stets einem Aufruhr folgt, fand Priam zum Nachdenken Muße, sah die eigenen Grenzen und meditierte heiter über die Aussicht auf ein Älterwerden, das allein dem Tun dessen gewidmet sein würde, was er so über die Maßen zu tun verstand, in einem süßen Exil bei der Zauberin Alice.

Britische Fundstücke

Edith Sitwell   Englische Exzentriker
Dieses schon klassische Buch präsentiert berühmte Exzentriker
aus dem unerschöpflichen englischen Fundus.
Aus dem Englischen von Kyra Stromberg
SVLTO. Rotes Leinen. Fadengeheftet. 160 Seiten mit vielen Abbildungen

Hans von Trotha   A Sentimental Journey
Laurence Sterne in Shandy Hall
Ein Gentleman, ein Buch, eine Reise … Der Englandkenner Hans
von Trotha entführt ins 18. Jahrhundert, als die Perücken gelüftet
und die Krägen gelockert werden durften, als man empfindsame
Briefe schrieb und ebensolche Romane.
SVLTO. Rotes Leinen. Fadengeheftet. 144 Seiten mit vielen Abbildungen

Doris Lessing   Das Leben meiner Mutter   Roman
Das wohl persönlichste Erinnerungsbuch der großen englischen
Erzählerin: die nachdenkliche Auseinandersetzung mit zwei ei-
genwilligen Frauen: ihrer Mutter und sich selbst.
Aus dem Englischen von Adelheid Dormagen
WAT 738. 96 Seiten

Vita Sackville-West   Unerwartete Leidenschaft   Roman
Lady Slane ist 88 Jahre alt, als sie erkennt, dass sie sich in ihrem
ganzen Leben bisher nur nach ihrem Mann gerichtet hat. Kaum ist
er tot, trifft sie zum ersten Mal eigene Entscheidungen.
Aus dem Englischen von Hans B. Wagenseil
WAT 754. 240 Seiten

Arnold Bennett   **Hotel Grand Babylon**   Roman

Eigenwillige Helden, unerwartete Wendungen und
der trockene Humor Arnold Bennetts machen diesen
Krimi zu einem aberwitzigen Lesevergnügen.

Aus dem Englischen von Renate Orth-Guttmann
WAT 802. 256 Seiten

A sentimental journey

Vita Sackville-West   Zwölf Tage in Persien
Reise über die Bakhtiari-Berge

Vita Sackville-West, die englische Exzentrikerin, ist mit ihren Büchern über die Gartenkunst bis heute weltberühmt. Klassiker sind aber auch ihre Reportagen über die vielen Reisen, die die neugierige und weltoffene Globetrotterin unternahm.

Aus dem Englischen von Irmela Erckenbrecht
SVLTO. Rotes Leinen. Fadengeheftet. 144 Seiten mit vielen Abbildungen

Hans von Trotha   Der englische Garten
Eine Reise durch seine Geschichte

Hans von Trotha führt uns durch die Geschichte des Englischen Gartens, eine Geschichte der Befreiung und er zeigt uns die zwölf schönsten Parks. Ein »Reiselesebuch« für zuhause und unterwegs.

SVLTO. Rotes Leinen. Fadengeheftet. 144 Seiten mit vielen Abbildungen

London   Eine literarische Einladung

Ein literarischer Streifzug durch eine coole und angesagte Metropole. Mit Texten von David Byrne, Alan Hollinghurst, Sadie Jones, Hanif Kureishi, Doris Lessing, Ian McEwan, Muriel Spark, Virginia Woolf und vielen anderen.

SVLTO. Rotes Leinen. Fadengeheftet. 144 Seiten mit vielen Abbildungen

Graham Greene   Heirate nie in Monte Carlo   Roman

Das alte Lied vom Glück im Spiel und vom Pech in der Liebe hat Gültigkeit. Wer seine Ehe nicht gleich in den Flitterwochen aufgeben will, sollte sich in dieser Zeit nicht vom Büroangestellten zum Millionär mausern.

Aus dem Englischen von Ernst Laue und Ilse Walter
SVLTO. Rotes Leinen. Fadengeheftet. 120 Seiten mit vielen Abbildungen

Der souveräne Alan Bennett

Alan Bennett   Die souveräne Leserin

Eine Liebeserklärung an die Queen und an die Literatur; wer hätte gedacht, dass das zusammenpasst?!

Aus dem Englischen von Ingo Herzke
SVLTO. Rotes Leinen. Fadengeheftet. 120 Seiten

Alan Bennett   Alan Bennett geht ins Museum

Alan Bennett liebt die Kunst. Aber ob die Kunst ihn liebt, so wie er über sie spricht, ist ungewiss.

Aus dem Englischen von Ingo Herzke
SVLTO. Rotes Leinen. Fadengeheftet. 144 Seiten mit vielen Abbildungen

Alan Bennett   Così fan tutte   Eine Geschichte

Mit allen Finessen der Ironie erzählt Bennett die Geschichte eines englischen Middleclass-Ehepaars, das vom Opernbesuch nach Hause kommt und seine Wohnung vollkommen leer vorfindet. Mit dem Verlust der gediegenen Einrichtung beginnt für sie ein neues, weniger weich gepolstertes Leben.

Aus dem Englischen von Brigitte Heinrich
SVLTO. Rotes Leinen. Fadengeheftet. 120 Seiten

Alan Bennett   Handauflegen   Kurzroman

Moos hamma, fesch samma! Der unzeitgemäße Tod eines ihrer Lieblinge sorgt für Schrecken in der Regenbogengesellschaft der Reichen und Schönen. Bissig und süffisant wie »Così fan tutte«!

Aus dem Englischen von Ingo Herzke
WAT 606. 96 Seiten

Lesen Sie weiter

Kathy Page   All unsere Jahre   Roman

Aus einem langen, gemeinsam verbrachten Leben erzählt dieser Roman das Außergewöhnliche im Gewöhnlichen: die ungleiche Liebe zweier ungleicher Menschen.

Aus dem Englischen von Beatrice Faßbender
Quart*buch*. 304 Seiten. Gebunden mit Schutzumschlag

Tristan Garcia   Das Siebte   Roman

An seinem siebten Geburtstag soll eigentlich das Nasenbluten beginnen, doch nichts passiert. Er glaubte sich in einer endlosen Zeitschleife gefangen und begreift nun, dass er sterblich geworden ist. Das siebte ist sein letztes Leben.

Aus dem Französischen von Birgit Leib
Quart*buch*. 304 Seiten. Gebunden mit Schutzumschlag

Arif Anwar   Kreise ziehen   Roman

Ein Sturm zieht auf. Die Naturgewalten brechen sich Bahn. Danach ist nichts mehr, wie es war. Aber nicht nur die äußeren Katastrophen, auch die eigenen, oft kleinen Entscheidungen bestimmen manchmal über ein ganzes Leben. Und das der folgenden Generationen.

Aus dem kanadischen Englisch von Nina Frey
Quart*buch*. 336 Seiten. Gebunden mit Schutzumschlag

Wenn Sie mehr über den Verlag und seine Bücher wissen möchten, schreiben Sie uns eine Postkarte oder elektronische Nachricht (mit Anschrift und E-Mail). Wir informieren Sie dann regelmäßig über unser Programm und unsere Veranstaltungen.

Verlag Klaus Wagenbach   Emser Straße 40/41   10719 Berlin
www.wagenbach.de   vertrieb@wagenbach.de